——文学院书系——

师大忆旧

（华东师范大学卷）

黄平　主编

江苏凤凰文艺出版社
JIANGSU PHOENIX LITERATURE AND ART PUBLISHING

目录

第一辑　忆旧

003 ◇ 师大忆旧　格非

019 ◇ 点点滴滴在心头　孙颙

032 ◇ 不老的大学　赵丽宏

050 ◇ 没有人看见草生长　毛尖

060 ◇ 插秧　许子东

第二辑　怀人

069 ◇ 追思我的导师钱谷融先生　吴俊

077 ◇ 师道
——忆钱谷融先生　杨扬

085 ◇ 好人的心跳
——怀念朋友赵长天　毛时安

099 ◇ “清园”意象与大学文化　陆晓光

105 ◇ 奇人朱先生　归青

111 ◇ 我的父亲　隋源远

第三辑　文史

121 ◇ 谁让八戒进了高老庄　陈大康

128 ◇ 瑞典汉学家高本汉与史语所的交往　郑伟

136 ◇ 大庇天下寒士之后　刘阳

140 ◇ 斜神龛里的项羽　王春鸣

第四辑　玄思

155 ◇ 出镜　南帆

169 ◇ 局内人的写作　李洱

181 ◇ 本雅明：迎向灵光消逝的挣扎者　朱国华

194 ◇ 生命中必须承受之“美”

——由钱谷融先生一次演讲所想到的　罗岗

202 ◇ 城市·遐思·玄思　李其纲

218 ◇ 飞过城市　徐芳

239 ◇ 苏珊·桑塔格读记　汤拥华

261 ◇ 我们能否还与意义共处　刘晓丽

267 ◇ 后现代的金箍棒和混沌兽

——拆解 TFBOYS《恋西游》　刘旭

第五辑　周游

281 ◇ E 州杂感　王晓明

298 ◇ 花溪随笔　胡晓明

311 ◇ 在韩国租房 韩蕾

第六辑 世间

321 ◇ 《猫啊，猫》序 陈子善

329 ◇ 无乡记 叶开

340 ◇ 早春 许佳

345 ◇ 加工资

——教育困局最简单粗暴的解法 徐默凡

350 ◇ 我们的九月 黄平

第一辑　忆旧

师大忆旧

格非

校园

华东师大由原大夏、光华和圣约翰大学合并而成，其校园旧址最早可以追溯到百余年前一个名叫“丽娃栗妲”的村落。20 世纪初，这里原是上海远郊的一处荒僻之地，吴淞江改道后留下一段废河，早期的西班牙侨民缘河而居。另一个传说因其戏剧性而流传更广：一位名叫“丽娃”的白俄女子因失恋而自沉河中，“丽娃河”由此得名。它使这条河平添了些许胭脂气，为人所津津乐道。不管怎么说，到了 20 世纪 30 年代，这片郊野之地已成为沪上游人踏青远足的绝佳处所。茅盾先生的小说对此曾有记述，我也曾从旧报刊上见过几帧小照：身穿旗袍的摩登女郎浓妆艳抹，泛舟河上，明眸皓齿，顾盼流波，其笑容在岁月的流转中与照片一并漫漶而灰暗。

不过，到了我来师大读书的 1981 年，这个园子固然早已不复旧观，只是流韵所及，仿佛也能从花树亭阁之间嗅到往昔的一点儿颓败和妩媚。那时的校园空旷寂寥，远没有后来那般喧嚣。我记得出了学校的后门，就是郊农的菜地和花圃了，长风公园的“银锄湖”与学校也只有一墙之隔。校园的西南角还有一处空军的雷达站，虽近在咫尺，却让人可望而不可即，犹如卡夫卡笔下的城堡。丽娃河畔树木深秀，道路由红碎石镶铺而成，高低不平，曲径通幽。后来，学校为了让那些谈恋爱的野鸳鸯无所遁迹，在河边安装了亮晃晃的路灯，碎石路也改为水泥通衢，颇有焚琴之憾。

南方的春天特别长。几乎是寒假刚过，迎春花、金钟花、梅花和樱花即于绵绵春雨中次第开放。当一簇簇迎春花披挂下细长柔软的枝条，沿着长长的丽娃河岸迎风怒放之时，满河的碎金令人沉醉。不过，要说起校园的花事胜景，我认为最让人难忘的莫过于海棠。海棠妙品凡四，校园竟然有其三。荷花池边丛植的贴梗海棠花开如紫袍，朱红色的花朵如火欲燃，且直接开在铁灰色的枝条上，此花亦有“铁脚”之称；垂丝海棠有“解语花”之名。在校园里更是随处可见。花蕊红中透着粉白，丝丝缕缕，摇曳多姿。而图书馆前的那几株高大的西府海棠则最有风致，色若胭脂，雍容绰约，丝垂金缕，葩吐丹纱……

常听人说，校园草木葱郁，风光宜人，足以供人游目骋怀，消愁解闷，但妩媚有之，峻朗不足，对于艰苦卓绝的“治学”一途不太相宜。

刚一进校，我们即被高年级的同学告知：成为一个好学生的首要前提就是不上课。他们的理由是，有学问的老先生平常根本见不着，而负责开课的多为工农兵学员，那些课程听了不仅无益，反而有害。这种说法当然是荒谬绝伦，且有辱师辈，但我们当时少不更事，玩性未泯，不知学术为何物，自然喜出望外，奉为金科玉律。当时校园中“六十分万岁”的口号甚嚣尘上。这一口号中还暗含着一种特别的荣辱观：考试成绩太好的同学，往往被人看不起。好在老师们大都宅心仁厚，从不为难学生，我们即便不去听课，考前突击两周，考个七八十分并非难事。

在我的印象中，开头几年倒也消停，虽说表面上游手好闲，晨昏颠倒，饱食终日，无所事事，只是作为所谓“名士风度”的一种装饰而已，其实暗中也知道惜时用功。到了20世纪80年代中后期，随着各种各样的娱乐风行，校园内游人如织，草坪上东一堆、西一堆坐满了嬉笑玩闹的情侣，一到周末，全校的十几个跳舞厅同时开放，叮咚叮咚的乐声昼夜不息，人的心总浮着、悬着、躁动着，自然又是另一番气象了。

诗人宋琳曾将师大校园比作麦尔维尔笔下的大海：一旦鲸群出现，自然惊涛骇浪，不免忙碌一番，等到风平浪静时，正宜哲人参禅悟道。师大的校园生活恰恰就是这样的节奏：我们读起书来，也能废寝忘食、手不释卷，甚至通宵达旦；而一旦懒散起来，要么是终日高卧酣睡，要么是没魂地在校园内东游西荡，不知今夕何夕。

读书

既然我们都养成了逃课的恶习，并视为理所当然，有时闲极无聊，免不了在校园里四处闲逛。我和几个喜欢植物的同学一起，竟然以一个月之时，将园子里所有奇花异草逐一登记在册。我们的辅导员是过来人，眼看着我们游手好闲虚掷了大好光阴，虽然忧心如焚却苦无良策，他倒没有采取什么强制性的措施让学生重新回到课堂，只是嘱咐我们假如玩累了，不妨读些课外书籍而已。正好系里给我们印发了课外阅读书单，我记得在一百多本的书目中竟没有一本是中国人写的，至于什么濂、洛、关、闽之书，更是不入编者的法眼。好在鲁迅先生“中国的书一本也不要读”、吴稚晖“把线装书全都扔到茅厕坑里”之类的告诫我们早已铭记在心，自然不觉有任何不当。

有了这个书单我们倒是没日没夜地读过一阵子。等到心里有了一些底气之后，便迫不及待地去找人论道去了。那个年代读书和言谈的风气，似乎人人羞于谈论常识，我们去跟人家讨论《浮士德》《伊利亚特》《神曲》，对方露出鄙夷的神色是十分自然的；而为别人所津津乐道的拉格洛夫和太宰治，我们则是闻所未闻，只有自惭形秽的份儿。一位著名作家来学校开讲座，题目是列夫·托尔斯泰，可这人讲了三个小时，对我们烂熟于心的三大名著竟然只字未提，而他所提到的《谢尔盖神父》《哈吉穆拉特》《克莱采奏鸣曲》，我们的书单上根本没有。最后，一位同学提问时请他谈谈对《复活》的看法，这位作家略一皱眉，便替托翁惋惜道："写得不好。基本上是一部失败的作品。"

后来经过高人指点，我们才知道那个时代的读书风气不是追求所谓的知识和学术，而是如何让人大吃一惊，也即庄子所谓的"饰智以惊愚"而已。当那些高深、艰涩、冷僻的名词在你的舌尖上滚动的时候，仿佛一枚枚投向敌营的炸弹，那磅礴的气势足以让你的对手胆寒，晕头转向难以招架；而当你与对手短兵相接时，需要的则是独门暗器，以己之长克敌之短，让对手在转瞬之间成为白痴。

我们班有一个来自湖北的瘦高个儿，言必称《瘦子麦麦德》，显得高深莫测。通常他一提起这本书，我们就只能缴械投降了，因为全班除了他之外没有第二个人知道那是一本什么样的书。直到大学三年级，我在图书馆阅览室的书架上竟然一下发现了三本，可见这并不是什么冷门书。还有一个著名的校园诗人，是学自然辩证法的研究生，常来中文系找人过招，张口闭口不离他的两本"葵花宝典"：要么是《老子仍是王》，要么是《佩德罗·巴拉莫》。这人常爱戴着一副墨镜，无论到哪儿，身后似乎总跟着一大群崇拜者，害得我母亲一见到他，就断言此人是个流氓。说来惭愧，我至今还没有弄清楚《老子仍是王》是一本怎样的著作，而《佩德罗·巴拉莫》则毫无疑问是伟大的经典。

即便是在那些令我们仰慕不已的青年教师中间，也是同样的风气。有专攻“中国文化全息图像”的，有专攻“双向同构”的，还有专攻什么“永恒金带”的等，不一而足，基本上只有他们自己才会明白他们的理论从何而来。研究弗洛伊德的，“性冲动”三个字总是挂在嘴边；研究克尔凯戈尔的，自然不把卡夫卡放在眼里；而研究“第三次浪潮”的，言谈举止中仿佛就是中国改革蓝图的制定者。最奇妙的一位学者，是研究“否定本体论”的。因为他天生拥有否定别人的专利，但凡别人与他争论什么问题而相持不下，他总是大手一挥，喝道：否定！此利器一出，人人望风而逃。我们最喜欢的当然是研究神秘主义术数的学者，根据这位仁兄的研究，不仅鸡可有三足，飞矢可以不动，石头最终可以抽象出“坚白”这样的玩意儿，而且据他考证，李白的《蜀道难》本来就是一部剑谱，起首的“噫吁嚱”就是一出怪招……

不过，我们很快也有了自己的独门秘籍。那就是袁可嘉先生编译的《外国现代派作品选》。那本书刚刚出版，人人都处于同一起跑线上，循着他的纲目和线索我们找到了更多的卡夫卡、博尔赫斯、卡尔维诺，如《外国文艺》《世界文学》《外国文学动态》《译林》，还有一些同学不知从哪里弄来的内部参考白皮书。不管怎么说，我们总算建立了一个小小的属于自己的根据地。每与人接谈，对手往往不明所以，那种满脸的疑惑和自责也让我们有了吴下阿蒙让人刮目相看的喜悦。我们自己的这个小圈子被称作现代派。

可是好景不长，1985 年之后读书风尚又一次大变。我们渐渐悲哀地发现，通过“现代派”去吓唬人已经没有当年的震慑效果了，读了几本小说就想谈学问，当然为博学风雅之士所不齿。静下心来一想，人家的鄙薄也不是没有道理，小说之外尚有戏剧、诗文诸门类；文学之外尚有艺术、历史、哲学、音乐、宗教；人文科学之外尚有社会科学和自然科学……于是，我们的读书除了原来的唯新、唯深之外，又多了一个“杂”字。

我们在狂读威尔斯的《世界史纲》之余，也曾去历史系旁听青年史学会的新史学沙龙，不料，人家研究的学术水平已经发展到了曾国藩身上有没有牛皮癣这样高深的程度，我们自然无权置喙。中文系学生成天将《万历十五年》挂在嘴上，而历史系的名门正派根本不屑一顾。其他的学科也是如此，你只读了一本《重返英伦》，就想跟人家去讨论什么社会学的研究方法；读了一本《新唯识论》，就想去讨论佛教，其结果自然是自取其辱。哲学系的那个圈子更为混乱，搞胡塞尔的瞧不起维特根斯坦，研究阿多尔诺的往往指责海德格尔不过是一个纳粹，我们只懂一点儿可怜的萨特，可人家认为萨特根本不能算作哲学家……

由于特殊的政治和社会氛围，那时的很多书籍和影视作品都属奢侈品，全本的《金瓶梅》自然就不必说了，就连齐鲁书社的节本也很难弄到。我为了阅读刚出版的《柳如是别传》，几次到上海图书馆寻访，最后还是一无所获。而为了看安东尼奥尼的《放大》，两百多人围在电教中心的大教室里。十四英寸的电视屏幕雪花飘飞，一片模糊。也有许多书籍在邮寄中传递流转，我记得中国台湾版安德烈•纪德的《窄门》传递到我的手中时，同时有六七个人在等着阅读，而分配给我的时间只有两个小时。

回想 20 世纪 80 年代的读书经历，本科阶段未有名师指点，学业谈不上根基，缺乏系统，流于浮杂，浪费了太多大好光阴，每思及此，莫不深惜三叹。可看看如今的大学校园诸学科各立壁垒，功利性和工具理性都已登峰造极，又颇为今天的学生担忧。古人说，“一物不知士之耻”，20 世纪 80 年代的读书风习固然有值得批评和检讨的地方，但那种“一书不知，深以为耻”的迂阔之气也有其天真烂漫的可爱之处。

清谈

说起学校的演讲、报告会和各类研讨会的盛况，恐怕与别处也没有什么不同。等到我们这些后知后觉者听到风声，赶往某个地点，往往早已人满为患，有时甚至连窗户外和走廊里都围了好几层。几次碰壁之后，加上性格懒散或孤僻，我们就假装不喜欢去这样的场合凑热闹。总是在事后听人说起李泽厚如何如何，李欧梵如何如何，汪国真如何如何；谁与谁抢话筒而大打出手，谁因为连续五次要求发言被拒，最后血压升高，当场昏厥……这就好比自己错过了一场电影而只能听人复述故事梗概，其失落和后悔可想而知。

也常有校外的名人来我们宿舍闲坐。陈村来，多半是来找姚霏。我那时与姚霏相善，也时常有机会聆听陈兄教诲。陈村为人厚道，却也锦胸绣口，幽默风趣，往往清茶一杯，闲谈片刻而去，不给人任何的压抑感和心理负担。马原来，动静就要大得多，而且一来必要住上数日，他与李劼先生过从甚密，前后左右通常是围着一大群人，有认识的，有不认识的，也有似曾相识的。马原看似木讷，实则能言善辩，极有机锋，我曾见他与人激辩竟夕而毫无倦容。

余华来上海改稿，常到华东师大借宿。永新、吴亮、甘露诸君便时来聚谈。王安忆也来过数次，记得一年冬天的午后，她在我的寝室里略坐了坐，就觉得寒气难耐，便执意要将她家的一个什么暖炉送给我。她给了我镇宁路的地址，也打过电话来催，不知何故，我却终于没有去取。

到了 20 世纪 80 年代末，来华东师大的人就更多了，连远在福州的北村也成了这里的常客。不过，只要北村一来，清谈往往就要变成“剧谈”了。苏童认为北村是中国新时期文学中真正的“先锋派”，此话固然不假——他在 20 世纪 80 年代的小说佶屈聱牙，连我们这些被别人称为“晦涩”的人也望而生畏，但在我看来，80 年代那批作家中，若要说到善谈能辩，大概无人能出其右。更何况，此人来自盛产批评家的福建，反应敏捷，擅长辩驳，当年流行的各类理论、术语和复杂概念无不烂熟于心，且颇多发明。他有一句名言，叫作“真理越辩越乱”。话虽如此，可每次与他一见面，几乎是喘息未定，便立即切入正题，高谈阔论起来。语挟风雷（当然也有唾沫星子），以其昭昭，使人昏昏。往往到了最后，他自己也支撑不住了，双手抱住他那硕大的脑袋，连叫头痛，方才想起来还有吃饭这回事。

华东师大的白天倒还清静。大家各自忙于生计和写作，很少往来。可到了晚上，各路人马就会像幽灵一样出没，四处找人聊天。套用龚自珍的话来说："经济文章磨白昼，幽光狂慧复中宵。"那时候朋友聚会聊天，通宵达旦是常有的事。我记得到了凌晨两三点钟，大家翻过学校的围墙去餐馆吃饭时，竟然还常常能碰见熟人。

师大有各色各样清谈的圈子，既私密，又开放。当时的风气是英雄不问出处，来之能谈，谈而便友，友而即忘。中文系聊天的圈子相对较为固定，不是吴洪森、李劼处，就是徐麟、张闳、宋琳等人的寝室。

李劼处去得相对较多。他年纪轻轻即声名显赫，且交游广泛，他的寝室照例是高朋满座，胜友如云，大有天下英雄尽入彀中之势。只是到了后来，他在门上贴出了一张纸条，规定凡去聊天者必须说英文之后，我们才有点望而却步。因担心不得其门而入，倒是下狠心苦练了一阵子英语对话。一年下来，李劼的口语程度已经足以在系里用英文上课了，我们却没有什么长进。我记得有一次，我和同事利用系里学习政治的间隙尝试用英语交谈，尽管我们彼此都听不懂对方在说什么，居然也能滔滔不绝。坐在一旁的外文专家王智量教授也只好假装听不见，只好苦笑而已。

在20世纪80年代诸师友中，我与洪森聊得最多，最为相契，得益也最多；而最让人难忘的则是徐麟的茶会。

徐麟是安徽人，身体壮硕，学问淹博，其言谈极富思辨性。在他那儿，常能见到王晓明、胡河清、张氏兄弟（张闳和张柠）、毛尖、崔宜明诸人。所谈论的话题除文学外，亦兼及哲学、宗教、思想史诸领域。唯独谈及音乐或遇某人兴致高涨欲一展歌喉之时，徐麟往往表情严肃，一言不发。我们私下里都认为此君不擅此道，或者简直就是五音不全。没想到有一天，他老人家忽然高兴起来，随手抓过一把已断了两根弦的小提琴，竖着支在腿上权当二胡，像模像样地拉了一段刘天华的《除夕小唱》，把我们吓了一大跳。

每次去徐麟那儿聊天，王方红女士总要央我带她一块儿去。她对于我们的谈话没有什么兴趣，因她总抱怨说，听我们说话脑仁儿疼。她频频催促我“去徐麟那儿转转”，恐怕只是垂涎于徐麟亲手泡制的柠檬红茶而已。

在北风呼啸的冬天，每有聚会，徐麟必然会用美味的“徐氏红茶”招待各色人等。烹茶用的电炉支在屋子中央的水泥地上，煮茶用的器皿十分简陋，多为大号的搪瓷碗，而饮茶的杯子则为形状、大小不一的酱菜瓶子。茶叶似乎也很一般。据说，徐麟总能搞到上好的祁门红茶，可我们每次去，他那珍贵的祁门红茶总是不幸“刚刚喝完”。不过，即便是再廉价不过的红茶末子，他也能烹制出令人难忘的美味红茶，其关键或许在于柠檬的制作。有人透露说，新鲜的柠檬买来之后，要洗净并切成小薄片，撒上白糖，在玻璃容器中密封十多天，不知真假。

很多年后，我们调往北京工作，王方红仍会时常念叨起“徐氏红茶”。她也变着样尝试了多次，我喝着庶几近之，她却总说不是那个味儿。我就开玩笑地对她说：“你所留恋的，莫非是那个年代的特有氛围？”世异时移，风尚人心，早已今非昔比，徒寻其味，岂可再得？

写 作

记得在大学三年级的时候，华东师大校报编辑部组织过一个全校性的“小说接龙”游戏。参加者除了在校本科生和研究生外，还有几位已毕业的作家校友助阵。这次活动具体有哪些人参加，什么题目，写作的顺序如何，究竟写了些什么，如今早就忘了。只记得参加者被邀至编辑部的会议室，大致定下题材和故事动机，由某位作家开头，随后十几个人依次接续，由校报分期连载。我前面的一位作者似乎就是鼎鼎大名的南帆先生，因为总担心将人家的构思写坏掉，颇受了数日的失眠之苦。

华东师大中文系有一个不成文的规定：凡是今后从事文学理论研究的学生，必须至少尝试一门艺术的实践，绘画、音乐、诗歌、小说均可。本科生的毕业论文也可以用文学作品来代替。我不知道这个规定是何人所创（有人说是许杰教授，不知是否真确），它的本意是为了使未来的理论家在实践的基础上多一些艺术直觉和感悟，可它对文学创作的鼓励是不言而喻的。一直到今天，我都认为这是华东师大中文系最好的传统之一。我因为没有绘画和音乐的基础，只得学写诗歌及小说。

另外，那时有太多的闲暇无从打发。所谓“不为无益之事，何遣有涯之生？”。至少我个人从未想到过有朝一日会成为“作家”，或去从事专业创作。《陷阱》《没有人看见草生长》等小说，完全是因为时任《关东文学》主编的宗仁发先生频频抵沪，酒酣耳热之际，受他怂恿和催促而写成的。而写作《追忆乌攸先生》是在从浙江建德返回上海的火车上。因为旅途漫长而寂寞，我打算写个故事给我的同伴解闷。可惜的是，车到上海也没有写完，当然也就没给她看，此人后来就没有了音信。回到上海不久，就遇到王中忱、吴滨先生来沪为《中国》杂志组稿，此稿由中忱带回北京后竟很快发表，我也被邀请参加了中国作协在青岛举办的笔会。

《迷舟》写出来之后，在很长一段时间内也只是在几个朋友间传看而已，我并没有将它投往任何一家刊物。后来，吴洪森先生看到此文之后，便将它推荐给了《上海文学》。没过多久，我就接到《上海文学》周介人先生的一封亲笔长信。周先生的来信充满了对后辈的关切，却认为《迷舟》是通俗小说，而《上海文学》是不发表通俗类作品的。洪森得知《上海文学》退稿的消息后大为震怒，甚至不惜与周先生公开绝交。为一篇不相干的稿件而与相知多年的朋友断交，在今天看来似乎有点不可思议，可据我耳闻，类似的事情在那个阔绰的年代里并不罕见。我是一个比较消极的人，若非洪森执意劝说我将《迷舟》转给《收获》的程永新，此稿很有可能现在还在抽屉里。不过，现在想来，周先生当年认为《迷舟》是通俗小说，也不是没有他的道理，因为这个故事原来就是几个朋友在草地上闲聊的产物，甚至我在文中还随手画了一幅两军交战的地形图（后来，《收获》发表此文时竟然保留了这幅图，令我最感意外，也大为感动）。何况，他作为名闻全国的重要杂志社的负责人，认真处理了稿件，并亲自给一个初学者写来长信予以鼓励，对洪森而言，也不能说没有尽到朋友的义务。最让我难忘的是，《迷舟》在《收获》发表并有了一些反响之后，周介人先生特地找我去他的办公室谈了一次话。他坦率地承认当初对《迷舟》处置不当，作为补偿，他约我给《上海文学》再写一篇小说（这就是稍后的《大年》）。当时谈话的情景，在他故去多年之后，至今仍让我感怀不已。

“游戏性”一词，在批评界讨论 20 世纪 80 年代的文学创作时曾屡遭诟病。坦率地说，那个年代的写作确有些游戏成分，校园写作更是如此。当时很多作家都有将朋友的名字写入小说的习惯。今天的批评界动辄以“元叙事”目之，殊不知，很多朋友这么做，大多是因为给作品中的人物取名字太伤脑筋，也有人借此与朋友开个玩笑。当然，别有用心的人也是存在的。有位作家对某位批评家的正当批评怀恨在心，竟然将他的名字冠之于某歹徒，而这个歹徒最终被我公安民警连开十余枪击毙。有时，作家也会将同一个名字用于不同的小说。比如，有一段时期，马原小说中的人物不是“陆高”就是“姚亮”，而北村小说则频频出现“王茂薪”“林展新”这样的人名。记得我当面问过北村这个问题，北村的回答让我很吃惊：他每次从厦门坐海轮来上海，来的时候是“茂新号”，返程则是“展新号”。

有一年春天，中文系全体教师去昆山和苏州旅游。系里派我和宋琳去打前站，联系住宿和吃饭等事。我们临时又拉上了正在读研究生的谭运长。我们三个人办完事后投宿于昆山运河边的一个小旅馆里。那晚下着雨，我们几个人无法外出，又不甘心待在房间里，就下楼和门房的服务员聊天。女服务员因为要值夜班，正觉得时光难耐，也乐得和我们几个人胡侃。后来，谭运长忽然就想出了一个主意：我们三个人各以动物为题材写一篇小说，以午夜十二点为限，完成后依次到门房朗诵给服务员听，最后由她来评判，分出一、二、三名。宋琳当时已经是驰誉全国的著名诗人，且一直看不起小说，自然不屑于这类“残丛小语”，但被逼无奈，只得勉力为之。

我记得谭运长写的是《袋鼠旅行记》，似乎是写孔子骑着袋鼠周游列国，最终抵达了“银坑”地方，而引出一系列的传奇。在朗读过程中，服务员笑得趴在桌子上浑身乱颤，始终没能抬起头来。宋琳因根本不会写小说，只得胡写一气。一看他的题目，也觉得怪怪的，叫《黑猩猩击毙驯兽师》，和他的老乡北村一样，驯兽师居然也叫“林展新”。这篇后来发表于《收获》的小说处女作，让他尝到了写小说的甜头，此后又陆续写出了《想象中的马和畜养人》等作品，在校园里传诵一时。

如今在给学生上写作课时，常被学生“如何写作”这类大问题所困扰。在不知从何说起的窘境中，往往以“乱写”二字答之。我这么说，并不是开玩笑或有意敷衍。废名在谈及杜甫和庾信的“乱写”时，是在试图说明一个高妙的写作境界，当然难以企及；可对于初学者而言，要想彻底解放自己的想象力，抛开毁誉得失，“乱写”也实在是一个必不可少的训练过程。

◇ 作者简介 ◇

格非，原名刘勇，1964年生于江苏省丹徒县（今镇江市丹徒区）。1981年考入上海华东师范大学中文系汉语言文学专业。1985年毕业后留校任教，1997年师从钱谷融先生攻读中国现当代文学博士，2000年获文学博士学位。2001年调入清华大学中文系，现为清华大学人文学院教授，博士生导师，清华大学文学创作与研究中心主任。主要作品和著作有《江南三部曲》《隐身衣》《望春风》《雪隐鹭鸶》《文学的邀约》等。其作品被翻译为近20种文字在世界各地出版发行。

点点滴滴在心头

孙　颙

钱谷融先生仙逝，在回忆先生教诲的同时，又联想到诸多前辈的言传身教，点点滴滴，感慨不已。趁记忆尚清晰，快记录下来为好。

一、钱谷融先生

1978年年初，我们这批1977级学子进入了华东师大中文系。到秋天，有一次去中学实习的机会。那时年轻，拼得起，我白天在长宁区的一所学校实习，晚上回家，就埋头于酝酿已久的小说《冬》。一个多月，拿出了小说初稿。当时，在上海，没有出版的机会，一个寒冷的雨夜，我壮起胆子，交给了来沪组稿的人民文学出版社的韦君宜和屠岸先生。做梦也没有想到，一个多月的时间，他们就回信，不但接受出版，还邀请我去北京，参加长篇小说创作会议，并特别说明，所有费用他们承担。那个背景，很久以后，我才明白——

党的十一届三中全会刚刚结束，人文社想要催生文学春天的来临。一纸邀请，让我这个不满三十岁的文学青年，兴奋得几乎无法入睡。第二天一早，就把邀请信和请假条交到中文系。系里很快给我回复，简单明了，学生嘛，认真学习，外面的会议就不要去了。我顿时闷掉，心情之难受无法言说。于是，只能乖乖上课，努力地忘却那封邀请信。谁知，一个星期后，系里突然通知，你去开会吧，回来补考试。很久以后，才有人告诉我，是徐中玉、钱谷融等老先生说了话，要鼓励年轻人出成果。我的人生轨迹，因为老先生们的呵护，出现了重要的变化。放宽点说，老先生们的鼓励，对于华东师大中文系学生创作热情的井喷，是直接的推动。

毕业离校之后，只要见到钱先生，他都会随口问，写什么啦？其实，先生的脾气，就是随便一问，并不是要我具体汇报。他自己的表率，就是宁可少些，绝不马虎。后来，我的散文随笔集《思维八卦》出版，母校出版社开了一个讨论会。让我受宠若惊的是，钱先生竟然也到场了。对于学生，他会说点儿鼓励的话，但是，我记忆最深刻的，那天他说出非常简短而尖锐的批评，他说，“你写文章，火气要少些”。很长时间，我反复品味先生批评的意思。后来，我知道先生最喜欢的一本书是《世说新语》，突有顿悟之感。魏晋之际，社会情况十分复杂，才会出现《世说新语》这样看似委婉实质内涵丰富的作品。文学作品，忌讳的是浅显直露，直截了当的大白话，看似痛快，却非文学上乘。先生的意思，我算大体猜到了。但是，做起来，总觉得自己的学养差一大截。我还会努力写一些文字，经常想想先生的教诲。

二、陆文夫先生

1979年年初，在北京召开的长篇小说创作会议，是韦君宜先生和屠岸先生为推动文学春天早日回归，做的很重要的事情。王蒙先生等遭受过劫难的作家，刚刚出来活动，悉数出席，我能认识他们，实在是幸运。

我和陆文夫先生住一个套房，他一间，我一间，当中隔个厅。我早就读了他的小说，被他充满温情的文字所征服。那年头，我还比较幼稚，会议间隙，老是缠着他谈文学，也不怕他烦。他话不多，沉默的时间多些，也许与他多少年艰苦的经历有关。他没有嫌我不知天高地厚，也算是我的福气。我谈得最多的，是自己的创作打算，向他讲我的各种创作冲动，希望他给我指导点拨。他沉得住气，不打断我，也不插话，让我独自唠叨。偶然，他不置可否地说个短句，让我听不懂，到底是鼓励我写，还是劝我不写。我甚至从狭隘的方向猜想，也许，他不愿意把创作的经验传人。到会议即将结束的时候，有一天夜里，他终于慢吞吞地主动闲扯起来。他说："你下乡很多年吧，我待的年头比你多。农民做肥料，要埋很长时间，让它慢慢发酵。你看到过吧？"我一头雾水，盯住他黑黑的脸，只点点头，答不上话。他不慌不忙地继续说，“有很多冲动是好的，年轻人有热情。不过，我的想法嘛，你有一个冲动，把它放在心里。过一段时间，看还冲不冲动？如果又有一个冲动，也放一段时间再说。假如有几个冲动，你又找到能够把它们好好融合起来的办法，也许，你就能够写出好一点儿的东西。”他说到这里，戛然而止，眼神却亮起来，温和地望着我。我一直记得他的目光，也记得他意味深长的创作体验。在我后来的创作中，特别是写长篇小说，陆文夫先生的想法，让我受益无穷。

三、蒋孔阳先生

蒋先生是复旦大学的名教授。原来，我只闻其名，无缘当面求教。有一年，上海文学艺术奖评选，评委们集中在浦东一个花园式的宾馆里，读文字，看影片，住了好几天。蒋先生和我都是文学组的，能够朝夕相处，真是福气。蒋先生身体不佳，行动比较迟缓，所以蒋夫人一直陪在身旁。那次，文学组碰到个难题，初评时，秦文君的《男生贾里》获得很高的评价，但评奖的名额有限，文学作品往往就评一本，是否推一部儿童文学作品呢？那时候，秦文君还不是名满天下的儿童文学作家，评委大部分是德高望重的老艺术家，平时一般不会读儿童文学，所以知道她的人很少。

投票的前一天，吃晚饭时，我正埋头于食物，有人叫我名字，抬头一瞧，我赶紧站起身，因为蒋孔阳先生由夫人搀扶着，站在我面前。蒋先生问，夜里是否有空，他要到我房间来。我哪里敢劳动他，连声回答，我过去，我过去。一个多小时之后，当我走进蒋先生的居室，见他的桌子上摊开几本秦文君的书，除了《男生贾里》，还有别的。他说，这些儿童文学作品，他读过了，写得确实好；不过，由于他平时不读写孩子们的作品，因此没法比较，他知道我搞出版，因此希望我介绍一下秦文君的作品在全国儿童文学界的地位。我非常感动，一位桃李满天下的复旦名教授，做任何事情均如此认真啊！我赶紧把自己知晓的一五一十地倒出来，最后还强调，我的儿子是小学生，他们一帮同学通通迷秦文君，见一本读一本。蒋先生听后，微微笑了，说，孩子们如此喜欢啊，心里有数了。第二天投票之前的讨论，因为蒋孔阳先生的侃侃而谈，秦文君的作品顺利地以高票通过。此后，秦文君在全国的名气越来越响。不能说是这次评奖造就了秦文君，她的成功，源于她持续不断地奋斗。但毋庸讳言，这是一个重要的台阶。后来，我们呼吁恢复上海文学艺术奖，就把秦文君在上海首先获奖作为实例提出，认为这是上海的眼光。碍于评审纪律，我一直未告诉秦文君评审时的细节。现在，蒋先生早已仙逝，二三十年过去，说说应该无妨了。

四、孙道临先生

认识孙道临先生，也是在上海文学艺术奖的评审会上。小时候，看《渡江侦察记》，为道临先生扮演的解放军指挥员而倾倒，哪里想到会有这样朝夕相处的机会？

他在影视组，我在文学组，仅仅在饭厅里见面，点头微笑，于我，已经很满足。没想到，一个机会让我们熟悉起来。第一次评奖（1991）快结束时，有评委提议（可能是张瑞芳先生），说上海的文学艺术奖，颁奖应该有特色，最好是艺术家们来颁奖。这个提议获得一致赞同。颁奖的主持人被公推出来，就是张瑞芳和孙道临两位先生，这规格之高是没得话说。颁奖词呢，大家要求我来写，一则我是搞文字的；二则我最年轻，理应辛苦。我当然不敢推辞，并且使出浑身解数，希望写好，不辜负看得起我的先生们。交稿后，以为没我的事儿了。不料，张瑞芳和孙道临两位艺术家，为这台颁奖会认真地排演起来。他们对颁奖词中任何一点儿小小的修改意见，均会由孙道临先生出面，与我商量，是否可以改动。我非常惶恐，我对道临先生说，你们随意改，无须征求我的意见。道临先生诚恳地说，他们觉得，是我的文字，一定要问过我才能改。先生们的谦虚和认真，感动得我无言以对。

这次交往，使我得以与道临先生成为朋友，以后，每年找时间聊一会儿，上海人民出版社出版他的著作，也请我去参加座谈会。印象最为深刻的事情，发生在若干年后的上海文学艺术奖评奖期间。那一回，道临先生是终身成就奖的大热门。可惜在最后的投票中（需要三分之二评委赞同），道临先生以一票之差没能入选，只作为提名获得者。

我不知如何表达心情，见面只是尴尬地笑笑。那次策划颁奖仪式，我依然是颁奖词的撰写者。我得知有一项安排，即颁发终身成就奖的时候，被提名者同时上台，绿叶衬托红花之意（那年终身成就奖，记得只有一人）。我感到非常不合适。像道临先生这样的大演员，不获奖已经是亏待，再让他作为陪衬登台，有些过分吧？但是，主事的说征求过道临先生本人的意见，他欣然接受。这样，我就无话可说了。

颁奖那天，聚光灯把华丽的舞台照得通明。道临先生手捧鲜花，站在获奖者身旁，自然地、真诚地微笑着，始终微笑着。那坦率无瑕的目光，永远印在我的脑海里。

五、朱践耳先生

从小，唱践耳先生的歌，认识他，也是在 1991 年的上海文学艺术奖的评奖会上。当时，践耳先生刚刚开始一组交响诗的创作。经过多年积累，这组创作才形成宏大的规模，总名为《天、地、人》交响组诗。1991 年，可能践耳先生自己也没有把创作全部规划好，但是，他以极大的热情投入了创作。他给我们介绍手头的一部乐曲。此曲的意境，来自唐代诗人柳宗元的五言绝句《江雪》。短短二十字的诗，要谱成震撼人心的乐曲，需要极高的音乐造诣和丰富的想象力。践耳先生是温和之人，说起话来慢吞吞，细声细气，但是，谈到创作，他精神为之一振，声调高了，中气足了。他说，我搞来搞去，《江雪》的味儿不够啊，大雪无踪，天地一片苍茫的气象，那意境出不来啊。我听着心中寻思："千山鸟飞绝，万径人踪灭。孤舟蓑笠翁，独钓寒江雪。"那样言简意赅的绝句，要用旋律表现出来，确实是自讨苦吃。践耳先生不屈不挠，他说，他不肯将就着写完算数，一定要找到最理想的表达方式。不知苦恼了多久，有一天，豁然开朗，京剧中有那个味儿啊——苍劲强悍的声调。他决定找个京剧大师来合作。谁？尚长荣！践耳说到此，似乎不好意思，呵呵笑道，那么小的事儿，就是让他放开来吼几句，没想到，他爽快地答应了。正是靠他的嗓门儿一吼，味道才有了。践耳先生把录音放给我们听。果然，雄浑悠扬的旋律，尚先生豪放而余音不绝的声音，真是绝配！我顿时明白了，艺术精品，不会从天上掉下来，得靠顽强不息的追求，才能够实现！

那时，我还兼着上海音乐出版社社长一职。对于音乐，我实在是外行。有践耳先生在面前的好机会，赶紧讨教。我的一些问题，小儿科而已。践耳先生不笑话，有问必答。记得有一次，我傻傻地问，交响乐的指挥，不就是按旋律挥动胳膊，为什么地位如此高？他微笑着，认真地用亲身经历的故事回答我。他说，改革开放之初，他应邀访问莫斯科。他随身带去新创作的交响乐手稿，很潦草的手稿。当地交响乐队的首席指挥要去手稿看，第二天，竟然就能指挥乐队演奏出来。践耳先生的目光在玻璃镜片后闪烁着，轻声说："知道吗，竟然比我们这里排练了很久还好，也比我创作时的想象好。这就是大指挥的本事！"践耳先生的话语，让我对艺术奥秘的感悟提升了，他不吝开导后辈的热心，更深深留在我心底。

六、王元化先生

1985 年，我担任上海文艺出版社社长。面对这样一个老牌大社，我太年轻了，对出版社的管理非常茫然。有一次会议，王元化先生与我比邻而坐，我说起自己的苦恼。元化先生鼓励我道，中华人民共和国成立初期，他担任新文艺出版社负责人时，才 29 岁，比我任职时年轻多了。新文艺出版社是上海文艺社的前身，我赶紧向这位前辈虚心求教。元化先生耐心地点拨了我许多。因为当面讨教的时间有限，后来，我又写信向他询问。元化先生热情地回信，一一回答我的问题。我荣幸地做了一回他的学生。元化先生给我的信，后来被收进《现代作家书信集珍》。

1992 年，我调到上海市新闻出版局工作，负责图书出版管理，前后有十六七年。其间，若干事情处理得让元化先生不满意。曾有朋友带了他的话来，说见面时要与孙颙说个明白。元化先生是我尊敬的大学者，我肯定不愿意和他有不愉快的争执，因此，就有些怯于见他。2007 年，我开始兼任作家协会党组的工作，自然要去拜访文学界的元老前辈们，元化先生那里，肯定要去报到的。我想，不管元化先生如何说我，一不解释；二不推脱，能被学养如此深厚的长辈教导，也是求之不得的事情。

进元化先生书房时，我小心而客气地称呼他，不像当年求教他时那么自然。元化先生何等睿智之人，他从我的客套中，看出我的忐忑，竟微微地笑起来，挥挥手道："来了，来了，好，好！"随即热情地招呼我往里面坐。待我坐定，他即开口与我谈文学界的事情，说得很杂，也很宽广，他对各方面的情况相当熟悉。他说话向来不急不缓，体现出深思熟虑的风格，那一天，他却主动提及各种话题。我心里明白，他用谈话来消解我内心的紧张，我实在为他的宽厚而感动。那天话说得很多，印象特别深刻的，是他分析在作家协会工作的状况。他说，你到这里来，可以什么都不做，那就是得个清闲；也可以都做得非常热闹，直到让作家们受不了；当然，你也可以谋定而做，做一些有意思的事情。元化先生没有明确说希望我如何，但这个选择题的答案是清晰的，愚笨如我，应该听清楚了。

隔些日子，我再去看元化先生，他正在写毛笔字。我见他挥笔轻松自如，墨迹圆润潇洒，随心随意，不由赞叹起来。他笑道，不过是一种练气养生的方式，谈不上有啥造诣。没想到，一星期后，他托人捎来一幅书法送我，录自陆士衡的《文赋》，其中一行："观古今于须臾，抚四海于一瞬。"虽然是早就知道的名句，但是，经元化先生之笔书写，又觉得意境宽了许多。

后来，他突然病重，我和赵长天赶去医院探望。他兴致勃勃，问文学方面的新近情况。担心他累，我们总是尽量说简单的。告辞时，大约想起赵长天是《萌芽》主编，他提高嗓音，很有中气地关照了一句："要为年轻人多做些事情！"我们知道，在关心新人方面，元化先生一直身体力行。近年来，上海作家协会主席团和党组，确实也为文学界新锐的成长做了较多的努力。文化的代际传递，正是如此进行的。

七、李子云先生

早先，与李子云先生不太熟，知道她是著名文艺理论家，曾长期在夏衍先生直接领导下做文化工作。到作协党组工作以后，自然就见得多起来。2009 年春节，我去给她拜年。天很冷，她家没有开空调，喝着热乎乎的茶，话题一直围绕着上海的文学创作转。当时，《繁花》等作品尚未出来，路内、小白一帮新锐还潜伏着，我只能如此回答，写上海的作品，主要靠女作家们撑了，安忆一直有新作，王小鹰、竹林、陈丹燕、王周生也贡献多多。子云先生默默听着，突然将我一军："你为什么不写？"我被问住，确实，进入 21 世纪，我只是写点儿散文随笔。她接着说，你原来写的《雪庐》是可以的，不应该停下来，不要强调工作忙。我勉强回答说，那，我再试试？子云先生说，你当知青时做过干部，带头干活儿，人家才听你的。创作也是这样，你当书记，不能光号召别人。我被她直率的批评镇住了，连连点头，表示一定不辜负她的期望。当时，我还想起安忆也有过类似的提醒：鼓励别人写上海生活，自己为什么不做？

子云先生因病去世的消息，来得十分突然，连去医院送她也来不及。那时，我还兼着上海政协文史委主任一职。我突然意识到自己的失职。她的经历如此丰富，肚子里的掌故何其之多，我们竟然没有去做点儿口述实录。这是无法弥补的损失。

不久，我开始创作新的小说。当疲乏袭来，想偷懒停下时，我自然回忆起子云先生的鞭策。

作者简介

孙颙，1968 年去崇明前哨农场。1978 年春进华东师大中文系读书。1982 年进上海文艺出版社当小说编辑。1985 年任上海文艺出版社社长。1992 年调任上海市新闻出版局，先后任副局长、局长。2007 年任上海作家协会党组书记。曾任中国作家协会全委会委员，现任上海作家协会副主席，上海文学发展基金会理事长。1974 年在当知青期间开始文学习作。1979 年在人民文学出版社出版第一本小说《冬》。近四十年来，出版中短篇小说集有《他们的世界》《星光下》等六种，长篇小说《雪庐》《漂移者》《缥缈的峰》等六种，散文随笔集《思维八卦》等三种，加上未收入集子的各种小说散文短论等，总计发表出版的文字四五百万字。小说《雪庐》和《门槛》获上海长篇小说奖。

不老的大学

赵丽宏

1978 年初春，一个晴朗的早晨。我提着简单的行李，从家里出来。父亲执意要送我，他很兴奋，因为他在乡下“插队”多年的儿子，考上了大学，今天要到华东师范大学去报到了。在我的一生中，几次离家出门，都是父亲为我送行，一次是 20 世纪 60 年代初我到郊区读寄宿中学，一次是“文化大革命”中我去崇明岛“插队落户”。而这一次考上大学，是我人生的一个重要转折。“文化大革命”结束后，大学终于又恢复公开招考，1977 年秋天，无数像我一样超龄的考生走进考场，在飘着油墨清香的考卷上，追寻那耽误了十多年的宝贵时光。上大学，对我来说，就像做梦一样。我没让父亲送我去学校，他站在弄堂口向我挥手。我发现，白发苍苍的父亲，眼睛里闪烁着泪光。

那一年，我二十六岁，父亲六十七岁。

踏进校门那一瞬间的感受，我永远也不会忘记。那天早晨，大学门口人流不断，来报到的学生从四面八方拥来，他们大多数和我一样，早已超过了读大学的年龄。“文化大革命”把我们耽误了十年，能重新踏进大学校门，再当一次大学生，对我们其中的大多数人来说，实在是做梦也不敢想的事情。跨入校门的那一瞬间，我感到自己的眼睛发热……

华东师范大学，也是一所有悠久历史的大学。它的前身是大夏大学，瞿秋白曾在这里教书。我即将就读的中文系中，有不少我熟悉的作家和教授，如施蛰存先生、许杰先生、徐中玉先生、钱谷融先生，他们不仅是有名的学者，也是现代文学史上有影响的作家，能来听他们讲课，真是一件幸运的事情。那幢有着圆形廊柱的古罗马式青灰色文史楼，虽然只有三层，但看上去宏伟壮观，给人一种悠久厚实的历史感，仿佛这就是知识渊博的象征。文史楼三楼的 315 教室，是中文系 1977 级上大课的教室，我们将在这间大教室里上四年课。华东师大的校园在上海的大学里是最美的，校园里有河、有桥、有花园，林荫道边绿草如茵，灌木丛中曲径通幽。校园里那条河叫丽娃河，河边有一块绿地，叫夏雨岛，这些都成为同学写诗作文的素材。我们毕业后，中文系的同学成立了一个诗社，社名就叫“夏雨”诗社，诗社的刊物就叫《夏雨岛》。

我们这一届大学生，最大的特点，是同学之间年龄差异很大，我们班里，年龄最大的同学和最小的同学竟相差十七岁。学生的经历也很丰富，有下乡“插队落户”的，有当过工人的，有参过军的，也有当过教师的。学生来自天南海北，有东北的，有西藏的，也有云南和四川的。不同的经历，不同的地域，不同的年龄，使同学之间的交流和互补丰富而有趣。在中文系这一届的学生名单中，我发现了孙颙和王小鹰。孙颙和我同在崇明岛参加高考，不过他在农场，而我在县城。孙颙那时已经发表了不少短篇小说，他写的短篇小说《老实人的故事》等作品，曾在文坛引起反响。王小鹰是诗人芦芒的女儿，曾在黄山茶林场务农，她当时的特长是写儿童文学，上大学前，就出版过一本写茶林场生活的小说。

进大学不久，在我的记忆中印象最深的事情，是图书的开禁。一批世界名著重新出版发行，对爱好文学的人们来说，真是天大的喜讯。这也是一个文化专制和封闭的时代结束的象征。新书上架时，书店里出现了极其热闹感人的景象。每一家新华书店门口都有排队购书的长龙。华东师大校园里有一家小书店，每天早晨，中文系的学生和其他系的学生一起，早早地等在书店门口，门一开，大家便蜂拥而入，不管出了什么新书，先买下来再说。那时，阮囊羞涩，但是，我还是倾其所有，将可能买到的书都买了下来。还好，那时书便宜，四本一套的《战争与和平》才五块钱出头一点点，上下两本的《悲惨世界》还不到两块钱，像砖头一样厚的《红与黑》才一块多钱，花十块钱，便能捧回一大堆新书。这些书，尽管以前都读过，但是，有不少书是偷偷摸摸借来读的，现在，自己能拥有这些书，是一种莫大的满足和幸福。我还买了很多重新出版的诗集，其中有普希金的《叶甫盖尼·奥涅金》，有歌德的《浮士德》，有雪莱、拜伦和海涅的诗选。很多中国的现代文学名著也纷纷重版，如巴金的《激流三部曲》、茅盾的《子夜》、曹禺的剧作选、冰心的散文选、艾青的诗选，等等。这些书，也出现在我小小的书架上。而现代文学中曾经绝迹的一些诗人和作家的作品，如徐志摩、戴望舒、沈从文，虽然不能一下子看到重新出版的书，但在图书馆能借到他们的书，在阅览室里能读到他们的书。对以前所知的文学史，现在大家都开始有了新的认识。

离那家小书店不远，就是学校的图书馆。华东师大图书馆藏书丰富，阅览条件也好，每天晚上，图书馆的阅览室就成了同学们读书的天堂。读书的学生太多，阅览室坐不下，很多同学早早就等在阅览室门口，门一开，就能进去找一个座位坐下来，然后再去借书。而大多数学生，就在教室里读书、写作、做功课。晚上，宁静的校园里一片灯光。那种景象，非常美妙。我写过一首赞美校园灯火的诗发表在《文汇报》上，由衷地表达了我欢快欣悦的心情。

校园里学习的风气非常浓，经历了十年"文化大革命"的大龄同学，都珍惜这来之不易的学习机会，女同学们表现得更为突出。那时，宿舍晚上十点以后要熄灯，不少女同学熄灯后在蚊帐里打着手电，点着蜡烛读书。王小鹰告诉我，她们寝室里的同学熄灯后都自己点灯读书，有一个同学点着蜡烛读书时烧着了蚊帐，差点引起火灾。

值得一提的是，当时校园里文学创作的风气。我和孙颙、王小鹰几个人，上大学前都发表过一些作品，进大学后，便特别引人注意，有不少我不认识的同学拿着自己写的诗和散文给我看。那时，文学道路上人头济济，成为作家是很多人的向往。这一届学生中，热衷于创作的同学很多，而且都有生活积累。进大学后，在上课读书的同时，他们的创作欲望也被激发起来。那时没有太多的发表园地，在报刊上发表作品，还不是一件太容易的事情。怎么办？同学们自发地在文史楼的走廊里办起了壁报，将自己创作的作品工工整整地誊抄出来，配以插图，贴在壁报上。一时，办壁报成风，中文系四个班级，每个班都有自己的壁报，发布在文史楼的走廊中。有的甚至以寝室为单位办起了壁报，贴在宿舍楼的走道里。这些壁报，水平不低，以现在的眼光来看，都是纯文学的刊物。每一期新的壁报出来，都吸引很多同学去看，不仅中文系的同学，其他文科或理科的学生，甚至校外的文学爱好者，也闻讯来参观。壁报的读者中，除了学生，还有老师。新出的壁报前总是人头攒动，人们对壁报上的文章评头论足，还有人写文章评论壁报上的作品。中文系的壁报，成为校园里一道独特的风景。发表在壁报上的短篇小说、散文和诗歌，有不少后来都被文学刊物和报纸的副刊刊登。我为壁报写的一些组诗和散文，如诗歌《海上断想》《友谊》《跋涉者的沉思》《春天，请在中国落户》，散文《小鸟，你飞向何方》《合欢树》《旷野的微光》《诗魂》等，后来陆续在《人民日报》《诗刊》《文汇报》《上海文学》《萌芽》《散文》等全国各地的报刊上发表，引起不少大学生和文学爱好者的关注。孙颙的短篇小说《螺旋》，后来在《萌芽》发表，引起不小的反响。人民文学出版社还出版了孙颙的中篇小说《冬》。当时，大学生能在人民文学出版社出书，全中国恐怕也鲜见。在大学的最后一年，我应《萌芽》丛书的编辑之约，编出了自己的第一本诗集《珊瑚》，作为“文化大革命”后恢复的第一辑《萌芽》丛书出版。而王小鹰则在《萌芽》丛书第一辑中出版了短篇小说集《金泉女和水溪妹》。

有一天，来了一位报社的女摄影记者，要反映校园里文学创作的气氛，并指名要为孙颙、王小鹰和我三个人拍一张照片。在摄影记者的摆布下，我们三人坐在校园一角，做读书讨论状，记者拍了照片，几天后发表在《解放日报》上，照片的说明文字，是介绍我们如何在学习之余坚持文学创作。而我们三个人，确实是和文学结下了不解之缘。在大学里，我们一起参加作家协会，毕业后，我们的工作都是文学编辑。1985 年，我们一起出席第四届中国作家代表大会；1997 年，我们又一起出席第五届中国作家代表大会。我和王小鹰现在是专业作家，孙颙现在是上海新闻出版局局长，但一直没有停止写小说。在文学界聚会时，我们三个人还常常能见面。

上大学的第二年，中文系成立了一个文学社，名为“草木社”，出了几期油印刊物。当时，全国各地的大学都有文学社，我们互相之间还互寄刊物交流，如北京大学、复旦大学、武汉大学，当时都有非常有活力的文学社，都有自己的刊物。“草木社”成立的时间不长，不到一年就解散了。不过，校园里的创作气氛依然非常浓郁。我们曾经和复旦大学文学社的同学有不少交流，那时，复旦大学的学生文学创作也十分活跃，常常联络的有胡平、张胜友、刘征泰和颜海平等人。复旦中文系 1977 级的卢新华在《文汇报》发表短篇小说《伤痕》之后，在全国引起反响，我曾把卢新华请到我们学校，和我们班里的同学座谈。卢新华一夜成名，却还是个单纯的大学生。在我们的教室里，他谈创作《伤痕》的体会，我们班里的几个爱挑剔的同学对他的小说提了不少意见。大家很认真地辩论得面红耳赤。现在回想起来，那时的学生确实有“指点江山，激扬文字”的豪气和激情。

那几年，中文系经常举办诗歌朗诵会，全校的学生和校外的文学爱好者都会赶来听。有一次，我们在学校的大礼堂里举行诗歌朗诵会，上海的很多诗人都来参加了，其中有老诗人辛笛。朗诵会还没有开始，礼堂里已经坐满了人，只能把大门关起来。可不断地有人要进来，坐在里面的同学只听到大门被外面的同学敲得嘭嘭作响。老诗人辛笛坐在台上笑着喊道：“好，好，这是春天的敲门声！把外面的同学放进来吧！”大门被打开，外面的学生蜂拥而入，没有座位，大家就站在走廊上，挤在舞台两侧。那天晚上，师大的礼堂容纳的人数大概打破了历史纪录。诗歌朗诵会上，同学们朗诵了自己的诗歌，校外的诗人们也上台朗诵。有人朗诵了我的《春天，请在中国落户》。辛笛朗诵了他的新作《呵，这儿正是春天》，其中有这样的诗句：

季节到底不同了。
春天从门窗里进来，
冬天从烟囱里出去。
寒夜漫漫的尽头，
炉边听腻了老巫婆的童话，
终于和笨重的棉袄一起晒到了太阳。
发酵的空气流正大量冲击着麻木的神经和细胞，
重新漾起对青春、对光明的向往……

那天晚上，师大礼堂里的掌声和欢呼声一直持续到很晚。后来有人在校刊上写报道时，称这个夜晚为“诗歌之夜”。现在回忆起来，我仍然非常怀念那时的气氛，就像我当时在一首诗里写的：

世界在我们面前展开，
我们也面对着世界展开，
心是那么纯洁，
热情是那么透明，
我们的憧憬天真得像幼儿的梦，

我们的向往飞舞在星光灿烂的夜空……

我不知道，二十多年后，在大学的校园里，还有没有这样的“诗歌之夜”，但愿还会有。

师大中文系的几位名教授，是学生们最感兴趣的人物。

当过中文系主任的许杰教授是现代文学史上占有一席之地的名作家。有时候，能看到他的一头白发在中文系办公室里晃动。但那时他不上大课，只带研究生，所以我们也少有机会听他的课。不过，远远地看着他那一头白发和温和的表情，大家都会肃然起敬。倒是大学毕业后，在作家协会的很多聚会中，和许先生有了较多的接触。

施蛰存教授在我的心里有几分神秘感。我读过他年轻时代写的那些小说，他也许是中国最早的现代派小说家，今天读他的小说，还觉得新鲜。因为当年被鲁迅批评过，施先生几乎大半生为此受累，真是冤枉了他。其实，他的文品和人品，都值得称道，他无愧大师的称号。在上大学之前，我们根本没有机会了解他，没有机会读他的书，只知道鲁迅先生骂他“洋场恶少”。这个难听的绰号，与为人平和、学识渊博的施先生实在无法相联系。我们在师大上学那几年，施先生还没有开始给学生上课，所以不常有机会见到施先生，但听说他生活得很艰苦，住在一间狭窄的亭子间里，平时看书写作是在一间极小的卫生间中，抽水马桶就是他的办公桌椅。就在这样的环境中，他写成了后来在海内外引起轰动的《唐诗百话》。到晚年，施先生的道德文章终于被世人认识，他广博的学识和充满智慧的文字，他对文学和历史的独特看法，使他在学术界独树一帜，而他淡泊低调的处世态度，使他赢得了无数人的尊敬。施先生晚年笔耕不辍，将近一百岁，还常常在报上发表精美而有见地的文章，这也是文坛的奇迹。

许杰先生已经去世多年。施蛰存先生 2003 年以百岁高龄辞世。两位文坛前辈，是华东师大中文系的骄傲。

钱谷融先生是很受同学们欢迎的教授，大家尊敬他，不仅是因为他的学问，也是因为他那种虚怀若谷的态度。他在 20 世纪 50 年代提出“文学就是人学”，曾经遭到粗暴激烈的批判，此时，人人都接受了他的观点，大家都觉得钱先生是用最简洁明了的语言，道出了文学的本质。钱先生当时主要的精力也是指导研究生，只是偶尔给我们上几堂大课。钱先生谈现代文学总是深入浅出，讲得很生动。然而有趣的是，他有时会突然停止讲课，有点不好意思地摇头微笑着说：“这些话，我已经讲过好几遍，重复自己的话，很没有意思。”课堂里的同学们以热烈的掌声来回报他。大学毕业后，我和钱先生还时有交往，每次见面，他总是微笑着问：“丽宏，你最近在写什么啊？”他的亲切态度，使我感到温暖。前几年，我到《上海文学》杂志社任社长，那年正逢杂志社五十周年社庆，我请钱先生为《上海文学》题字，他笑着说：“我的字写得很差，写得多更要露马脚。”我说：“您就写‘文学是人学’这几个字吧。”钱先生用毛笔写了“文学是人学”五个大字，字体端庄有力。这幅字，现在就挂在我的办公室里。

我上大学时，徐中玉先生是我们的系主任，徐先生是资格很老的名教授、名作家，在没有和他接触前，大家对他有些敬畏。但是一经接触，就知道这是一位随和的老先生。作为系主任，他常常要在全系的师生大会上讲话，在我的印象中，他讲的都是很真诚的话，从不摆大学者的架子。最令我难忘的，是他对我们文学创作的鼓励和支持。他多次在全系大会上热情鼓励同学的课余文学创作，对我们几个在创作上有一点儿成绩的学生，他还常常点名表扬。中文系当时之所以能形成那种日益高涨的创作热，和徐中玉先生及中文系其他老师们热心支持的态度有极大的关系。我们毕业的时候，要写毕业论文，但对我们这些创作上取得成绩的学生，毕业论文可以用文学作品代替。我的毕业论文，就是一本诗集。这样的做法，大概也是史无前例的。我的诗集《珊瑚》，毕业后的第二年便作为恢复出版后《萌芽》丛书中的第一本诗集，由重庆出版社出版。后来，徐中玉先生被选为上海作家协会的主席，作为作家协会的专业作家，我和徐先生有了更多的接触。在人世的风暴中，徐先生是一位铁骨铮铮的硬汉，他把名利看得极淡，而把知识分子的责任和良心看得高于一切，为了年青一代的理想和前途，他甘愿承担一切。1994 年，我和徐中玉先生一起到长江口的长兴岛采风，一起去的还有他的另一位成为作家的学生王晓玉。我们沿着江岛的长堤散步，徐先生谈了他年轻时代的很多往事，他说："此生虽然曲折，但从不做亏心事。"我们在岛上一起庆贺他的八十岁生日，我们在祝他长寿的同时，很想倾吐心中的感激之情，却不知道怎样来表达。我对他说："你不仅教会了我们怎样做学问、搞创作，也教会了我们怎样做一个正直的人。"徐先生笑着说："有你们这些学生，我感到欣慰。"徐先生今年已经九十三岁，依然精神矍铄。文学界的活动，他常常和八十九岁的钱谷融先生一起来参加。大家都说，这两位德高望重的老前辈出席的活动，就是上海文学界级别最高的聚会。最近我去看望徐中玉先生，他告诉我，我在《新民晚报》上的专栏"玉屑集"，他每篇都看。他说："以前谈古诗，从政治和历史背景上分析得多，你的文章都是艺术赏析，很有意思。""玉屑集"是我近年来在写作上的一种探索，也想以此向年轻的读者介绍中国传统文化中的精髓。徐先生的鼓励，使我对自己多了一点儿信心。

我们上大学时，华东师大中文系有一位年轻的讲师王铁仙，学生都对他特别有兴趣。他是瞿秋白的嫡亲外甥，上课时，他的普通话中带着绍兴腔，讲鲁迅的作品，就特别有味道。大家特别喜欢听他分析现代文学作品，郁达夫的《春风沉醉的夜晚》《迟桂花》，柔石的《为奴隶的母亲》，这些作品被他分析得丝丝入扣，使大家有身临其境的感觉。王铁仙先生课上得好，但他不在乎同学们对他的看法，他说："如果你们觉得我的课没有意思，可以不来，也可以在课堂上写你们想写的文章，没有关系。"但是他的课恰恰受到了大家的欢迎。毕业后，王铁仙老师一直和我保持着联系，关心着我的创作。他后来当了华东师大的副校长，但还担任着博士生导师，一边当校长，一边辅导博士生。前些年，上海文艺出版社出版了我的四卷本自选集，王铁仙老师仔细读了我的书，还写了一篇热情中肯的评论，发表在《文艺报》上，使我再一次感受到老师的关怀。

在我们的老师中，外国文学作品欣赏的王智量老师的课也很受同学们的欢迎。王智量老师有激情，分析作品时，往往沉浸其中，仿佛这小说是他自己的作品，小说中的故事是他自己的经历。给大家印象最深刻的，是他谈托尔斯泰的《安娜·卡列尼娜》和普希金的《叶甫盖尼·奥涅金》，讲安娜和她的儿子告别，达吉雅娜给奥涅金写信，讲得绘声绘色，情景交融，很多女生被感动得流泪。王智量先生也是一位翻译家，翻译过一些俄罗斯文学作品。后来，他写了一部长篇小说《饥饿的山村》，是他自己当年被流放的生活经历。给我们上写作课的王光祖先生、王昌汉先生，给我们上现代文学欣赏的陈孝全先生，给我们上现代汉语的陈秀珠老师和朱川老师，给我们上文学理论课的王世谕老师，他们讲的课都留给大家深刻的记忆。

为我们上古典文学作品欣赏的王建定老师，介绍宋词时如数家珍，他对宋词的熟悉程度，使大家都感到惊讶，我们能想到的作品，他都能倒背如流，背诵时那种摇头晃脑陶醉的样子，引我们发笑，但也赢得了大家的尊敬。那时，古典文学的考试是背宋词，由王先生亲自在他的办公室里一个一个地过堂，背诵的篇目范围很广，具体背哪一篇，由他临时提出。这使得很多同学非常紧张。我并不欣赏他这种对付小学生的考试方式，但也觉得有趣。毕竟很多年没有老师来这样考我们了。记得他让我背诵的是苏东坡的《江城子》（老夫聊发少年狂），这是我熟悉的作品，也是他规定范围内的。背第二首时，他对我笑了笑，说："你是作家，我让你背一首规定范围之外的，怎么样？"我有些发怵，怕背不出来会很狼狈。他说："背不出来也没关系，不会算你不及格的。"他给我出的题目是辛弃疾的《青玉案》（东风夜放花千树），不算太冷僻，是我能背的。其中"众里寻他千百度。蓦然回首，那人却在，灯火阑珊处"那几句，是大家都熟悉的。记得王先生夸奖了我几句，还说起了王国维引用这几句使意思出新的典故。这位王先生，生活有点潦倒，没结过婚，没有房子，一直住在教师宿舍里。他在事业上也不顺利，我们毕业很久，听说他还只是个讲师，无法评上教授，因为他坚持"述而不作"，没有著作，尽管他的课上得那么有激情。我觉得这对他不公平，很同情他，却帮不了他的忙。前两年，在《文汇报》上读到一篇悼念他的文章，才知道已经因病去世。我回忆这些往事，也是对他的纪念吧。

在毕业十周年的时候，我们 1977 级的毕业生回学校聚会了一次。又回到 315 教室，和老师们同坐一室，我发现，这十年时光，在我们这些学生的脸上，并没有留下多少印迹，而老师们却明显地老了，当年的中年人，变成了老人；当年的老先生，不少已经老态龙钟，有几位老师，已经离开了人世。在这次聚会上，大家要我说几句，我看着白发苍苍的老师们，看着他们温和期待的目光，泪流满面，语不成声。我说："没有你们，就不会有我们的今天。在我们的心里，老师们是不会老的，永远不会。"这是我发自内心的话。

我们这两届大学生中，后来成为作家的，可以开出一串长长的名单，除了孙颙、王小鹰，还有王晓明、刘观德、周佩红、陈丹燕、陈保平、戴舫、方克强、宋耀良、陈惠芬、陈洁、郑芸、乐维华、刘巽达、毛时安、嵇伟、沈乔生、李其纲……1977 级、1978 级之后，中文系又出了不少作家，如朱大可、宋琳、格非、徐芳、田洱……为什么能出现这么多作家，这和校园里浓厚的创作风气有关，也跟中文系老师们的鼓励和支持有关。一种氛围的形成，有其主观因素，也有客观的原因，两者缺一不可。20 世纪 70 年代末 80 年代初，文学的地位何等崇高。学生心向往之，老师激励扶持，社会推波助澜，涓涓细流，便奔涌成浩浩江河。

这一届同学中，也有一些成了出色的文学编辑。孙颙毕业后先在上海文艺出版社当编辑，后来又当社长，再当出版局长。陈保平先是在《青年报》当编辑、副总编辑，后来当了几年上海三联书店的总编辑，然后当上海文艺出版社总编辑，现在成了《新民晚报》的老总。朱士信当了多年《上海文化报》的总编辑。林建法担任了《当代作家评论》的主编。我们班里的藏族同学克珠，现在是《西藏文学》的主编。值得一提的是，当年和我同一个寝室的阮光页，那时，我睡下铺，他睡上铺。阮光页多才多艺，喜欢写作，也喜欢装半导体收音机，曾经为同寝室的同学每人装了一个用耳塞收听的微型半导体收音机，外壳用的是一种最小的塑料肥皂盒，成本一共才五元钱。现在，他是华东师范大学出版社的副总编辑。20 世纪 90 年代中期，他编辑策划了一套由华东师大毕业的作家创作的丛书，其中有我们这一届的毕业生孙颙、王小鹰、赵丽宏、周佩红、陈丹燕和陈保平，还有“文化大革命”前毕业的沙叶新、戴厚英和鲁光。这套书当时曾引起很强烈的反响，华东师大的“作家群现象”，使很多人产生兴趣，华东师大为此举办了研讨会，上海文学界、教育界和出版界的很多知名人士都来参加了，电视台还为此拍摄了专题片。“华东师大作家群现象”，一时成为热门话题。

现在，历史已经进入 21 世纪。恢复高考至今，已有三十年。父亲送我去大学报到的情景，似乎就在眼前。大学毕业那年，我三十岁，我父亲七十一岁。父亲小时候没念过几年书，也算是自学成才，成为一个小小的实业家。但对读书人，他一直心怀着敬意。我能成为一个作家，父亲很高兴。我把我在大学时代写成的第一本书送给他时，老人兴奋得像个孩子。现在，我的父亲已经离开人世十三年，而我大学毕业已经二十五年。这二十多年，我们的国家和我们个人的命运发生了巨大的变化。然而，在我的记忆库藏中，没有一段岁月比在大学里度过的这四年更令人怀恋。我怎能忘记，文史楼和图书馆繁星点点的灯火，大礼堂里诗意盎然的激情，丽娃河畔、夏雨岛上的琅琅书声和倾心长谈……

生理的青春是短暂的，精神的青春却可能长久地伴随着生命的进程。我想，如果一直能保持着大学时代的心情和精神状态，青春就不会离我而去。

大学不老。青春万岁！

2007 年春日改定于四步斋

作者简介

赵丽宏，散文家、诗人。上海市崇明区人。1952 年生于上海市区。1968 年曾到故乡崇明岛“插队落户”，其间开始写作诗歌和散文。1982 年毕业于华东师范大学中文系。大学毕业后当过《萌芽》杂志编辑、编委，后应聘为上海作家协会专业作家。现为中国作家协会全国委员会委员，上海作家协会副主席、《上海文学》杂志社社长、《上海诗人》主编，中国散文学会副会长，交通大学、华东师范大学兼职教授，全国政协委员。著有散文集、诗集、报告文学集等各种专著共七十余部，2014 年出版 18 卷文集《赵丽宏文学作品》。作品曾数十次在国内外获奖，散文集《诗魂》获新时期全国优秀散文集奖，《日晷之影》获首届冰心散文奖。有十多篇散文被收入国内中小学和大学的语文课本，有多篇作品被收入中国香港和新加坡的中学中文语文课本。作品被翻译为英、法、俄、意、保加利亚、乌克兰、塞尔维亚、日、韩等多种文字在海外发表出版。2013 年获塞尔维亚斯梅德雷沃金钥匙国际诗歌奖，2014 年获上海市文学艺术杰出贡献奖。

没有人看见草生长

毛 尖

常常我想不清楚从20世纪80年代末到90年代中的那些年，究竟是宝藏还是伤口。1988年夏天来到上海，除了中间三年跑去香港读博士，我一直待在华东师大。丽娃河两边每一寸土地，我都走过。

本科我读的外语系，男女生比例大约是5 ∶ 1，而当时的中文系，男女比例还不像现在这样失调，我们到文史楼上课，看人家教室阴阳得当，就有些嫉妒。后来我立志考中文系研究生，同屋嘲笑我是养生去的。不过，玩笑归玩笑，我在中文系读研究生那几年，确是我求学生涯中最难忘的时光。

事实上，在20世纪80年代，对中文系没热情几乎不可能。校园广告栏上都是和文学有关的讲座，大小社团也都是文艺腔，在活动中心跳舞，被人问以后打算去大公司做吗？你会反思是不是自己气质特庸俗。那些年，是风流之徒的最好年华，他们用诗歌为自己担保，使得对里尔克动情的女生后来都有一段和校园诗人的莫名恋情。

校园诗人非常多，而且有一半不是在册学生。那些年，宿舍管理不像现在这么严格，一个寝室八张床，长期睡九个也很正常，至今我还觉得奇怪，那种乱而不淫的关系，是怎么建立的，又是如何消失的。大二的时候，我住过一年的大寝室，十四个人一个屋，吃过晚饭，不谈恋爱的出门夜自习，谈恋爱的上门夜自习，晚上我们回寝室，但见蚊帐飘荡，嘈嘈切切，想起我们的写作老师、现代派诗人宋琳的名言，“越喝越渴”，我们对饮鸩止渴之徒也就有了同情。有一次，同屋的一个老乡跑来说，他们学校最近抓了一个宿舍，户籍八人，搜出十三人，而且有男有女！

我们对她的消息反应不强烈，她自叹自唱：“堕落啊堕落！”我至今记得她一边扼腕痛惜状，一边大口地吸爆炒螺丝。不过，在那个时代，“堕落”似乎有它的正面意义，女孩还没有掌握身体的方法论，男孩也不懂得肉身会有价，所以，从身体开始的爱恋，常常又以身体结束，流泪的流泪，流血的流血。六点钟的寝室，晨跑的同学突然也会带回一个消息，五楼日语系的一个女生自杀了！

所有人的反应都是，她失恋。在那个年代，除了爱情能突破身体的极限，其他，还有什么呢。

能有什么呢？考试算什么啊，先锋派格非和宋琳一起给我们上写作课，他们上的那些小说理论，我一点儿印象都没有，不过，他们对分数的态度一下子让我们意识到大学是什么了。记不得格非还是宋琳说的，“喜欢分数的同学，可以告诉我一声”。可总会有憨厚的同学站起来问，写作文，到底怎么评分的？“评分啊，那也容易，我们把试卷往前面一扔，跑在最前面的试卷 100 分，以此类推。”

二十年过去，有时候我也怀疑，到底格非或宋琳是不是讲过类似的话，或者，这话到底是他们中的哪一个讲的，但是，有什么要紧，永不熄灯的自修教室里，在那里奋笔疾书的绝不是为了成绩，一定是为了写出最壮观的诗歌献给心上人。

自修教室里永远流窜着诗人，这些诗人有些是大学毕业没有按分配回到老家的，有些是长期混迹校园的文艺二流子，部分在白天还有正当职业，部分则寄生在华师大七八年了，我的一个非常要好的女同学，就供养过当时非常著名的一个诗人，直到他后来找到别的供养人。不过，所谓供养，在当年，也是很干净的事情，就是把一个月的饭票分成两半，一人一半。

诗人找到别人供养了，我的好朋友请我吃饭，那是我第一次吃肯德基，在外滩。我们走进店里，多少有点闯入别人地盘的怯场，搞得有很长一段时间，肯德基在我心中地位过于崇高。一半是黯然神伤，一半是如释重负，她说，“从今天开始我不用跟我妈撒谎了，这一年来，不停地变相跟我妈要钱，让她一天到晚在骂华东师大收费多”。然后我们一起骂了诗人，最后从外滩走回学校，一路上，她朗诵诗人写给她的句子，完了，就狠一句：“妈的，写得这么狗屁！”“狗屁”，当然是一种赞美。

可惜我记性不好，当年觉得兰波似的诗句，现在竟一句都想不起来，我唯一有印象的是，该著名诗人给我朋友的每一封信，都是用“孩子”或“亲爱的孩子”开头。其实，我得承认，在那个夏日午后，当她打开红色的文件夹，把诗人写给她的信和诗向我们展示的时候，我的内心是有一些神往的，而我的同屋更是情不自禁地说出，唉，如果我不是那么喜欢河东食堂的大排，我也找个诗人为我写诗。

这是诗人的好时代吗？也许是吧，宋琳老师不是至今认为，所谓天堂，就是在华东师大当老师。就说宋琳老师吧，夏雨诗会的时候，他在学校大礼堂朗诵他自己的诗，一边朗诵，一边把自己的诗稿往台下撒，搞得当时万众瞩目的校花因为抢一页诗稿差点走光。诗人宋琳，据说二十年后重回华东师大，从学校前门走到后门，只花了十分钟，这让他很悲哀，因为以前这段路程，他要跋涉一上午，路上得遇到多少姑娘多少诗人，目标得多少次被延宕被改变！从宿舍门口出来，门卫老头就会叮嘱他，门口两个小囡，来过三趟了！

远在北方的诗人宋琳会想念这些潮湿的南方春天和春天里的姑娘吧，真是惆怅，今天，当我站在教室里，跟学生说起宋琳，他们再没有热烈的眼神，就仿佛我说的是一个前朝人物。其实，不仅宋琳，华东师大星光熠熠年代里的好些名角，都逐渐进入历史。二十年前的图书馆舞厅，宋琳穿着高筒雨鞋和我们班最美的杭州姑娘跳四步，蒙太奇的一个转身，漂亮姑娘不认识宋琳了。

可与此同时，我又觉得，20 世纪 80 年代的落潮，诗人们的退场，是不能只用怀旧的方式料理后事的，这其中，当事人多少都要负些责任，毕竟，像宋琳这样有品德的诗人不多。譬如，我那个供养过诗人的好朋友，时隔经年，会很冷静地跟我说，虽然我并不后悔当年为了他连华亭路的一件T恤都舍不得买，却帮他买最好的稿纸，但其实，他一直是自私的。而这种自私，主要是他把自己看得太光芒万丈了，好像我每一分钟都该思念他，每一分钱都该花在他身上，而他自己有了稿费，从来都是挥霍掉，买进口烟去咖啡馆。更糟糕的是，他从来不掩饰自己对不同女孩的兴趣，好像这是诗人的天职，但是对于我交往的同年龄男生，他总是笑人家太实际没梦想。

也许是这样的，诗人本人不及物，但会加剧周围人的及物。为了和诗人在一起，我的朋友做过家教，萌生过去公司打工的念头；为了和诗人在一起，她不好好读书，做出叛逆的姿态从课堂出走，没搞懂莎士比亚只好去学商务英语；为了和诗人在一起，她把他的梦当作自己的梦，最后却交出了自己的梦。“三十功名尘与土，八千里路云和月”，回头看看，诗人身边也算是尸横遍野，这样，20世纪80年代一旦结束，诗人发现自己也成了李尔王。

每个时代都会留下李尔王，但20世纪80年代制造的李尔王是比较多的。当然，话说回来，今天却是连李尔王也没有了。

20世纪90年代初，我进入中文系读研究生。回想起来，在文史楼给我们做讲座的学者作家诗人都是气势磅礴类的。马原像毛主席一样走进教室，满满当当的文史楼301教室迅速让出一条道，等马原走过，这条道马上又被人群封死。演讲结束，格非陪着马原，后面浩浩荡荡地跟着一支文艺队伍去后门消夜。遇到马原兴致高，还会问一些奇崛的问题，如“第一次手淫是什么时候？”。现在的大作家李洱好像就是在这个问题上得到了马原的激赏，因为依据弗洛伊德的理论，手淫就是写作。当然，李洱的写作不是因为马原的首肯，但当时的确有一种风气，它使草根出身的我们，觉得这个世界有一道平民也可能拿到的密码，只要应声叫出“芝麻开门”，就能接过精英守卫的文学任务。而“芝麻开门”这样的口令，在华东师大的江湖传统里，一向是功夫在诗外，所以，大家对正规课堂普遍不重视，热衷于偏门武功，追求的是惊世骇俗，李劼的离经叛道就满足了当时的这种需要。

有一段时间，李劼宣扬全息文化，从《红楼梦》讲到“第二次世界大战”，而他自己也忽而贾宝玉忽而希特勒，然后有一天，他跑到我们寝室，跟我们说“Good afternoon”，用英文宣布，以后他要用英文上 Holographic Culture。我们虽然很惊讶，但都故作镇静，在那个时候，好像大家集体练就了一种功夫，类似“荣辱不惊”，譬如，有人说“《金瓶梅》是一部侦探小说”，就会有人谈“《变形记》的同性恋结构”，那个年代，我们彼此的倾听能力其实很差，但在一个创造力相对旺盛的时辰，在一个及时行乐还带着无限激情的时代，谁又有耐心“用一百年的时间来赞美你的眉”，袁可嘉翻译的叶芝诗歌《当你老了》会在那个时候流行，不是因为对永恒的追求，而是没人追求永恒，因为“在背后我总听见，时间带翼的马车急急追赶”。这样，学期结束的时候，我的导师王晓明问我们收期末论文，我和李念都厚颜无耻地说：“没写。”同门五人，好像只有罗岗写了。也许是未来学术的潜力，这第一篇论文，用马原的意思，就已经是表征。

那是我第一次挨批评，可我心里很嘀咕，作业很要紧吗？为此，还跑到九舍625室去跟徐麟抱怨。625宿舍是当时华东师大最重要的文化地标，这跟徐麟的个性有关。他声音洪亮，体形硕大，我们有时在他那儿传播一些小道消息，他却用很大的声音追问，张闳和吴雁怎么了？经他一追问，张闳和吴雁结婚了。好像是他身上有一种特别灿烂的质地，而且，这种灿烂的东西也传递给了周围朋友。我还记得有一次去博士楼找一好友，因为门房认识我，所以进门就随口告诉我，他刚上去，和高个子一道的。爬到六楼，我敲门，门不开，不甘心，用力敲，门吱嘎一声开了。天地良心，我想这样的场景也只会发生在时间的那个拐角，我特别喜欢的这对“狗男女”就在被窝里接见了我，天寒地冻，他们甚至建议我也把脚搁在被窝里。如此聊一宿。临走，高个子骂一句：“敲这么响，我以为是胖大和尚。”胖大和尚是徐麟的诨名，可惜，不久之后他去了湖南，现居苏州。而这对曾经死去活来的恋人，最终分了手，每次想念他们的时候，我会拿出旧照片看，我们仨在学校大操场上有一张合影，高个子正用他宽宽的肩膀大大的手掌帮我们挡风。那是人类的童年时期吗？我们几乎可以问上帝要光，要风，要雨。

不过，在我眼中的童年时期，在我的老师王晓明眼中，却已近黄昏。625寝室的墙壁如果会说话，可以站出来嚷嚷：人文精神大讨论里也有我的版权！一屋子的人，王晓明、徐麟、张闳、张柠、崔宜明，开头大家还坐着说话，最后连王老师都站了起来，没有录音设备，只能现场记录，一边“虚妄”没结束，一边“荒诞”又登场，尤其是张闳、张柠又双胞胎似的连声音都一模一样：“到底是谁说的世界痛苦？”我回头问他们，可他们忙着和老崔理论，只有王老师草草回我：“这个不重要。”

“这个不重要”其实很重要，尤其是时光流逝，经常看到有人跳出来说，这个概念当年是我的发明，那个问题是我的发现，我就会想，到了翻检箱底的地步，一定是囊中羞涩了。思想喷涌的青春期，连倾听别人都没有时间，连自己的版权都懒得认领，谁有空去帮他人做注释？

和今天比起来，那个年代的校园生活，包括写作和批评，都太幸福了。没有核心期刊，没有小鸡兵团，小说可以写得像论文，论文也可以写得像小说，宋琳和格非凭本科的学历留校任教，诗人凭一个眼神把校花带往德令哈。李劼虽然认为自己遭受了不公正待遇，但是他堂堂正正地在女生宿舍住了一个学期，这令多少男性羡慕，简直是童话啊。李劼用一块小黑板把二楼西头的女生厕所改成“男厕”，然后楼下的胖阿姨气急败坏地上来摘掉小黑板，然后，李劼又挂上去……

可是，岁月神偷，二十年后，我看到原来英俊无比的宋琳也头发稀少，他在徐家汇匆匆走入地铁，我一阵悲怆，没有叫他。而我，每次想起徐麟出发去湖南时候的叮嘱，“跟着你们先生好好读书”，我内心就涌起羞惭，虽然在那个时代“一千首诗”并不比“一千篇论文”逊色，甚至“一千个肉圆”也可算大学豪情，但是，当我也跟着师友们踏上讲台，尤其是面对（20 世纪）“80 年代”“90 年代”这样的命题，我内心也非常翻涌。如果我把这整整七年花在图书馆里会怎样？如果我从一开始就好好上每一堂课会怎样？

有很长一段时间，每天晚上我们从河东散步到河西，远远就能看到一个人影在独自打球，他的动作非常花哨，好像边上有很多人在拦他，一个花步，一个移动，接着一个假动作，然后一个背投，球没中。

在回想我自己的青春岁月时，我常常会想到这个没有投中的球，所以，有时候我会后悔，要是王老师问我们收作业的时候，我能向篮筐里投一个球，那多好。可那时候年轻，觉得有的是时间，有的是时间去做很多假动作，有的是时间去寻愁觅恨、去把《红楼梦》的每一个章节经历，终于风吹过，球没中。

不过，允许我最后对自己有所安慰，这个没中的球，也是有意义，甚至是很有意义的，尤其在今天来看。这就像，没有人看见草生长。

◇ 作者简介 ◇

毛尖，浙江宁波人。上海华东师范大学外语系学士，中文系硕士，中国香港科技大学人文学部博士，现任教于华东师范大学。著有《非常罪，非常美》《当世界向右的时候》《慢慢微笑》《没有你不行，有你也不行》《乱来》《这些年》《例外》《有一只老虎在浴室》《我们不懂电影》《一直不松手》《永远和三秒半》《夜短梦长》《一寸灰》等。

插　秧

许子东

再教育的第三方面，其实是最重要的方面，就是劳动。

下乡前就知道江西虽然“有饭吃”但劳动辛苦，但没想到这么辛苦。农民“出工”分为三段，清晨 5 点到 7 点多，是早工。8 点多到 12 点多，是上午工。下午 2 点多到天黑（近 7 点）是下午工。农忙时还要开夜工（抢种抢收）。一般妇女、青少年不出早工，要在家里煮饭、割草、养猪。我们知青也不出早工，一来起不了这么早；二来也要劈柴、挑水、煮饭、洗衣等。全劳力最高一天十分，我们男生是八分，因不出早工，八八六十四，六点四分。我们在的生产队那几年算收成不错，每十分年底能值大约一元人民币（低的地方仅值二三毛，惨不忍睹），所以我们做一天十多个小时，大约赚六角四分。妇女劳力最高七分，女知青就只有六分。其实有些活儿，如耘田、拔秧，妇女做得比男的还快还好。

即使是在吃早饭、午饭的大约一个小时，男劳力也只有几分钟在吃饭，其他时间必定在自留地里，那其实是一天里最有效率的劳动时间。晚上如不开夜工，男人多数会几个一伙在田里捉青蛙、甲鱼或到山上抓什么别的小动物，然后煮来吃，叫“打平伙”——一种带游戏性质的夜宵。女人则在油灯下做别的“副业”活，通莲心、织麻绳等，赶集时靠这些东西换煤油和盐。广昌白莲很有名。当人们在甜品里吃到一口白莲数十粒，每一粒本来都有一根苦的蕊子，都是乡村女人的手半夜摸黑一粒粒通掉了苦蕊。所以女人工作时间更长。毫不夸张地说，除了五六个小时的睡觉，全天几乎都在干活儿。甚至在床上也干活儿——我在古坊几年，看到几乎每个已婚女人，平均每两年生一个小孩。和妇女一起，只见肚子此起彼伏。

早饭后 8 点多，大家都聚在一块空地上，或站或蹲，吸旱烟筒，或八分一包廉价纸烟。队长松仔分配工作：“顺仔，严家细丘；刘毛仔和你弟弟，尧家海丘；平仔媳妇带几个女仔，李家弯丘……”（“细丘”是较小的梯田，“海丘”是大田的意思。）虽然合作化多年，地都是集体财产，但名称上全都留着私有制的痕迹，也没人想到要革这个“话语”的命。队长分配要公平，且自己需多做，挑重活，很像今天系主任的工作。怎么来划分男劳力们的工分等级呢？为什么有的是十分，有的是九分或八分或更低呢？原来当地农活中有一个不成文的等级制度：男人的活儿，最有技术含量的有三种，一是犁田，在干地犁田至少有八分；二是耙田，牛拖着铁耙在水田走，人得站在铁耙上，我看着是挺危险的，站不稳摔下来，分分钟脚会被划断。会耙田的有九分。最高十分，则是给插秧好手。这个插秧，我更要好好向今天城里的文明人介绍一下。

因为山里几乎全是梯田，古坊最大一块是严家海丘，八亩，但大部分是一二亩甚至几分的水田，且弯弯曲曲什么形状都有。农民对水稻秧苗能否插得笔直有一种近乎宗教的重视和讲究，一来这确是为了日后耘田方便（耘田就是在水稻长大过程中用铁耙清理秧苗中间的杂草），但更重要的好像还是为了“美”——好像一块地秧苗笔直纹路清晰便象征丰收，秧苗弯曲连空隙都看不清则不好看，他们称为“倒灶”。在一块弯曲的梯田里，要保证秧苗插得齐整，第一关键是“头路”要开得好。所谓“头路”，就是第一个下去插的人，不难想见，只有他插的六行秧苗笔直，其他后来靠着他插的人才有可能也直。（像不像今天大学里的“学术带头人”？）而且“头路”不但要直，还要对准弯曲梯田里面由山岩石壁形成的拐角处，如果六行下去，正好擦着这拐角石块而转弯，那就是完美的“头路”！如果太靠边了，转弯后六行成了五行半，这叫“撞了”。如果太不靠边了，转弯时还离石头一大截，转弯后成七行列，那叫“离了”。能够“开头路”且不会“离”不会“撞”的人，全队三四十个男人中仅有三人。

我现在还记得这三个人的样子。第一个是李德（我那时还没读过《李德回忆录》，不知道这个五十多岁的小老头和曾在广昌指挥红军的德国顾问同名），牙齿发黄且多处漏风，个子很矮还驼背，眼睛很小，很少说话。“开头路”时先在田里直线插六根秧苗，身体后蹲屁股几乎碰到水面，要瞄准半天，但插起来后就很快，比第二个人总要快一倍。因此早早上岸抽烟了。按老规矩，“开头路”的人不用在这块田里再插秧，一直休息到“转移阵地”。第二个是炳叔，个子很高，大眼睛，也有五六十岁，爱说笑话怪话，插秧风格完全和李德不同，膝盖不会往后蹲，只是弯腰，貌似低头不看路，摇来摇去，单独看他插的秧没有李德甚至没有一般人整洁，但最后总能不“撞”不“离”，远看却是直的。

第三个是二十多岁的双仔，很秀气腼腆的小伙子，人一夸他就红脸，像个女孩似的，插秧也极快，如李德的作风。在我和乡亲们看来，他是个天才，水平比其他同龄青年高过好几个层次，还罕见地不抽烟。

可是很奇怪，这三个人成分都不太好。李德、炳叔都是上中农，双仔也是中农出身。村里“富农”“地主”早没了，仅有一个富农婆，弄不清楚是女的富农还是富农的老婆，每次开会都照例斗一会儿，因为需要她去的地方挺多，有时还没空。所以上中农也是阶级敌人的边缘了。打听以后才知，原来“开头路”在合作化前是极吃香的农活。农民单干，农忙时都要请人帮工，请来犁田耙田的有干饭吃，请来插秧（且会“开头路”）的有猪肉豆腐吃。也就是说，待遇高、收入好。于是就致富快。到土改时就几乎成了“富农”。也就是说，要不是秧插得好，也成不了有瓦房的上中农。

下放干部曾经想帮村民克服这种对“头路”的盲目崇拜。他组织妇女在插秧时拉绳索，依着绳子插的“头路”，照样很直，女人甚至儿童也能插。但此法推广不开，农民都觉得靠拉绳子插的秧，齐了也不稀奇。他们依然分派男人插秧，尽量不让女人“跟头路”，依然顽固不化地尊敬那几个会“开头路”的人。不仅插秧季节如此，到了耕田、割稻时，大家干一样的活儿，李德他们仍然拿十分，大家也不抱怨，真是一种对专业精神的迷思。

高手开了“头路”以后，也不是谁都可以下去跟的。因为第二个如果跟不好，后面的人也没法插。这时就有了所谓的“第二梯队”。队里七八个男人有这种资格，有时在重要的路边的大田，他们还会谦让客气一番才下去跟——哪像今天所谓学术界、文化界的某些人，完全失却专业水平还自我感觉良好，彼此称为大师，在我看来远不如广昌的农民！政治队长、民兵队长等，在插秧的时候一点儿都不神气，插得不好，就排在后面，免得影响大局。我当时之所以被农民以及公社干部称赞，就是因为在技术发挥良好的情况下，我也可以进入第二梯队。很多海丘的第二列是我插的，甚至在一些细丘，双仔、炳叔还让我（或教我）“开头路”！插完以后数月，每次经过那些田丘，我都会望望我插的那几列绿苗，它们越长越高，“绿油油一片”，直的让我骄傲，弯的令我后悔……

我当时十六岁，身高 1.82 米，体重才 115 斤，电线杆身材。插好秧需要身体不断后蹲，其实很伤腰。我的脊椎不好大概就是那个时候弄的。但想起来，也并不后悔。或者也是别无选择。另外两个男生会犁田、耙田，我都不会也不敢。不知为什么，我指挥不了任何一头水牛。

劳动中最可怕的是蚂蟥。我数过，最多一次有二十八条蚂蟥在我双腿上，上了田埂把它们一一拍掉，然后满腿是血——蚂蟥吸了多少，还会流掉多少。父母在信中最心疼的就是这事，多年后还老和别人说子东腿上有二十八条蚂蟥。他们寄给我“创可贴”，这在当时是“先进科技”，两天就用了一盒，不行，后来还是清洗。女同学因为这样，小腿都肿了。邻队同学来串门，看见女生挑水就说身材要压坏了，怪我们不会“怜香惜玉”，我们真的听不懂是什么意思。

◇ 作者简介 ◇

许子东，浙江天台人，曾下乡插队，做过轧钢工人，读过工科，华东师范大学中文系硕士（师从钱谷融教授）、加州大学洛杉矶分校（UCLA）东亚系硕士、香港大学中文系博士。香港岭南大学中文系教授、系主任（2008—2014）。著有《郁达夫新论》《当代小说阅读笔记》《为了忘却的集体记忆——解读50篇“文化大革命”小说》《呐喊与流言》《张爱玲的文学史意义》《香港短篇小说初探》《许子东讲稿》（三卷本）、《许子东现代文学课》等十余种。论文及专著曾十数次在海内外获奖。2000—2017年任凤凰卫视谈话节目“锵锵三人行”嘉宾。

第二辑　怀人

追思我的导师钱谷融先生

吴 俊

2017 年 9 月 28 日是我的导师钱谷融先生九十九岁生日。先生是“五四”的同龄人，2017 年年初，华东师范大学就酝酿要在九十月间为钱先生举办百岁华诞庆生活动，过不久确定为 10 月 28 日。在生日的前六天，先生突感不适，大致在傍晚时分入院诊治。那天正巧华东师大举行高校中文学科双一流建设研讨会，我下午从南京到上海与会。会后用餐时，母校同门即获知先生刚才住院的消息，而且传示了医院的诊断结果，几乎所有脏器都已衰竭。好在先生的精神状态尚好，也能自如进食。一时似无危殆。因当时晚饭时分，去往医院探望并不适宜。遂由同门一人即刻往视先生病情，我们择时另往。过后几日，我每天都与各位同门交换先生病情消息，虽说未见好转，但也没有急迫的迹象。年初先生也入院一次，但两周即出院回家了。其间还录制了知名度甚高的朗诵者电视节目。先生的性格柔韧，精神矍铄，这是他的独特生命力的体现。所有的人都充满了期待。特别是到了生日这一天，陆续有学生、亲友等到医院探视，并祝寿诞，先生精神显得挺好，示意招呼来访者，与大家合影，还在病床上看着学生为他点上生日蜡烛，端上了生日蛋糕。连医护人员都一起加入了庆生。当时留下的照片通过微信发上同门群后，大家都感到十分欣慰。当晚，我和上海的同门约定次日下午 3 点半一起到医院探望，并买好了车票。微信交流断断续续直到晚上 9 点多。但几乎就在微信间断后，同门的来电立即就响了，传来了先生刚刚去世的消息。时在晚 9：16。后来在追悼会上我们才知道，先生过完生日，送走客人后，对守候的家人说要把窗帘拉上，他想睡一会儿。就此先生平静地进入了他的世界。我的导师是在自己的生日最终完成了他的圆满人生。这不是我们凡人都能够修得的境界和福报。我在接到电话通报之时，似乎真的体验到了何谓悲欣交集的滋味。

我是在 1986 年第二学期提前硕士生毕业，跟先生就读博士研究生的。此前的 1984 年夏，我毕业于复旦大学，本来有意报考本校古典文学硕士生，后来还是因读过了《鲁迅全集》而去华东师大报考了现代文学专业。那时，我还根本不知道华东师大是在上海的哪个地方。复试时，我第一次见到钱先生。先生的随和爽朗给我留下了初次的印象。后来在另一位同学的陪同下，我到先生家里拜访承教。所谈的话题并无特别，但我对先生清澈透亮的眼神记忆深刻，至今依然还能感受到先生眼神中透过来的光芒。考入师门之后，渐渐对先生的道德学问文章都有了越来越多的了解和体会。但那几年毕竟年轻，而且未经挫折磨砺，一切都是想当然的顺利，所以对先生的诸多教诲并无深刻思考，真实的领会还是很肤浅。但不久后的一件事使我对先生的垂范身教有了一种震动感受。大概是第一次提交课程正式论文后不久，先生把我们几个学生找去谈话，并将我们所交的文章原稿批改后还给了我们。等我回到寝室细看先生批改的论文，顿时震动莫名，一下子感悟到了先生的良苦用心。先生不仅用红笔细改了全文，有几处完全是重写，而且对引文错漏也做了订正，连引号里外的标点都做了规范订正。这不只是在教授作文治学的严谨态度，实际就是在传授为人之道的精神了。这应该是我入师门之后所上的第一课。我对教师或先生二字的理解，就是从先生的这次批改作业开始的。何谓文学是人学？理论的意义和价值还是其次的，文学者的践行才能见出其中的真义。

至今谈起先生，人们都会提到先生的《论“文学是人学”》一文。在我的理解中，此文当然有其历史的意义和价值，但最能体现先生文学趣味和文学价值观践行的著述，当推《雷雨》人物谈的系列文章。或许我想这样来说，《雷雨》人物谈系列是先生对于“文学是人学”理论的一种具体批评实践，相比之下，《论“文学是人学”》只是一种理论的纯粹表达，先生的思想智慧表达在其中，但他的文学心性和生命体验则融化在《雷雨》人物谈系列中。而且，按照我对先生性灵趣味的认识，《论“文学是人学”》一文的规整论文写法，恐怕也不是先生所喜欢的文章行文风格，深入具体人心、琢磨文学幽隐，才是先生心有所动、兴致盎然之处。文学是人学中的人，理论上多是抽象的人，是具有普遍人性的人，但在具体的文学对象及实践中，那应该是活生生的个人。先生关注的是具体的活生生的个人。写出了这种具体的活生生的人的文学，就是先生眼中的好文学、好作品。他的理论和批评的贡献，我认为是在以此文学观为核心而展开的文学实践中，而首先就在他自己的人生之中。

先生留下了不朽的名文名作，但他一生的著述并不多。而且，照我说来，先生也不是勤于著述的人。我想象不出一个埋首在书房里刻苦治学撰述的先生形象，如先生多次自况的，他是一个“懒散”的人。因为留下了不朽的文字，就解释了可以“懒散”的原因吗？我接触先生时，他已经六十多岁了。他的文学观早已成熟成型，更重要的是他对人生尤其是对自己的人生已经有了深刻透彻的把握，一切都已了然于心。他对这个世界的关怀，或这个世界对他的眷顾，主要就借着授业传道的教师职业途径来实现了。在他眼里，学生们的人生是正待开始、充满无限可能的一种未来。他的寄托和想象很大程度上都投在了弟子身上。他有自己确认的价值实现方式和途径。至于自身的写作，即便还能有所贡献，毕竟已经有限。能够深刻明察自身有限性的人不多吧？“认识你自己！”这是个难题。我觉得就在先生的“懒散”中，体现着他的豁达和明智的人生态度。吾道一以贯之，足矣。非不能，不为也。一事多余，便为无趣。晚年，先生常说，“我因为学生而出名”。或视之为先生的自谦；其实不然，先生践行的文学是人学之道正在其中。先生所为乃在大道，岂为区区。

随心随性如先生者，平生真所鲜见。有次师生闲话，先生突然说，你最近是不是在谈恋爱了？我当时正陷在热恋的甜蜜痛苦中，有点到了衣带渐宽不自觉的程度吧。不敢在先生面前说假话，只得承认了。但立即发问："先生您是怎么知道的？""我是猜的。"先生说，"你最近有点恍惚，心思不定，几次见面失约，家里也没听说有事，没生病面上却瘦了不少，猜你是在恋爱。"先生真是阅人识人深矣。学生恋爱认真热烈得瘦身竟因此被看破。当时就随着这个话题讲下去了。我不记得先生是否教了我什么恋爱经，但他描述的自己的一个经验却让我对这场师生谈话至今记忆犹新。话题就是从恋爱的苦恼生发出来的。先生说："我也有苦恼啊。杨先生有时发起脾气来，会过来揪着我的耳朵从这个房间拉到那个房间。"我听了略微惊异了一下，很快便笑出声来了。杨先生是我的师母，华东师大外语系的资深教授，年长先生四岁，师母任副教授时，先生还是小讲师。据先生说，师母出生于上海奉贤的富裕之家，家中居长，有大小姐的魄力和气度。先生出生常州武进的乡村教师家庭，那和杨先生两人在家里的日常情形就有点可以想象了。我在先生家里，多次听到隔壁杨先生直呼先生的名字，而先生说起师母则总是杨先生三字。但我从来也没有产生过先生"惧内"的想法；相反，家里的热闹氛围好像多是以先生为中心的，来访的客人也以先生的关系为多，但每次见面，杨先生总使我感受到一种祖母般的温暖。好几次她会从隔壁房间拿过来巧克力之类请我们吃，这时先生也会顺手取过一块。我因是上海本地人，口音与杨先生相近，说起话来尤感亲切。所以，假如杨先生过来揪先生的耳朵，一定是有理由的。师母是大姐。待我失声笑出口后，我发现先生其实也并无苦恼之色。我敬爱的先生和师母无意中留给了我人间最活泼贴心的一幅人伦之乐的画面。而先生日常的率真也大凡如此。他真就是一个活得洒脱的哲人。

我的哲人一词出自明哲保身一语，意指处身明智之人。先生曾特意说过，明哲保身并非贬义词，这话的重点是在明哲，保身只是结果。我想这也是先生从自身经历中拈出的一种自处经验吧。先生幼年遭逢战争，从家乡无锡常州一带逃亡到了西南重庆，后也在重庆考入中央大学。一生百年，经历了军阀战争、抗日战争直至“文化大革命”、改革开放和新世纪的所有历史，一个现代知识分子何以自处的问题一直都在先生前后几代人面前不可回避。必须用自己的一生清醒地面对并回答这个问题。如何在乱世保持操守，又在顺境不失自尊，先生垂范了一种人格的楷模。如今，先生去矣。我们又当如何？

说起来，我是受教于先生最多的学生之一。1984—1990 年，我在先生门下硕博连读，既是先生指导的第一个博士生，可能也是唯一的硕士、博士都在先生门下的研究生。先生于我既为业师，更为人生的精神导师。时过境迁，30 年后静夜自省，仍常感愧疚。不说俗世中的修行悟道成就自身，恐怕洁身自好也已为难事。想当初先生年轻时以文章入世，满怀真诚服务社会，后以道德学识化育后进，培养人才不遗余力。正所谓待人以诚，淡然自处，己所不欲，勿施于人，谦谦真君子。身后种种追思和感慨，都不由人不黯然神伤。再问何以自处？愧对先生。

2017年10月19日夜写

◇　作者简介　◇

吴俊，1962年生于上海市。1980—1990年，先后就读于复旦大学中文系本科、华东师范大学中文系研究生，师从钱谷融先生攻读中国现当代文学专业，1990年获文学博士学位。当年毕业留校任教。1992年晋升副教授。后往日本东北大学、东京大学访学，获日本学术振兴会等资助，担任外国人研究员。2000年晋升教授。2007年年底，调任南京大学工作。曾任教育部人文社科重点研究基地南京大学中国新文学研究中心副主任、文学院副院长、南京大学研究生院副院长、江苏文学院执行院长。主要从事中国现当代文学研究，历年出版各类著作有《冒险的旅行》《鲁迅个性心理研究》（新版名《暗夜里的过客》）、《鲁迅评传》《文学流年》《遮蔽与发现》《文学批评的向度》《向着无穷之远》《吴俊文学评论选》及主编《中国当代文学批评史料编年》等 20 多种。2005 年入选教育部新世纪优秀人才支持计划，2012 年入选教育部长江学者特聘教授支持计划，曾获教育部、中国作家协会、上海市和江苏省颁发的文学、学术奖项 20 多种。现任南京大学文学院教授，南京大学校长助理，兼任国务院学位委员会中国语言文学学科评议组成员等，并任《文学评论》《中国现代文学研究丛刊》《扬子江评论》等刊编委。

师　道

——忆钱谷融先生

杨　扬

我的老师钱谷融先生，2017 年 9 月 28 日，在过完自己九十九岁生日后，在睡梦中缓缓离世。回想老师生前的音容笑貌，好像一切的一切都在眼前，尤其是他对我的教导，似乎还在耳边萦绕。

一

我于 1990 年 9 月随钱谷融先生攻读中国现当代文学专业博士学位。记得年初临考前，硕士时期的导师黄世瑜教授带我到钱先生家见面，问及复习迎考，钱先生的回答干脆利落，他说就照平时的状态准备，该看什么书就看什么书，不用特别准备。如果一定要问考什么，那就是古今中外。那一年他七十一岁，照现在的规定，是不能招生了，但那时全国都没有这种规定，像南京大学的程千帆先生、苏州大学的钱仲联先生、中山大学的吴宏聪先生等，都在带研究生。钱先生那一届招收了两位博士生。我和师弟第一次去他家上课，他建议我们多读多写、读写结合。读书没有特别推荐的书目，但他建议我们看看朱光潜和何其芳的理论文章，说是文字清晰明了。至于上课内容，每次都由我们自己选一个题目讲，他参与讨论。第一次由我开讲，讲什么已经忘了，只记得钱先生听完我的讲解之后，看看自己的手表说，你讲了三刻钟。他接着教育我们，做学术研究，看书写文章之外，口头表达很重要。一个人如果话都说不清楚，表达啰里啰唆，不得要领，要想写出好文章大概是比较难的。只有讲得清楚才能写得流畅。一定要锻炼自己的口头表达能力，不要照本宣科，不要念稿子，一定要脱稿讲。刚开始可能不适应，慢慢就会适应。讲解不仅内容要充分，还要有声有色，做到周围的人都愿意听。照着钱先生的要求，我们努力改进。后来我讲解过几次，他还是会看手表，告诉我讲了一个半小时、两个小时。半年之后，钱先生开始问我写些什么文章，我就将自己的几篇论文交给他看。有一天上完课，他告诉我看了三篇论文，感觉那篇题目比较宏大的，没什么意思，主要问题是文章内容作者自己都吃不准。这种吃不准的东西，就不要去硬写。第二篇内容和标题还可以，但是文字不流畅。第三篇是关于“五四”新文学与晚清宋诗运动的，他觉得我是花了功夫的，以前研究者也少，值得进一步研究下去，但文字、材料方面还要推敲、改进。他在最后那篇稿件上，逐字逐句进行修改，并让我拿回去再琢磨琢磨。在就读博士生的第一学年，我用心体会钱先生的指导，一点儿都不敢掉以轻心。常常是上完课回来，就一头扎进图书馆去查资料，根据老师上课提出的意见，有针对性地阅读学术著作和相关论文。我慢慢发觉，钱先生对自己的学生是非常细心、关注的。每个人有什么特长，他都在观察，你有什么不足的地方，他总会善意地提醒你改进。对自己的学生，他表现出极大的耐心，从不敷衍了事。我博士生阶段第一篇论文是 10 月发表的，也就是入学一个月后，《上海社会科学》编辑王恩重先生责编发表了我的论文，但钱先生并不满意，希望我有好的表现。那时，钱先生门下的一些毕业生，风头正健，国内很多著名的学术刊物上都能见到他们的学术论文，这给我们在读的研究生很大压力。后来我的一篇论文经过多次修改，钱先生觉得还可以，请李劼兄送回我宿舍，让我投出去。至于投稿的杂志，他也有建议，必须是学术界认知度非常高的。这倒不是迷信名牌杂志，而是对自己的研究能力有一个检验。这种反复磨炼的学术训练，是钱先生有意在培养我的修改论文能力。因为对于很多初入道者，有时能力所限，常常不知道如何修改论文。不少名家在谈治学经验时，也都注意到入门的重要性。一个人入门要正，做学生的不知道的东西肯定很多，但只要门道正，自己肯用功努力，慢慢总会进步的。如果入门便走弯路，以后的事业成就有可能大打折扣。钱先生从一开始就希望自己的学生入门要正，少走弯路，这体现了他指导研究生学习的一种独特的方法。

二

很多谈论钱先生的文章，都会谈到他的散淡人生，他自己的一部散文集，书名就叫《散淡人生》，这给一些不知情的读者留下一个印象，似乎他做学问很潇洒，随便翻阅，信手拈来，是一个才子型的学者。其实散淡人生只是他内心向往和追求的精神境界，落到具体的现实层面，他是一个务实而又头脑清醒的人。钱先生相信一个人事业上的成就，不会轻易就能获得，一定要下过一番苦功，勤奋学习，长期思考，才有可能获得成功。在他诸多谈文论艺的文章中，他反复强调艺术创作之不容易，这体现了他对人生事业的一种看法，而且是他从自己的人生经验中获得的某种感悟。钱先生一生洒脱，淡于名利，但历经坎坷。他说自己做讲师从 1943 年起，一共做了三十八年。之所以长期遭受不公正待遇，其中的原因，就是 1957 年发表了《论“文学是人学”》。这篇文章是为响应学校向科学进军的号召而写的。文章还没有正式发表，就在学校组织的研讨会上遭遇批判。随后是批判力度越来越大，上海的新文艺出版社甚至出版了《“论文学是人学”批判集》第一集，可能计划中准备继续出版下去。在这种压抑的氛围中，钱先生被当作异类，不要说政治前途一片漆黑，就是个人事业发展，也受限制，与诸多机遇隔绝。职称晋升，遥遥无期，永远是原地踏步，老讲师就这么做着，一直到 1979 年党的十一届三中全会之后，才有了转机。钱先生与同时代很多事业上出类拔萃但被视为政治异类的知识分子一样，虽遭遇事业人生的巨大挫折，但他们都表现出忍辱负重、坚韧不拔的精神毅力。即便是在最困难的岁月里，钱先生也没有幻灭和绝望过。他在很多场合谈到过自己遭遇到的人生挫折，他说他从来没有绝望过，因为觉得自己没有错。他经常是在外面受到批判之后，回到家就带上家人，一同上南京路餐馆去吃饭。这种自得其乐的忘忧做法，一方面是来自他乐观豁达的天性；另一方面也是他排遣内心忧愤的一种办法。他不是什么都无所谓，什么都无动于衷的。我曾听中文系一些老师说过，党的十一届三中全会之后，钱先生可以参加职称评定了，但当时并没有让他申报教授，所以钱先生拒绝了，他说要申报就报教授，否则就不报了。他的这种态度，实际上是表达自己对那种长期以来压制人才的极"左"做法的轻蔑和不满。后来，华东师大校长刘佛年教授亲自来听钱先生的课，认定钱先生的学术水准符合教授要求，应该破格晋升。所以，晚年的钱先生乐呵呵地告诉周围的人，自己没有做过副教授，是直接从讲师晋升教授。但有几个人能真正体会到这中间包含着的诸多难以诉说的不平之情呢？当然，钱先生不会揪住一点儿个人得失，耿耿于怀，但他旷达散淡的精神背后，是历练人生的智慧和洞察，而不是自我逃避与麻痹自己。

1990 年我做钱先生的博士生时，正好是 1989 年刚过。平时闲谈，免不了会触及一些社会话题。钱先生告诫我们，一个人成长过程中，挫折是免不了的，但各种麻烦总是越少越好。他不大谈论政治，这倒不是历经政治运动，有所顾虑，而是从年轻时代起，他对政治就没有太大的兴趣。他的兴趣在文学和自然山水景观的欣赏。他在回忆文章中谈及当年在中央大学读书时，国民党三青团来找他，希望他在国难时期与党国保持一致，加入三青团，但这一要求被他拒绝了。他对党团活动没有兴趣，所以，任何组织也就不来找他了。那时他交往最密切的，是自己的老师伍叔傥先生。伍叔傥先生是中央大学国文系主任，对钱先生非常赏识。不仅对钱先生的作业予以高度肯定，而且经常带钱先生外出吃饭。在给《伍叔傥集》所作的序中，钱先生说伍先生淡于名利，研修六朝文学，平时生活中也有一种洒脱超迈的诗人气质。因为伍叔傥先生一个人在柏溪中央大学校区任教，没有家室牵累，平时一日三餐都是上馆子。一个人吃饭太单调，伍先生就常常带着自己的学生钱谷融一起用餐，边吃边聊，海阔天空，让钱先生受益匪浅。钱先生说，伍先生不太吃米饭，常常是喝酒吃菜，边吃边聊。这一习惯也影响到钱先生。我做博士生时，钱先生留我在他家吃饭，发现他不吃米饭。后来一起吃饭的机会多了，知道他的确如此，除了喝酒吃菜，主食米饭他是不吃的。很多媒体都报道过他，说是不吃那些容易吃饱的东西。这是事实。但寻求影响源，应该就是大学时代的伍叔傥先生。

伍叔傥先生是浙江瑞安人，是当时国民政府教育部长朱家骅的亲戚，因此有国民党背景。他又是北大毕业生，与傅斯年、罗家伦、俞平伯等是关系密切的同学。尽管他担任过浙江省政府秘书长，但也仅三个月而已。他对做官兴趣不大，反倒愿意在大学任教。他曾在中山大学、中央大学以及后来的中国台湾大学等多所高校担任教授，是一个名副其实的学者。中国台湾胡颂平先生在纪念伍叔傥的文章中，提及胡适曾向他提出，应该将伍叔傥的诗作编一本集子。晚年在中国香港崇基书院教书的伍叔傥先生有《暮远楼自选诗》，他的作品不多，但对于六朝文学却有精深的研究，而且他的研究偏重于文学性方面。伍先生虽然钟情于魏晋文章，但对于新文学也是持接受态度。不仅自己写白话文，而且在主持中央大学国文系时，还介绍新文学家老舍、曹禺等来学校讲座。在自己的课堂上，也讲解新文学作品，尤其是对于鲁迅和鲁迅作品，伍叔傥先生是极为推崇的。钱先生追随伍叔傥先生，不仅在为人风格上洒脱俊逸，而且在文学趣味和研究的侧重点上，也有相似之处。钱先生一直主张，文学作品应该有一点儿诗性；对于艺术形式和内容的关系，他对形式的重视也是非常明显的，他认为内容应该包容在有意味的艺术形式之中。所以，在师承这方面，钱先生与中央大学国文系伍叔傥先生之间的联系，是非常密切的。

三

钱先生对学生的爱是无怨无悔的，体现了做教师的职业道德和理想精神。戴厚英当年批判他，但后来戴厚英评职称，无人愿意写推荐意见，钱先生写了。而且，戴厚英遇害后，钱先生写了纪念文章，为这位自己教过的学生惋惜。1989 年，钱先生因为培养研究生出色，而荣获上海市劳动模范。这对他是一种荣誉，但从他内心而言，他是喜欢教师这一职业，他总是说，我是一个教书的，教了一辈子的书。

2017 年 10 月于沪上

◇ 作者简介 ◇

杨扬，1963 年生，浙江余杭人，文学博士，现为上海戏剧学院副院长，教授、博士生导师。担任中国茅盾研究会会长、上海市作家协会副主席。曾担任《华东师范大学学报》(哲社版)主编，第八届、九届茅盾文学奖评委。主要著作有《商务印书馆：民间出版业的兴衰》《早期茅盾文学思想研究》等。

好人的心跳

——怀念朋友赵长天

毛时安

长天去世后很长一段日子里，我一直精神恍惚迷离。每天晚上坐在餐桌边上望着天花板上明晃晃的电灯发呆。要做的事情很多。书在手里却一个字都读不进去，白纸摊在手边也是一个字都写不下去。早已不是那个在深秋月光下吹着孤独的口琴，唱着忧伤的《鸽子》，排遣内心郁闷的二十岁的小青年了。也早已过了当年三十多岁在作家协会初遇长天时意气风发的年龄了。在经历了一个大时代那么多的风风雨雨，我也算是意志非常顽强了，心裹着一层厚厚铠甲，自以为是刀枪不入的钢铁战士了。太太看见我每天一副颓唐的样子，说，赵长天的死，对你打击真的老大。老实说，我父亲去世的时候我也没有这样恍惚过。

长天去世在 2013 年 3 月 31 日。星期天。那天天气很好，天空一片湛蓝，蓝得又深又高又透。我像往常一样去打乒乓球。完了到浦东去给小外孙买食品。那些日子，长天病情一直不太稳定，时好时坏。29日抽了胸部的积水，接着白细胞上升到二十一万。30日本想约宗福先去探望长天，踌躇再三还是没去。当晚7：55，我给长天的儿子赵延发短信："爸爸现在怎么样？"答复："暂无危险。"总有点不放心。路上发短信给赵延，立即接到他发给我的"已过世"的短消息。车刚进延安路隧道，眼前一片黑暗，头顶是黄浦江浩浩荡荡的流水。坐在车里，我禁不住号啕大哭起来，吓得司机不知如何是好。虽然对长天的走，已有了心理准备，但突然的远去，依然无法接受冷得像冰一样残酷的事实。赶紧掉头驱车赶到瑞金医院，王安忆、臧建民、孙甘露、宗福先、褚水敖、顾绍文、沈善增已经到了。我恭恭敬敬地向长天鞠了三个躬。然后，看着曾经朝夕相处，几十年在一起的朋友，被车推出，消失在楼道的尽头……

窗外，正是烂漫的春天，花开得多么繁茂。长天在一个鲜花簇拥的日子里，去向了另一个世界。

一年前，就在差不多的时候，4月30日。那天我去医院体检。那天天气也很好。一进门就听有人叫，叫得很响，是长天。我问他，怎么样？他淡淡一笑，蛮好。记忆中，他的笑总是淡淡的，说话也大都是轻轻慢慢地。一圈体检下来，到地下室做X光透视，我又碰到他，依然排在我前面。我又问他，可以吗？他浅浅一笑，蛮好。又补充了一句，还可以。

我们是多么地相信自己，相信科学啊！

前一阵子要出版我的一本书，要照片。结果选出几乎所有合影的照片里都有长天瘦长的身影。我们一起接待日本作家、中国香港作家、苏联作家和中国台湾作家；我们一起在巴老身体健康的时候簇拥着巴老，在巴老住院时探望在巴老床前；我们一起在龙华寺的大墙前，在南京，在杭州；我们一起在研讨、在吃饭、在游览；我们一起在……

作为副手，我和长天一起工作了整整八年。那是我们生命中最成熟、最有光华的岁月。1989 年 3 月作协换届。长天是协会的副主席兼秘书长，我是副秘书长。那时还有一个副秘书长宗福先，作协 204 那间大办公室里放着六张写字台，有主席徐中玉先生，副主席徐俊西、罗洛、赵长天、宗福先和我，后来又从贵州调来了叶辛。福先那时在谢晋恒通公司兼职，徐俊西是市委宣传部的副部长，主要在部里，他当时处境十分困难。主席徐先生是我大学老师，快八十岁了，刚当选满腔热情地想干一番事业，可惜没逢上好时辰，后来就不来了。老罗年纪大，通常中午回家，叶辛还没调来。经常就是长天和我两个人。我们有时候说很多很多话，但大多数时候是静静地相处。在那些日子，我是亲眼看到了一个真实的、实实在在的长天。

长天《赫德传》开头有一句话，和赫德的相遇很偶然。其实我们每个人和长天相遇，如果回忆的话也都是很偶然的，某一个下午，某一个早晨，某一个黄昏。我们最早认识应该在 20 世纪 80 年代初。那是一个百废待兴的时代。万物萌动，青春勃发。人人都抱着一份对未来的浪漫主义的冲动。十年“文化大革命”被禁锢的身心有一种重见天日的解放感兴奋感。是文学“火红的年代”。《上海文学》《收获》发表的每一篇小说都会成为全社会关注的热点。被压抑了十年的文学热情，像火山一样被引爆得熔岩四射，迸发着无限的光和热。直到今天，我们这代人一说起那段日子，眼睛都会发亮，恋恋不舍于那段和自己青春尾巴相连的岁月。当然今天我们明白，文学那样重要，也多少不太正常。上海作协和《上海文学》编辑部，时常开会、办青年作者的学习班。我们应该相识在那样的场合。作协那栋历经沧桑仍然风度优雅的小楼和门前的那块绿草地，是交朋友、发生故事的好地方。那时的长天还是工人作者。消瘦高挑的身材，长得眉清目秀。说话不多，声音很结实。用今天的话来说“很有磁性”。站在那里，文质彬彬，一派貌若潘安玉树临风的书生模样。1985 年评首届上海文学作品奖，他写的小说《市委书记的家事》和我的评论《独特的生活画卷》都得了奖。好像是 5 月，王安忆、王小鹰、沈善增、杨文虎、陆萍、查志华等一众获奖者浩浩荡荡一起去千岛湖旅游。在游船上诗人许德明给大家速写肖像，一路上，大家嘻嘻哈哈，热闹得不行。长天显示了他独特的沉稳，慢条斯理，并不突出自己。就在这一年，他调进了作协。我们就有了很多见面交谈的机会。作为一个朋友，他让人踏实，能让人长期而久久地信赖。有很多必然的品质和东西在里面，他的为人，他的厚道，他的仁慈，他的沉静内敛，他对朋友润物细无声的浸淫。长天身上确实有很多东西久久地影响、感染着我们。我是一个粗糙的人，没有长天对我的影响，我今天不一定是这样的人。

我刚开始到作家协会工作的时候，风风火火，莽撞粗糙，什么事都是干起来再说。有一次主席团会开好以后，长天对我说，毛时安你不能这样做，这样做对你非常不利。为什么呢？主席团一开好会提了几件事我会不管三七二十一，马上就去做，做得非常卖力。因为我认为主席团开会的时候，如果这件事大家都没发言，就算通过了，通过了就该去做。长天像聊家常地跟我说，你不要认为大家不发言就是同意，大家不发言也许是保留态度。如果你做对了，大家没有意见；如果你做错了，谁都会批评、指责你。他说得很慢，声音也不响，一点儿没有批评的意思。

他对事对人，一直是这样很文静的书生气息的。长天让我的一生变得细腻、沉稳了许多。

作为领导，长天是一个非常有大局感的人。1989 年 11 月为巴老八十五岁搞纪念展览和研讨，这是上届作协定下来的事却没来得及做。当时也有一些同志提出反对意见，认为作家协会这个时候搞巴金的纪念活动不是很妥当。我觉得，一定要搞，这不是巴老个人的事。这样的活动不仅有利于提升上海文学的形象，而且有利于国外对我们中国现状的正确了解，让外界看到中国文化和中国依然在坚持开放。我们不能因为发生了一些事情，就畏首畏尾，就放弃很多工作。长天那时正处在一个困难的时候，我和他交流想法，他不顾个人的委屈和困难，在主席团会议上明确表明了自己主张办的想法。在长天的领导支持下，我直接给主席团写了一封不长的信，直接陈述了我的想法，争取了主席团的同意。前不久，整理旧物，当年的那封短信浮出水面。真让人百感交集，恍如隔世。在长天细心、耐心的具体指导下，我陆陆续续地完成了巴老八十五岁纪念活动的各项文件和筹备工作。长天去世后，这两天我一直在翻看以前作协的工作笔记。20 世纪 90 年代初正是上海文学事业遭遇特殊困难的时候，当时作家们的情绪比较低落。我分管创联室、研究室。创联室提出，作家的情绪很大，他们工作很困难，希望领导能直接出面。结果每一次作家的活动长天都亲自出面，一个个地做作家的工作。组织作家学习、体验生活、编辑大上海小说丛书。为了能让作家安心写作，长天到处找关系找地方，想为作家们建一个舒适的创作中心。徐先生也不顾个人荣辱，带着我们到马鞍山、湖州，上海郊县的洪庙、花桥……长天长期在文学界工作，徐先生和我都是作协的新人，前前后后都是长天在忙。却从来没听到他有一句怨言和牢骚。

不久，市场经济大潮在我们这些只会动笔杆子的书生毫无准备的情况下席卷而来。耳朵里不断传来下海做生意、倒卖钢材的消息。国家一时又拿不出钱来支持文学。文化界流行的是以商养文，破墙开店，不少熟悉的演员、作家朋友下海开公司。有位蛮有名气的话剧演员开了一个养狗场卖各种名犬。长天是作协当家人，天天为了钱发愁。但作协也不是他说了算，上面有主席团，还有宣传部，还有一大批德高望重的老作家。每一件创收的事，都是他里里外外地张罗协调。我不懂经济，而且从小不喜欢和钱打交道。所有这些事都是他扛着，我是爱莫能助。先是在作协门口开了个北海渔村的饭店，又和外面合作搞了一个景都公司。那公司一度做得风生水起，《萌芽》搬出文艺会堂，很长一段时间就在那儿办公。为了钱，长天和各色人物打交道，有当时万国证券的老总管金生，还有紫江公司的董事长。我们还异想天开地想出租甚至出售那栋诗意盎然的主楼去做会馆。和一些香港地区老板反复谈判，我还为此在香港地区和老板见了面。为了不上当，长天一次次请有关部门了解他们的背景，当时估价六百万元。幸亏竹篮打水一场空，没成功。肯定是不会成功的。有一阵子房地产热，长天带着我和后来到作协的叶辛，发动各种社会关系和资源，包括我们各自妻子的关系，到处找地，想为作协买地产搭顺风车，盖一个创作之家。我们就像一群没头的苍蝇，费尽心机，到处乱撞，到处碰壁。那时，长天和我心情都有点压抑，但是我们必须斗志昂扬地去工作。我们两家都住在曲阳新村。两个人一部车上下班，风里来雨里去。有时默默无语，有时相对一笑。204办公室经常只有我们两个人。静静地看着时光流逝。春天，作协院子里的花都开了，很静很静。我们有时会推开朝南的那扇古典味十足很修长很气派的铸铁玻璃门，让院子里的气息涌进来。真的很静很静。东边墙头原来有个壁炉，壁炉的搁板上有只外宾送的座钟。钟的指针头上有一只小小的飞机。静得可以清晰地听到秒针走动“嘀嗒、嘀嗒”的声音。那只极其漂亮的见证了我们曾经岁月的座钟，后来不知被谁偷走了，我们的日子也渐渐熬出了头。我们从认识到现在已经将近三十年，从满头青丝意气风发的青年，到齿摇发落精力不济的老年。我和他有缘。由此，我和他成了以心换心、完全可以信赖、无话不谈的朋友。

还记得邓小平同志去世的那天早晨，我们望着车窗外一切如常上班的人群，心里都有一种欣慰，这样的伟人去世了，世界还是那么平静，世界真的是进步了。把对伟人的真切的怀念记在心里。我们在车上静静述说着邓小平同志为国家做的贡献。

长天的心很大，就像他的名字，能装很多东西，能承受各种委屈。他是一个好人，也是一个真正优秀的共产党员。那些日子我们经历的困难真是难以想象。在时代的巨大考验和人生的各种困难面前，长天是一个具有超强的毅力、信念的人，并且用毅力和信念支撑自己精神世界的人。

后来的日子就是我们的今天了。20 世纪 90 年代中期，世界变了。中国终于像一头睡醒的雄狮，仰天长啸了。在车上、在办公室，我们的谈话无所不包。大到世界风云、伊拉克战争，小到一个小说的一句描写，报纸里的一段花边新闻。一起讨论文学，什么是好小说、小说家的中年危机。讨论我们生活的国家和世界，那么陌生、新鲜，好还是坏。相似的阅历背景，使我们很容易沟通，很容易理解。有时也会有点分歧，大家也不坚持，一定要谁说服谁。虽然是寻常百姓，却也预见了很多事情。我们为社会进步兴奋，也为社会问题担忧，也自说自话自以为是地开一个药方。

男人在一起，大约就是这样。

1997 年我奉调离开作家协会，去文化系统工作。我们有事没事就打电话，到了无话不说的程度。我们的妻子也成了好朋友。长天喜欢特别交响音乐，他真懂。我不懂，妻更不懂。有了国外著名的交响乐团来上海演出，我第一个就会想到长天。我至今记得，他听拉赫玛尼诺夫时全身心地投入和激动的样子。他像沉寂的星空，宁静地、专注地聆听着来自遥远的声音，完全沉浸在俄罗斯苍茫的大地上。使我想到年轻时看到的一幅列宁全神贯注听音乐的照片。

我和长天一起工作的八年，特别是前几年，可以说是相濡以沫：一起互相勉励着走过了一段风雨泥泞、不足为外人道的日子。远远不像后来的日子那么地松散、自由、无拘无束。想到了，打个电话，或者会上见个面，站在角落里说几句话。人和人相处，相濡以沫，作为历经磨难的友谊，历来为人们所称道。庄子说，“泉涸，鱼相与处于陆，相呴于湿，相濡以沫，不如相忘于江湖”。后来，我们相处的快乐，就有了相忘于江湖的味道和自在。人和人相处，究竟是像两条鱼挤在车辙里彼此用唾沫救助对方被大家感动好，还是在江河湖海里彼此不需太多牵挂各自游动好呢?

在很多人看来，我和长天不是一类人。事实也是。我是看起来乐观其实悲观，我的悲观，是对现代人类整体的悲观。看起来活跃现代骨子里很保守很有惰性，迷恋于传统。长天却是外表沉静内心很有激情，外表保守内心很有活力很有冲动。他对市场经济比我有兴趣。曾经很快活地告诉我，还在中学的儿子赵延拿着家里的旧杂志去卖。很多年前，我去长江计算机厂认识了那里的老总潘先生。

两人买了286电脑。带动了作协一起，陆陆续续地办了各种汉字处理软件的学习班。结果，长天从286、386一路过去，很快就熟练地掌控了电脑写作的窍门。我却一直冥顽不化地抵制，要用手写抗拒时代的进步潮流。长天对于新事物新思想接受的敏感和能力，远远走在我的前面。赵延好不容易有了一份新、旧社会人人都羡慕的“金饭碗”海关工作，但为了文学写作，在长天的支持下，毅然辞职。我是没有这样的勇气的。在很多时候，长天拉动着我，赶上了时代的步伐。

1995年，我离开作协前，长天告诉我，他要去《萌芽》。这份曾经引领无数年轻人走上文学道路，为中国文学培养了无数作家，曾经那么如日中天的青年文学杂志，当时印数跌到了几千份。我自己年轻时就正本手抄过《萌芽》诗选。我知道，长天对文学的发自内心的热爱，也知道他会面临的巨大困难。也是有志者事竟成，天无绝人之路。长天竟以新概念作文大赛，带领《萌芽》一举走出困境，从而走出韩寒、郭敬明一批青年偶像。长天以一己之力，发起了当下死背硬记的文学和语文教育体系勇猛和有点悲壮的冲击。他想让学生从小孩到教育，一条龙接受不同凡俗的文学熏陶，让文学天才有自由生长的空间。他创办了儿童读物《略知一二》，开办了萌芽学校。长天忘了，不少参加对抗应试教育的新概念作文大赛，背后的动机也只是免试上大学。殊途同归，曲径通幽。他办刊办学，凡叫我，我必到。私下里我和长天聊过，他也无奈。而且，他试图冲击、改变的不仅是中国当下的教育体制，而且是目前世界通行的教育机制。他的路，后来越走越艰难。有点像西绪福斯。改变世界乃是一件多么难的事啊！我缺少他的勇气和坚韧不拔的毅力。这些年也有很好的朋友让我办刊物，我都温婉地谢辞了。我怕自己力所不逮，有负重托。

他去世后，我再打开手机，从 2012 年 6 月 12 日到 2013 年 3 月 29 日 12：4，他生病期间我们发了三百条短信。在短信中，他都显示出了一种难得的从容、坚韧和乐观。3 月 11 日，输血才一天多，他血小板降到 5000，我很急，他在说了病情后，特地加了一句："不过白细胞也跌到 37000 了。"后来那些日子，他一直咳嗽，睡不好。3 月 19 日，他短信里说："我研究出来怎么咳容易把痰咳出来，怎么在咳嗽间歇睡，昨晚较前晚睡得好。"有一次我去看他，问起他的吃饭，他说："昨天就吃了一根面条。"我说一定要吃，吃一点儿是一点儿，零零星星坚持吃一点儿下去。他说："我现在要把吃饭的胃口留出来吃药。"3 月 17 日，我给他买了一大包各式各样的进口小食品。我让阿姨都给他尝点儿。我知道他是个节约的人，特意关照他，不好吃就吐掉，别勉强，别怕浪费。觉得还能吃就告诉我。没想到，他发来了短信："吃了瑞士小咸饼，蛮好。"3 月 25 日我去北京前，又买了送去。后来丽宏告诉我，长天基本就靠这些咸饼干支撑着，让我心里难受了很久。他去世前段日子里，我的日记里写满了他的病情。

在死神的面前，他从来没有妥协过。每次去看他，他的表情始终是平静谦和的，挂着一种淡淡的不显山不露水的微笑，一如他的日常为人。有次去看他，他正好上洗手间出来，我扶他坐到床边，替他脱了鞋，把他的脚搬到床上。他躺下后，朝我笑了笑，像个孩子，笑得很单纯。倒是我每次看他，一出病房就忍不住泪水往下流。那些日子我一直很纠结。想看他，又怕影响他养病休息；不看他，我又非常放不下他的病情，也怕他一个人没人说话，太孤单，太寂寞。打电话也是这样，怕他说话吃力，累着他。病重期间，有时候他也给我打电话。一次电话中他告诉我，我的大学同学、《解放日报》的王富荣病危。还有一次打电话说，吴芝麟住在医院里。长天是个特别心挂着别人的人，即使在重病中他也依然一直关心别人的事情。他给我发的所有的短信基本上是，“是”“好”“好”“是”。正是在这些最简单的语词里，我感受到了一个好人的心跳。

为了纪念亡友，我一直在编长天的文集，里面有三篇怀念巴老的文章。长天的文章总是很短，言简意赅。在《巴老走了》一文中，他写道：生活不会停止，历史继续着无情的书写。每个人都要问自己一个问题：巴老走了，我怎么活着？长天的追悼会上萦绕着斯美塔那作曲的《伏尔塔瓦河》的旋律。他的灵魂随着伏尔塔瓦河的粼粼波光去向了很远的远方。我想，他的所有的朋友都会想，长天走了，我们如何像他那样方方正正地活着，有意义地活着……

时间，是生命驻足的地方。死亡，是生命出走的时间。

一个人活在世上，朋友可以有很多，但说得上话、无话不说，可以信赖，能推心置腹，这样的朋友是不会很多的。有很多日子，我常常会突然拎起电话想找他说说话，然后轻轻放下，电话那端的他，不在了。很多事情回过头想，真是很不堪。作为朋友，如果好的话，想到的事就要尽快去做。三年前，我和他一起在无锡疗养，当时他妻子我妻子都在身边。我们约好两家人一起出去旅游。两年前过年，我们请他们夫妇还有宗福先夫妇一起吃饭，那顿饭吃得不好，环境有点杂。我妻子觉得有点对不起他们，一直想重新再请他们吃顿饭。结果，因为忙，就一直拖着。

时至今日，一切都无法弥补了，成为心头永远的痛。

如今，山和水都在，人没了。走着走着，人就老了，就没了。

如果有天堂，我会在天堂补上这顿欠着的晚餐。

所以，我说，朋友之间，如果想表达感情的时候，在活着的时候，我们就该尽快努力地去做。

因为我们都不年轻，谁也不知道死神敲门的那一刻。

根据 2014 年 4 月 18 日追思会记录修改

2014 年 12 月 30 日再修改

2015 年 1 月 14 日改定

◇　作者简介　◇

毛时安，中国文艺评论家协会副主席、上海美协理论委员会主任、中国作协会员、研究员。汉族，籍贯浙江省宁波市奉化。1948年生于上海，1982年毕业于华东师大中文系。历任《上海文论》副主编、上海社科院文化研究室主任、上海市作家协会副秘书长、上海市文化局局长助理、上海艺术研究所所长、上海市艺术创作中心主任、上海市文化广播影视管理局副局级巡视员、上海市政协常委、音乐舞蹈史诗《复兴之路》宣传部主任、上海市人民政府参事。著有《毛时安文集》（四卷）、《引渡现代人的舟筏在哪里》《美学新变与反思》《情绪的风景》《长夜属于你》《火焰与温情》《视野·说》《敲门者》等。主编有《上海文化通史》《海上风艺术文丛》（12卷）、《1991年中国小说》音乐舞蹈史诗《复兴之路》图文集、画册、歌曲集、评论集等几十种。曾获中国文联文艺评论一等奖（榜首）、中国戏剧奖评论奖、上海文学作品奖、上海文学艺术奖、华东田汉戏剧奖、全国青年优秀美学成果奖。

“清园”意象与大学文化

陆晓光

“清园”是王元化先生晚年对自己书斋的命名，它寄托了先生对自幼成长其中的北平清华校园的缅怀与心仪，这显然与我们今天讨论“大学文化”有关。

实际上，清园主人寓所在车水马龙的上海衡山路地铁口后面的一栋客居小楼中，房间面积不足三十平方米，周围环境喧闹逼仄，非“清”可言，无“园”以称。所谓“清园”，实指一种心向往之、心远地自清的境界。

先生晚年著述而直接以“清园”为书名者至少有十部：《清园夜读》《清园论学集》《清园近思录》《清园自述》《清园近作集》《清园书简》《清园谈戏录》《清园文稿类编》（线装版，一函十册）、《清园书屋札记》（书法）、《清园存稿》（书法）等。此外，在先生去世前，上海古籍、上海辞书、上海书店、东方出版中心以及新星等多家出版社联合出版“清园丛书”，目前已问世者有《读文心雕龙》

《读黑格尔》《读莎士比亚》《沉思与反思》《人物小记》《90 年代日记》等。所有这些著述只是清园主人生涯中的小部分。可见，“清园”意味着一个独特而丰富的学问世界，清园主人则是一位老而弥勤的耕耘者。

一位与清园主人未曾见面的异地学者，数年前读完多种清园著述后感慨：“但观其文，‘清园’之清，其意概在清心、清淡、清净、清纯、清雅”；他由此评断：“清高、清醒、清正、清白是实至名归的。”[①]《文心雕龙•知音》有曰：“世远莫见其面，觇文辄见其心”，读书而遥想作者之胸襟，是中国两千年文论传统所提倡和印证的。清园学术的境界及其魅力，由此可见一斑。据笔者初步考察，迄今公开出版发表的评论清园学术与思想的专著、专论和专题涉及者已不下 300 种。这表明清园主人已是学术文化界的代表性人物，这也意味着“清园”已成为一个内涵丰富的学术文化之意象。

清园主人被党和国家追悼评价为“优秀共产党员”。确实，他于 20 世纪 30 年代的十八岁加入中共，迄至 2008 年 5 月去世，其文字生涯已历整整七十春秋；其间经历抗日战争迄至改革开放以来。更重要的是，在此漫长曲折历程的各阶段，他都留下了流淌心血、艰难跋涉的足迹，这些足迹连绵成一系列对后人有启示和警示意义的学问与思想的轨迹。作为有七十年党龄的老资格中共党员人文学

① 樊百华：《走近清园》，见钱钢编《一切诚念终将相遇——解读王元化》，湖北教育出版社 2003 年版。

者，他的足迹具有某种难以替代的标志性。

“清园”意义还在于，其学术思想的成就与影响主要产生于改革开放以来三十年。如果说变化深刻巨大的三十年需要有一系列标志性人物，那么经历曲折而以真切沉思与深刻反思为特征，并被评赞为做出一系列“引领性贡献”的王元化，至少是位个性鲜明、成就卓著的主要代表人物之一。

清园学术贯通文史哲、集萃古今西的风貌，可为囿于专业分工的当代人文知识者提供一种借鉴尺度；清园学术的基本精神在于追求理想，贯穿信念，烙印人格，堪为市场经济背景中如何坚持发扬人文精神提供有血有肉有情志的现实参照；清园主人倡导并努力开拓的“有思想的学术和有学术的思想”境界，提示了人文学者研究精深学问以表达现实关怀和参与文化建设的独特途径；清园主人矢志不移、追求真知的学术态度，不随潮流、不媚时俗的孤往精神，勇于反思自身“偏颇”乃至心爱观念的清明理性，以及真诚深挚的个性人情之魅力，已然受到广泛敬重，并为众多人文知识者所服膺。

清园学术思想的所研所泽之范围，可能超越了其他任何一位同时代人文学者“跨专业”的视阈和实际所达到的深广度；其影响除中国大陆和中国香港、中国台湾以外，还及于日本、美国，欧洲等学术界。例如，主持《王元化文集》日译出版的日本九州大学名誉教授冈村繁在《文心雕龙讲疏》日文版前言中写道：“先生不间断的真挚的学术研究具有打动人心的深厚力量。我愿意终身以兄长事之。”美国著名华裔学者、普林斯顿大学历史学教授余英时在悼念词中写道：“他的学术成就将载入史册，他的品格将成为楷模长远地活在我们和许多人文学者的心中。”在思想文化上处于弱势地位的当代中国人文学者而同时在海外受到如此敬重者可谓凤毛麟角。

清园主人幼少年成长于北平学府清华园，先后曾断续任教于上海储能中学、北平铁道学院、上海复旦大学等；晚年他在华东师范大学中文系任兼职教授历时二十余年（1985—2008），他的学术成果及其影响大部分是在此期间产生的。如果说心仪大学境界并对大学文化寄予厚望的“清园”之号与某一大学有现实联系，那么这个大学非华东师范大学莫属。

然而“清园”之义并不限于华东师范大学。清园主人 1998 年获上海市文学艺术杰出贡献奖，其论文集《思辨随笔》获国家图书奖；2006 年又获上海市哲学社会科学学术贡献奖。清园主人自 20 世纪 30 年代以来主要居住工作于上海，他晚年自言是“吮吸上海地下党文委的精神乳汁”而成长。因此，其学术与思想的成就不仅是上海学术文化的典范和骄傲，而且意味着上海学术文化的某种优秀传统。如果说近代以来上海学术文化的意义特殊，历来被海内外视为引领风骚的前沿地区，那么清园王元化作为当代上海学术文化的典范人物，其意义不仅限于上海。

“清园”之义亦非囿于“大学文化”。2003 年年末，他应邀为“首届中国人文教育高层论坛”题词，词曰：“人文精神不能转化为生产力，更不能直接产生经济效益，但一个社会如果缺乏由人文精神所培养的责任伦理、公民意识、职业道德、敬业精神，形成精神世界的偏枯，使人的素质越来越低下，那么这个社会纵使消费发达，物品繁茂，也不能算是一个文明社会，而且最终必将一天一天衰败下去。”——落款是“清园王元化”；这个题词所关注的“大学文化”，包括“人文精神”“公民意识”“文明社会”。

“大学者，有大师之谓也”，七十年前清华大学校长梅贻琦的这句话如今已是广泛传诵。其题中之意显然提示：“大学文化”者，首先是推崇大师之文化也。然而何谓“大师”？至少就人文学科而言，也许可以说，精游一艺不妨称大师，著作等身不乏成大师，身价百万何必问大师。古训曰：“文之为德也大矣哉！”人文大师者，有大文德之老师也。大文德可以是桃李无言，下自成蹊；可以是春蚕吐丝，鞠躬尽瘁；也可以是庄生逍遥，曳尾泥涂；李白潇洒，斗酒百诗。然而“清园”之中，别有一种大师意象：泣血心事传大雅，拔地苍松播远声。

我认为“师范”之义，不必限于一般规范；人文大师，常常突破一般规范；偏重科技理性的英语“normal”（规范）未必足以传达汉语人文“师范”的内涵与境界。如果承认，受到海内外学者广泛推重敬仰的王元化先生堪称一代大师之范，那么如何珍视他所心仪并鞠躬尽瘁耕耘开辟的“清园”意象，如何切实努力地研讨、建设、承传、发扬之，应该尤其是“师范大学”之“大学文化”建设者所义不容辞，责无旁贷。

◇ 作者简介 ◇

陆晓光，出生于上海，华东师范大学中文系博士生导师。历任美国加州伯克利大学东亚研究所访问学者、日本久留米大学客座讲师、佐贺大学客座副教授、神户大学客座教授。著述：《中国政教文学之起源》《人文东方：旅外中国学者论集》（合编）、《〈和汉朗咏集〉介评》《冈村繁全集》前4卷（译著）、《汉诗人河上肇》《〈文心雕龙〉与马克思美学》《王元化人文研思录》《王元化文稿》（主编）、《〈资本论〉美学研究》等。

奇人朱先生

归青

朱先生是我的老师，说是我的老师，却从来没有给我上过课。原因很简单，因为他是个“右”派分子。

刚进中学时，牛棚里还有不少所谓的“老牛”。那时我常常看到一个中等身材，半斜着肩膀，戴一副满是灰尘的深度近视眼镜，邋里邋遢，终日围着一条油光锃亮围单的中年人。他或是提着铅桶、拖把，卖力地打扫着男女厕所；或是与别的“老牛”合力扛着重物。听老师们介绍说，他叫朱寿麟，是一个“右”派。

我之所以能跟他接近，是因为他和陈达先生住在一个寝室内。我去见陈先生，也就自然而然地跟他熟悉起来。他是单身汉，先前是有家室的。夫妻关系不好，1956年反右，朱先生榜上有名，本来岌岌可危的夫妻关系，就彻底破裂了。他是个豁达的人，又有点名士气，从此个人生活就得过且过。在我的记忆中，他的床铺似乎从来就没有收拾过，冬天的被子也好像从不叠起的，早晨怎么钻出来的，晚上就怎么钻进去。他亲口告诉我说，他的被子一年只洗一次。

他是个“右”派，却不像其他五类分子那样老实，是个桀骜不驯的人。

他的政治敏锐性很强，两报一刊的重要文章都是仔细看的，有些什么新提法，他都很敏感。他跟我谈起来时，一点儿也不含蓄。比如，他在讲到批林批孔时就说得杀气腾腾。

可是朱先生实在是有学问啊。我还在一二年级的时候，就听老师们说，他已经翻译了一部作品，稿费已经拿到一半了，反右开始就被取消出版了。我曾经问他，他说是的，而且得意扬扬地说，翻译难度很高，里面有乌尔都语，很难懂的，可是他却把意思都给弄清楚了，作者是一位印度共产党员。他说，出版社接到了两部译作，另一部是华东师大的老师翻译的，结果出版社选用了他的。“文化大革命”结束后，他受他弟弟（著名报人朱启平先生）之托，翻译《差利·卓别林传》，他对我说，书将来出版时要用他弟弟的名字，因为弟弟有名气，书好销。在相当一段时间里，我去看他时，总见他在灯下翻查词典，埋头翻译。

他什么书都看，他的床头总是放着各种杂志，什么《文物》《革命文物》《世界知识》《北京周报》以及一些我现在叫不上名称的科学类刊物，由此可知他的兴趣和视野都是很广的。他的书也多，案头常堆放着《柳河东集》《读通鉴论》《焚书》《续焚书》《章太炎文选》，等等。观其书想见其为人，好像他应该是一位文史教师，可实际上他却是 20 世纪 30 年代金陵大学农学院毕业的。他说他的毕业论文是写什么桐油的，前些年我在网上还能查到这篇论文呢。

朱先生还写诗。他写的旧诗，我还记得两首。“碧浪深处炊烟斜，苍翠掩映三五家。少女相见朗声笑，浣罢花衣漫回家。”“杨柳随风拂细沙，儿童放牧在水涯。系船步缘逶迤路，忽见桃花与李花。”真是清新自然，如出天籁。这是我第一次读熟悉的人写的旧诗，所以印象深刻，至今记得。他也写新诗，有一次他小心翼翼地从枕头底下取出用纸包起来的一叠纸。他挑出其中一张，告诉我这是他写的情诗。可惜内容我已全忘了，只恍惚记得有两组叠句，什么“渐渐地，渐渐地”。那时是 20 世纪 70 年代初，我只有十五六岁，身为学生干部，敢去听一个“右”派分子的出格的话；而他呢，也竟然有这样的胆子，来对我“放毒”，双方都是需要一点儿胆量的。

朱先生出身官宦之家，他告诉我说，他家里都是吃报馆饭的，他的爸爸和叔父都是南社社员。于是我就留了心。有一次，我问他，你爸爸是不是叫朱少屏？他说不是，说朱少屏是驻马尼拉的领事。又过了一段时间，我问他，你爸爸是不是叫朱宗良？他惊讶地瞪大了眼睛，连连问道，你怎么知道的？你怎么知道的？我又说，那么你叔叔就叫朱谦良了。他完全无法想象，他父亲、叔叔的大名会从我这个小孩子的口里说出来，其实我是从柳亚子编的《南社记略》里看来的。他告诉我，他父亲是同盟会员，是国民党高官，曾任浙江监察使。同盟会期间，创办《民呼》《民立》《民吁》报，并任主笔。他弟弟朱启平，燕京大学学生，“一二·九”学运领袖，与黄华、姚依林、廖承志等是朋友。后来是《大公报》名记者，著名的《落日》的作者。

朱先生去世于1985年（也许是1986年），那时我在复旦读书，已经好久没去看他了。有一天一位同学来访，无意中说起朱先生去世了，我大吃一惊。仅仅隔了一段并不很长的时间，就这样和他天人两隔了。后来知道，那天他坐在椅子上，睡着了，叫他，不应，从此就再也没有醒来。

朱先生的故事很多，“文化大革命”结束，他的日子渐渐开始好起来了。加入了民革，成了区政协委员，经常受邀外出活动。可是好日子没过上几天，就这样撒手人寰，真是令人扼腕痛惜。

四十多年过去了，朱先生的身影一直在我的脑海里，并没有随着时间流逝而变得淡薄。在那个特殊的年代里，承朱先生看得起，把我当作一个可以听他讲讲话的小朋友，而我呢，也从朱先生那里学到了许多课堂上根本不可能学到的东西。所以，虽然他在我中学期间从未给我上过课，但他确确实实是我的老师。

我非常怀念这位天真、浪漫、多才而又落拓不羁的奇人老师。

2017年6月10日

◇ 作者简介 ◇

归青，生于1956年，江苏常熟人。华东师范大学中文系教授。先后求学于华东师范大学中文系、复旦大学中文系、上海师范大学中文系，获学士、硕士、博士学位。师从王运熙先生、曹旭先生，治汉魏六朝文学和思想、中国诗学。撰有《南朝宫体诗研究》《士族审美趣味和中古文坛风尚》《中国诗学史（魏晋南北朝卷）》（合著）及论文六十篇。校点《玉台新咏》《曹植集》《鲍照集》《东瀛诗选》（合著）。曾获上海市哲学社会科学优秀成果（1994—1995）论文三等奖。

我的父亲

隋源远

聚在一起吃饭的时候，父亲总喜欢回忆我小时候的事情。津津乐道地讲述一段之后，还总会加上一句“你还记得吗？”。对于如此这般带有明显挑逗性的提问，大多数时候，我总是选择应付了事。原因主要有二：一是因为羞涩，毕竟人长大之后，总会变得有些矜持，而儿时的往事，则往往会成为打破这份优越感的魔咒。所以出于自卫的本能，即使回忆依然鲜活如初，却还是会硬着头皮去否定，或者干脆混淆一通，转移话题。二则是因为，几乎每次父亲提到的陈年往事，多半是一个系列的衍生作品。或许那几个故事给他留下的印象最为深刻吧，然而总是被追问同样的问题，也免不了产生一些审美疲劳，久而久之，敷衍了事就变成最惯用的手法了。

其实孩子的记忆能力是很强的，对于父亲常常谈论的那些故事，我又怎会忘怀呢？从临时房子到石库门，从北海路幼儿园到交大实验，有太多回忆，都是和父亲有关的。虽然并不是每一个回忆都那么精彩绝伦，却都是最真实的，无法取代也无法复制的，我和我父亲之间的故事。

从托儿所到幼儿园，大多数时候是父亲骑着自行车送我上下学的。从家到学校的这段短短的距离里，我、父亲、自行车，就构成了一个小小的独立空间，很多故事就发生在这样一个既具有家庭性，又带有社会性的小小空间之中。父亲是一个热爱唱歌的人。在送我上下学的时候，骑着骑着，他就开始唱起来了。唱的大部分是红歌，每一首都能唱得有滋有味。我尤其喜欢听一部分歌词优美，曲调柔和的曲目，如“西边的太阳就要落山了”“蓝蓝得天上白云飘”之类的，经常会要求父亲反复唱，没多久，我也开始会唱了。于是到了后来，父亲一个人的清唱就变成了父子的合唱，再往后则是交互着唱，唱着上学唱着回家，虽然偶有骑车人投来诧异的目光，我们这边却丝毫不为所动，一副父唱子随的架势，现在想来着实有趣。预备班的时候，学校里发给每人一本爱国歌曲集，我一翻，发现大部分的歌我都会唱，想来也是拜自行车红歌联唱所赐吧。

上幼儿园的时候，我们一家人终于搬进了一个像样的家了。早先住的临时房子，虽然还算宽敞，但是一下雨就漏水，有几次半夜里醒来，发现父母都在忙不迭地准备大小的脸盆和水桶去接水。后来搬到了离外婆家较近的一个小阁楼。那是一个藏在一条又窄又黑的小胡同深处的，仅靠着一段暗无天日的楼梯才勉强与光明的外界相连通的晦暗空间。所以搬家对我而言实在是一个莫大的喜讯。新家在金陵路的一个石库门的弄堂里，母亲带我去看新家的那一天，一打开门，就看见父亲一个人在窗台下认真地铺着地板，整个房子灰灰暗暗，还看不出一点儿家的氛围。然而在父亲的不懈努力之下，这个刚开始还冷冷清清的老房子终于有了家的感觉，于是一阵热闹之后，我们终于搬了家。

搬家之后，父亲对新家的热情依旧十分高涨，于是便有了平均半个月一次的大规模家具搬动。这个月靠南墙衣橱，下个月就靠北墙了。然而随着家具位置的变动，我和父亲之间的关系也开始逐渐变化了起来。幼儿期的好奇机灵，开始向少儿期的顽皮捣蛋转换，这其中自然少不了和父亲的摩擦。那个时候母亲出差比较多，和父亲两个人的生活，就变得十分难熬，当时自己归纳的一个定律是：母亲短期出差则期间必有父亲的一顿骂，母亲长期出差则期间必有父亲的一顿打。就在这样一种跌跌撞撞中，我开始读小学了。那时候的我，已经从最初的提问派进化成了行动派，东翻西翻家里的东西则成了经常的事情。有一次，趁着父母打麻将心情良好的机会，我向父亲讨来了他的钱包开始一探究竟，这一翻，还真被我发现里面放着一条工资条。哇，这可是个大发现，于是我悄悄地把工资条捏在手里，谎称出去玩，噔噔噔地跑出了家门。刚跑出大门口，憋不住的好奇心就催促我拉开了手中的工资条。借着路灯的灯光，我看到了在长长的各种费用的最后写着的是两百元。两百元？我不由得一愣，因为对于金钱并没有太明确的概念，我开始用一些熟悉的商品价格来换算这个数字。也不知怎么的，算着算着，一种情绪开始冲击我的眼眶，当我试着把父母经常为我使用的花销代入这条工资条，无论怎么算，眼前的这个数字都显得有些局促，“自己那么节约却把好的都留给孩子”这句时不时从父母口中听到的，带有一点儿自嘲意味的词句在此刻却显得真实而震撼人心。在之后的一段日子里，每当触及和花钱有关的事情，我就会想起父亲的这张工资条，并反复地提醒自己要节约，要克制。父亲或许也不会想到，一张小小的工资条，竟会给孩子带来这样的影响吧。

小学毕业后，家遇到拆迁，因为是期房，在完工之前我们暂时搬到了奶奶家里住。加上小姑一家三口，七口人住在一起，现在想起来也是很不容易的一件事情。那个时候上海还有很多很多的老房子，像奶奶家那样带浴缸的卫生间还是很少的，不过出于节约的目的，一般家里都是洗的淋浴。每次看到电视里出现的舒舒服服泡浴缸的镜头，我就忍不住心痒。机会终于来了，有一次一个小学的同学到我家玩，因为他家住的还是老房子，所以对奶奶家的浴缸也感到十分新鲜，于是我就趁机拿出同学到我家来玩的理由，让奶奶允许我们洗一次盆浴。得到奶奶的允许之后，我们就兴奋不已地泡起了盆浴，但光泡还是不过瘾，后来就干脆打起了水仗。水花笑声飞溅之中，突然，咚咚咚的敲门声响了起来，是父亲回来了。“你们在里面干什么啊？出来看看外面都成什么样了？水都流到楼梯下面去啦！”两个人正玩得开心，被这么一敲，也就没办法了。硬着头皮打开浴室的门，迎头就撞上了怒发冲冠的父亲。一顿劈头盖脸的训斥之后，我脑海中绷直了的神经“啪”的一声断了。竟然在我老同学面前这么不给我面子，好吧，那我也豁出去了！回头看了一眼站在一旁默然不语的老同学，我很拽地扔出“你看我发飙！”，跟着就开始反攻了，然而毕竟小鬼头还是压不住巨灵神，不多久我就完全落到了下风。然而不肯就范的我又想到了下一招，打我？我让你打不到！于是我瞅准攻击的空隙，一个健步冲出了家门，三十六计走为上！不过怒火中烧的巨灵神自然不肯罢手，紧跟着就追了出来，我嗖嗖嗖的下楼声后是噔噔噔的追击音。眼看就要被逮到，我心一横，双手扶栏，一个飞身就从五级高的台阶上跳了下来。借着这股气势，一口气跑了两层楼后，背后的追击声听不到了。但我也不管有没有追兵，穿着一条湿淋淋的小短裤就跑到了底楼。这时我脑海里就剩下一个念头：“离家出走！”于是就有了三伏天，裤衩男孩游荡在西营路的一幕，可是走，能走到哪里去呢？带有一点儿探险兴致的离家出走在大约两个小时后即彻底宣告失败。不过恼人的事情又发生了，直接回家吧，不敢，犹豫来犹豫去，我想到了住在附近的另一个小学同学。面对一个只穿着一条三角裤的来客，对方的父亲也是难掩惊讶之色，不过还是招待了我。我在征得同意之后，忐忑不安地打通了家里的电话：“喂，爸爸。”“源源啊，你在哪里？”“我在某某某的家里。”“好了，二十分钟后，我来接你，就这样。”说完，爸爸就挂断了电话。我悬着的一颗心也总算落地了。下楼等了一会儿，爸爸的自行车载着我的老同学出现在我的视野里，出乎意料的是，没有责备，也没有多余的言语，而是很普通地载着我回家了。据父亲后来的回忆，我逃跑时没有追我，是因为看到我连跳那么多级台阶，心里有点担心，怕我摔伤。多么简单而自然的一个理由啊！虽然我和父亲之间有过大大小小的很多次冲突，但是正如这个故事所体现的，一切都无损父爱的真挚和伟大。

一年后，我们搬到平江的新家，和上一次不同，这次的新家有了专业的装修队，父亲虽然不再需要身体力行，但是这次，他当起了专业的监工，从地板到墙板，一切的细节都逃不过他的双眼。不得不说，每一个被父亲监督的环节都被处理得非常细致。不过乔迁新居后不久，一个新的阴影又偷偷地开始笼罩我们全家。新家原本是朝南的，但是不久前方又造起了高楼，每天阳光正好的时候，家里却阴沉沉的。仿佛是被这片阴影所影响一般，家里接连遭遇艰难险阻，母亲遭遇了诈骗，而父亲则有可能面临失业，生活的气氛一下子凝重了起来。当时父亲的工作是在一家超市担任经理，然而因为上级集团的各种问题，超市被迫关门停业，一切似乎都那么不顺利。大约是在一个周末的晚上，我从自己的房间里出来，看到父亲在外阳台上记录着什么。我走过去一看，发现是密密麻麻的货品在库清单。每一个字都是漂亮而熟悉的父亲的笔迹，即使明知即将面临失业的苦境，却依然对现在的工作一丝不苟，父亲又用行动给孩子上了无声的一课。回想起那段或许可以称得上艰难的岁月，家里虽然也有这样那样的问题，但是父亲并没有因此而气馁或沮丧，至少作为孩子的我并没有看到过。虽然如今的好光景与母亲的人脉有着密切的关系，但是作为主心骨的父亲在支撑全家的立场上所做的贡献，也是难以用数字去衡量的。

经历了平江的光明与黑暗，随着父母双双的再就业，家里的经济条件开始好转，我们家又迎来了一个新的春天。在母亲的果敢和专断之下，我们又一次搬家了—— 一个阳光明媚的新家。似乎是风水好转的缘故，搬家之后，家里的气氛也变得越发平和与温暖。只是岁月的流逝中，悄然增长的父亲的白发却时不时地触动着我的心弦。坐在父亲的自行车上下学的日子虽然一去不复返，但是关于父亲的点点滴滴的回忆，却早已成为不可取代的珍宝。只是现在的自己还有些腼腆，没法像他老人家那样，经常把这些回忆放在嘴边回味，但我相信，无论经历多少岁月，这些回忆永远都不会褪色。

◇ 作者简介 ◇

隋源远，华东师范大学中文系讲师，1983 年生，本科毕业于上海大学中文系，日本筑波大学硕士、博士、博士后。专业方向为日本古代文学，和汉比较文学（中日比较文学），主攻古代和歌研究。自 2009 年以来，在日本全国性学会会刊上刊发论文多篇，成为首位在日本和歌研究权威学刊《和歌文学研究》上刊发论文的中国学者。代表论文有《菅原道真年内立春咏研究》（《和汉比较文学》）、《平安时代的年内立春咏研究》（《和歌文学研究》）、《霏霺（たなびく）新考》（《上代文学》）等。

第三辑　文史

谁让八戒进了高老庄

陈大康

今本《西游记》是根据此前的杂剧、平话等改编而成的，有不少情节做了较大的改动，甚至是改定者的原创，猪八戒的故事便是较典型的一例。在先前流传的故事中，猪八戒的老婆名唤裴海棠，而并不是高翠兰，八戒也没有进庄当招女婿而成婚，那位裴小姐是他骗来的。原来，裴海棠自幼许配给朱太公之子为妻，后来朱家因一场大火“烧了家缘家计，如今穷了”，裴太公就想毁约。裴海棠不忘旧约，“夜夜焚香祷告，愿与朱郎相见”，她还派丫鬟梅香暗通书信，约朱生前来后花园相见。不料朱生“胆小不敢去”，结果是自号黑风大王的八戒得知消息后，“化作朱郎，去赴期约”，还自赞自叹道：“对着月色，照着水影，是一表好人物。”八戒将裴海棠骗去黑风洞，临行前还关照梅香：“爹娘问时，便说我和小娘子去了。”裴海棠也走得心安理得：“俺爹便知道呵，也不妨，原定下的夫妻怎断？”裴海棠失踪后，裴太公误以为朱生拐骗了他女儿，便去朱家问罪，朱太公则认为“那老子必定将我儿媳妇嫁与别人了”，还使出这伎俩“悔这一桩亲事”。两家闹得不可开交，八戒却在旁独自乐：“他两家打官司。打不打不干我事，每夜快活受用。”

上述故事为元代杂剧吴昌龄的《二郎收猪八戒》与杨景贤的《西游记》所载，其实类似的情节在其他作品中也可以读到。冯梦龙的《喻世明言》卷二《陈御史巧勘金钗钿》讲述的就是这样的故事，虽然情节铺叙要丰满得多，后半段的重点是巡按江西的御史陈濂如何破案，但前半段故事梗概却与杂剧一致，只不过裴海棠与朱生换成了顾阿秀与鲁学曾，八戒的角色由鲁学曾的表兄梁尚宾充任。冯梦龙的《喻世明言》主要改编自宋元话本，吴昌龄与杨景贤的作品也沿用此情节，似说明这一套路的故事在当时还较流行。这则故事在杂剧里的延伸是裴海棠托孙行者传书父母，并告诉他，猪八戒“诸佛不怕，只怕二郎细犬”，即今本《西游记》中的哮天犬。最后是八戒被降服，裴海棠被解救回家。降服八戒，使之成为保唐僧去西天取经的徒弟，这一情节为《西游记》改定者保留，但化身朱生、拐骗裴海棠的故事则舍弃不用，而是改为让猪八戒进高老庄去当女婿。

八戒进庄之前，《西游记》改定者还让他先实习了一回，这见诸第八回八戒向观音的自我介绍：“山中有一洞，叫作云栈洞。洞里原有个卵二姐，他见我有些武艺，招我做了家长，又唤作‘倒插门’。不上一年，他死了，将一洞的家当，尽归我受用。”后来听说高家“要招个女婿，指望他与我同家过活，做个养老女婿，撑门抵户，做活当差”，转身便又入赘高老庄了。初进高家时，八戒的表现挺不错，“耕田耙地，不用牛具；收割田禾，不用刀杖”，“房舍若嫌矮，起上二三层。地下不扫，扫一扫；阴沟不通，通一通”，总之家长里短诸般事，他都无所不能，故而丈人给其考语为“勤谨”。为了顺利应招，八戒开始时使了些法术，看上去“模样儿倒也精致”，后来渐渐懈怠，露出长嘴大耳朵、脑后又有一绺鬃毛的真面目。高老丈不乐意了，以名声不好，“动不动着人就说，高家招了一个妖怪女婿”为理由提出退婚。八戒当然要生气：“我也曾替你家扫地通沟，搬砖运瓦，筑土打墙，耕田耙地，种麦插秧，创家立业”，高家人“身上穿的锦，戴的金，四时有花果享用，八节有蔬菜烹煎”，都是老猪的功劳，怎能产业挣下了就要辞退走人？八戒前三年是干活儿巴结地招女婿，但面对退婚要求时，他立即表现出强势：“转把女儿关在他后宅，将有半年，再不放出与家内人相见。”在这点上，高老丈是有点理亏，难怪后来孙悟空也要看不惯：“他与你干了许多好事。这几年挣了许多家资，皆是他之力量。他不曾白吃了你东西，问你祛他怎的？”连唐僧也认为高老丈不应嫌弃八戒食量大：“只因他做得，所以吃得。”

八戒进高老庄的故事全为《西游记》改定者所添加，而在他笔下，被添加了招女婿身份的并不只八戒一人。在杂剧中，关于唐僧父亲陈光蕊婚姻的介绍只是简单的一句话：“妻殷氏，乃大将殷开山之女。”在《西游记》中，这句话却演出一段故事：陈光蕊因高中状元跨马游街三日，游到丞相殷开山门首时，被丞相小姐殷温娇的绣球打中乌纱帽，于是“数十个婢妾走下楼来，把光蕊马头挽住，迎状元入相府成婚”。按照礼法，他该禀报母亲后再正式成婚，不该如此速配，可是陈光蕊婚后带了妻子回乡时才向母亲解释：“蒙丞相即将小姐招孩儿为婿。”尽管这是官宦人家的婚事，但到女家当女婿这一本质要素却是毫无差异。

唐僧是陈光蕊的儿子，他的前生金蝉子已犯过错误，如来说法时居然打起了瞌睡。孔子发现宰予上课时睡觉，说了句“朽木不可雕也”也就算了，如来却要严厉得多，他将金蝉子定性为“轻慢佛法”，罚下凡经受磨难，西行路上“遇妖精就捆，逢魔头就吊”，再加上父亲陈光蕊当过招女婿，唐僧也就身负原罪，佛界需要安排重点考验科目。取经队伍齐全后的第一场考验，便是观音邀集黎山老母、普贤与文殊变成母女四人，以财、色为诱，要招唐僧师徒为婿。总算还好，只有八戒动了凡心，受到惩罚。万一精心挑选的取经班底一夜间变成“招女婿”团队，真不知观音有什么后备措施。

唐僧通过了考验，但佛界还是不大放心，于是西梁女国、蝎子精、老鼠精、杏仙等一个个接踵而至，或以王位相诱，或以吊打相逼，总之要唐僧当招女婿，就连白骨精也要对唐僧说些“将奴招了一个女婿”之类的话，即使快到西天时，天竺国还有个“抛打绣球，撞天婚招驸马”的设局在等他呢。唐僧因此回忆起父亲的往事：“我俗家先母也是抛打绣球遇旧姻缘，结了夫妇。”这一触景生情大概会使观音惊疑不定，唐僧是否想重走父辈之路？孙悟空也认为师父

“似有慕古之意”。不过，唐僧还是经受住了考验，反倒是八戒出了洋相，他跌脚捶胸道：“你不阻我啊，我径奔彩楼之下，一绣球打着我老猪，那公主招了我，却不美哉，妙哉！”但八戒毕竟不在这次考验计划内，他受罚后一路上有言论而无实际行动，佛祖也懒得再与他计较，何况那副担子还得靠他挑到西天哩。

孙悟空对观音的不断设局考验颇为不满，曾在背后骂她“该他一世无夫”，即招不到女婿。其实，所谓观音设局，都是出于《西游记》改定者的安排，他增添的招女婿故事并不只这些，他还描写过被玉面公主“招赘为夫”的牛魔王与到碧波潭当招女婿的九头虫。“招女婿”是入赘的俗称，《西游记》里又称之为“倒插门”，指男子就婚于女家并成为女方家庭成员，其出现原因是女方需要劳力和养老接代，男子则因家贫无力娶妻。在《大唐三藏取经诗话》、以《西游记》故事为题材的元杂剧以及《西游记平话》残本中，并无有关招女婿的描写，而今本《西游记》中，这类故事却是一个接一个，有些雷同程度还相当高，足见那位改定者的执着。他为何如此地念兹在兹？现在对这位改定者还是一无所知，这个问题自然无法回答，唯一可知道的，是他描写那些招女婿故事时的揶揄、调侃、讥笑乃至挖苦，语气则是轻慢与不恭敬，恰与社会上对招女婿歧视性的舆论相一致。这一连串的故事与描写笔法，使认定吴承恩为《西游记》作者的说法变得有点玄，因为对他来说，招女婿实在是个太敏感且不可触及的话题。

吴承恩的父亲吴锐就是一个招女婿。吴锐的父亲与祖父都当过教官，可是由于贫穷，这位儒家子弟却读不起书，直到二十岁时当了徐家的招女婿，经济状况才明显改观。吴承恩曾撰写《先府君墓志铭》追悼父亲吴锐，其中写道："弱冠，婚于徐氏。徐氏世卖采缕文縠，先君遂袭徐氏业，坐肆中。"经济状况改变是因为"袭徐氏业"，"婚于徐氏"则是当招女婿的委婉表述。这篇《先府君墓志铭》不大被人引用，提及吴锐的婚姻，有人甚至写为"吴锐娶徐氏"，即抹去了吴锐当招女婿的事实，但吴承恩的心酸记忆却不会因此而抹去。父亲做了招女婿，一个业儒世家的子弟同时也成了商人，在尊卑秩序为士农工商的社会里，他从最高层跌落到最底层，而价值观又不能与其他商人合一。在四十余年的光景里，吴锐一直遭到歧视与嘲讽，这还波及幼小的吴承恩，使他"恚啼不食饮"。吴承恩考取秀才后，这种情况才发生改变。后来，吴承恩受到淮南知府葛木的赏识，吴锐七十岁时，葛木还邀请他参加乡饮，这可是莫大的荣誉。吴承恩的奋斗目标之一，是博取功名，为父亲获得朝廷的封诰，一洗往年的屈辱。可是吴锐没能等到这一天，实际上吴承恩也始终蹭蹬仕途，难怪他提起此事便要伤心地连呼："天乎，痛何言哉！天乎，痛何言哉！"父亲心酸屈辱的招女婿经历，是吴承恩难以排解的心中之痛，如果是他改定了《西游记》，会设计出这许多招女婿情节，并轻慢地讥笑与挖苦吗？

最后还得回到本文开始时的问题：究竟是谁让八戒进了高老庄？

现在的回答只能是不知道，但对照书中的描写按常理判断，这个人应该不是吴承恩。

◇　作者简介　◇

陈大康，上海嘉定人。1982 年复旦大学数学系毕业，理学学士。1990 年华东师范大学中文系毕业，文学博士。留校任教至今，历任古籍所所长、中文系系主任、图书馆馆长。国务院学位委员会第五、第六届学科评议组成员，教育部社会科学委员会委员，国家社科基金评委，《文学遗产》编委、上海文史研究馆馆员。著有《明代小说史》《中国近代小说编年史》《中国近代小说史论》等。

瑞典汉学家高本汉与史语所的交往

郑 伟

瑞典学者高本汉（Karlgren Bernhard，1889—1978）是中国现代语言学史上绕不开的人物，他继承了清代学者在古音研究方面的卓著成就，并利用新的方法和材料来研究古音。同时，他在语文学、文献学、青铜器年代学等领域也有巨大的贡献，是当之无愧的“汉学大师”。

高本汉的博士论文为《中国音韵学研究》（Études sur la phonologie chinoise，1915—1926，以下简称《研究》），最初用法文发表。该书是中国语言学史上公认的一部里程碑式的著作。高本汉不仅终生沉浸于汉学研究，矢志不渝，而且对中华民族及其文化充满敬意。1936 年，他在《研究》的汉译本序言中说道：“中国民族史上的研究工作何等之大，一个西洋人再想要在这方面担任多大一部分工作，现在其实已经不是时候了。中国新兴的一批学者……既能充分地理解古书，身边又有中国图书的全部，他们当然可以研究到中国文化的一切方面；而一个西洋人就只能在这个大范围里选择一小部分，作深彻的研究，求适度的贡献而已。这样，他对于他所敬爱的一个国家，一种民族，一系文化，或者还可以效些许的努力。”

1915 年 5 月 21 日，高本汉在瑞典乌普萨拉大学哲学系进行博士论文答辩。担任答辩委员的有该校伦德尔（Lundell J. A.）教授、德国汉学家康拉德（Conrady August）教授，高本汉的博士论文是《研究》的第一至三卷，即“古代汉语”“现代方言的描写语音学”“历史上的研究”三部分，后来第四卷“方言字汇”于 1926 年出版。答辩过程中，康拉德只“提了几个小小的问题，并给予满意的评价”，并指出“当我给这篇论文评为具有开创性、内容扎实可靠和堪称榜样时，我想用不着说得太多。请允许给这篇论文最高分”。凭借此博士论文，高本汉于答辩当日被建议授予汉语副教授学位，并在 1915 年 5 月 31 日被授予哲学博士学位。[①]

俞大维先生在《怀念陈寅恪》一文中，曾经谈及陈寅恪先生于 20 世纪 20 年代前后，数度赴欧洲留学，通过对近代西方学术的接触与研习，从清代语文学向现代历史语言学的观念之转变，其中高本汉的著作对寅恪先生的影响甚巨，兹引如下：“寅恪先生由他念书起，到他第一次由德、法留学回国止，在这段时间内，他除研究一般欧洲文字以外，关于国学方面，他常说：‘读书须先识字。’

---

① ［瑞典］马悦然著，李之义译：《我的老师高本汉》，吉林出版集团有限责任公司 2009 年版，第 139 页。

因是他幼年对于《说文》与高邮王氏父子训诂之学，曾用过一番苦功。到了中、晚年，对他早年的观念，稍有修正。主要原因，是受了两位大学者的影响：一、瑞典汉学大家高本汉先生。高氏对古人入声字的说法，与假借字的用法，给他极大的影响。二、海宁王国维先生。王氏对寅恪先生的影响是相得益彰的；对于殷墟文字，他受王氏的影响；对梵文及西域文字，则王氏也受他的影响。”①此外，陈寅恪与傅斯年二人当时同在德国柏林留学，也一起听课，专注于历史比较语言学的学习，共同学习梵文、藏文等。②从傅斯年1926年写给罗家伦的信来看，傅先生同样也认真研读过高本汉的著作，作为学术撰著之准备。③

1921年年初，丁文江将高本汉所赠《研究》原书转送赵元任。1924年夏天，赵元任居留德国期间，曾数次赴瑞典哥特堡访问高本汉，当时高氏便跟赵元任谈到了翻译《研究》一事。1922年，赵元任在写给黎锦熙的讨论国音字母的信中提道，“瑞典人Bernhard Karlgren秋天到了北京，帮助Mr. Pettus组织华语学校的课程。这人

① 卞僧慧：《陈寅恪先生年谱长编（初稿）》，中华书局2010年版，第57—58页。

② 王汎森：《傅斯年与陈寅恪》，收入王汎森著，王晓冰译：《傅斯年：中国近代历史与政治的个体生命》，生活·读书·新知三联书店2012年版，第320页。

③ 《傅斯年全集》（第七卷），湖南教育出版社2003年版，第25页。

对于音韵沿革似乎很有研究，你们有谁同他谈过没有？”可见，赵先生与高本汉一直保持着学术联系。1928 年年初，高本汉致信赵元任，又谈及译书的事情，希望赵元任能够主持翻译工作，并加以重编，增加其可读性。① 傅斯年在《研究》中文版的序言里提道：“以斯年所闻，友人中欲此书译本流传中土者，先后有赵元任先生、刘半农先生、胡适之先生；斯年虽于此学无所能，其愿此书之吸收于汉土，亦未敢后人也。故中央研究院历史语言学研究所创办之初，即有意逐译此书，虽译书不在本所计划范围内，然为此书不可不作一例外。”尽管傅先生终身的主要研究领域是历史学，但其研究方法和学术取向无疑受到了年轻时留学欧洲期间所学的西方历史比较语言学之影响②，那么为何傅先生在史语所成立之后，旋即将高本汉学术著作的译介与出版提上议事日程，也就不难理解了。

1928 年 2 月起，傅斯年、顾颉刚、杨振声等拟在中山大学语言历史研究所的基础上，倡议筹建中央研究院历史语言研究所（一开始拟名“中央研究院语言历史学研究所”）。傅、顾、杨三人于当年 5 月 5 日致蔡元培、杨铨的信件中，共列五条，详细阐述了历史语言研究所应具备的人员组成、拟聘研究员名单、近期研究计划、经费预算等。其中第三条提道：“此研究所不是一个国学院之类，

① 赵新那、黄培云编：《赵元任年谱》，商务印书馆 2001 年版，第 111、125、151 页。

② 《傅斯年：中国近代历史与政治中的个体生命》，第 64—69 页。

理宜发达我过所能欧洲人所不能者，如文籍考订等，以归光荣于中央研究院，同时亦须竭力设法将欧洲人所能我国人今尚未能者而亦能之，然后国中之历史学及语言学与时俱进，故外国人之助力断不可少”（引者按：着重号为原信所加）。鉴于此，傅斯年等提出拟聘伯希和（Paul Pelliot）、米勒（F. W. K. Müller）、珂罗倔伦（Berhnard Karlgren）三人为外国通信研究员，第三位便是高本汉。第四条谈到研究所的近期研究计划，其中第六条为“南中方言研究”，原信谓：“此时斯年一面函商赵元任兄，请其仍于暑假后来广州，一面再函托伯希和及珂罗倔伦为择一语音学专家来此，以便训练出若干能分别方言并记录之人，斯年于此事最热心，深觉后来中国语学之成立赖此举也。”可见，当时文史、语学界对高本汉寄予厚望，并希望得其襄助。此信还提到外国专家的薪酬及其工作之费、助理人员之费这类细节问题。[①] 历史语言研究所成立后，高本汉等三位外国通信员的名字也正式列在该所研究人员名录中。[②]

在史语所所长傅斯年的倡议下，由赵元任、李方桂、罗常培三位著名语言学家将《研究》合译为中文，于1940年在商务印书馆出版。1926年，高本汉的《研究》第四卷出版不久，陈寅恪先生便也注意到了该书的学术价值，并积极推动该书在国内的译介。他在1928年

① 王汎森、潘光哲、吴政上主编：《傅斯年遗札》（第一卷），社会科学文献出版社2014年版，第93—96页。

② 《傅斯年：中国近代历史与政治中的个体生命》，第93页。

给时任《燕京学报》主编的容庚写信道："清华研究院学生朱君芳圃译有日人评论高本汉中国音韵学一文，欲登载《燕京学报》，请弟介绍与尊处，弟以为高本汉之音韵学风靡一世，评论其书之文尚不多见，似宜介绍于中国学术界。"[①]1929年6月，寅恪先生兼任"中央研究院"历史语言研究所第一组（历史组）主任。

在此期间，除了赵元任先生，李方桂先生与高氏在学术上也有所切磋。如李先生从谐声字的角度讨论古韵分部的著名论文《切韵 â 的来源》于1931年在《历史语言研究所集刊》三本一分发表，该文便是对高本汉的上古音研究的直接回应，李先生在该文第3页提道："我把切韵时代以前失落的韵尾都写作 *-g 或者 *-d，以别于 -k、-t，高本汉在他的 *Problems in Archaic Chinese*， JRAS Oct. 1928，赵元任译文见本所集刊1.3，345—401页一篇文章里头，在上古时代拟了两种韵尾 *-k（去声字）、*-g（平上字），我觉得是很可疑的。"傅斯年于1932年12月16日致信蔡元培，汇报史语所语言组的学术研究成果时提道："方桂先生于语音之外，突发表古韵之文，而引起高本汉之讨论。一面写其广东北江瑶山歌谣之音韵研究，另一面著文答高君，高君在中国语学之地位，不久将转到方桂身上矣。"除了赵元任、李方桂，林语堂、王静如、魏建功、张世禄、陆侃如等学者都曾向国内学术界译介过高本汉的学术成果，胡适之还曾为

① 《陈寅恪集·书信集》，生活·读书·新知三联书店2001年版，第8页。

高氏的《左传真伪考及其他》一书题写了书名，足见高氏在当时国内学界的影响甚巨。

傅斯年因翻译《研究》一事，曾致信蔡元培提议给高氏支津贴，表示对高氏学术成绩的肯定与崇敬。只是当时“经费一年比一年窘，故两年中未再发，高（本汉）已通知……”。另外，傅斯年还曾于1933年三次致电或写信给高本汉，向其说明作为外国通信员所受薪金之来源，也曾感谢高氏为史语所出版的《庆祝蔡元培先生六十五岁论文集》撰写论文[①]，并告诉高本汉该论文集的相关编辑事宜。[②]

2018年1月定稿

◇ 作者简介 ◇

郑伟，华东师范大学中文系教授、博士生导师、现代汉语教研室暨语言认知与演化实验室主任。主要从事历史语言学、南方少数民族语言古文献与古文字、现代汉语方言等研究。曾获教育部霍英东教育基金会高校青年教师基金、上海市“曙

① 高氏的论文题目为“Some Turkish transcriptions in the light of irregular aspirates in Mandarin”，后发表于该论文集第311—322页。

② 《傅斯年遗札》（第一卷），第329、333、343—350页。

光学者”、上海市哲学社会科学优秀成果奖、中国社会科学院青年语言学家奖、国际中国语言学会“桥本音韵奖”等奖励。主持过国家社科基金重大项目、重点项目和青年项目、教育部人文社科规划项目、上海市哲社规划项目等。出版专著四部、编著四部，发表中、英文学术论文90余篇。

大庇天下寒士之后

刘 阳

鲁迅提出过“娜拉走后怎样”的问题。重读杜甫的《茅屋为秋风所破歌》，忽然感到，今天似乎也可以来问一问：大庇天下寒士之后又怎样？

秋风，秋雨，吹打得破敝的茅草屋摇摇欲倾。屋里，诗人已老迈，且贫且病，却居然并不自伤遭际，而是牵挂着同处困厄的天涯沦落人，振臂一呼“安得广厦千万间，大庇天下寒士俱欢颜”。你我，皆凡人，自顾尚且不暇，很难如此心忧天下。这，便是时日如逝，岁月不居，千载之下我们仍不免奉之为名句的原因吧。

名句造就着好诗。老杜是善良的，他用诗笔朴素地传达出民本的式微，由此描绘出一个乌托邦。在那里，世海俗流中为生计而奔波的芸芸众生，都能有栖身的只檐片瓦，再无须为温饱而栖栖遑遑——我的追问仅在于，这首诗诚然好，却好到何种程度呢？

广厦问题是住房问题。住房问题是温饱问题。总隐隐觉得，这带有中国特色的诗，似乎过于简单地预设了一个前提：天下的寒士解决了温饱，就会变得“俱欢颜”。可是，一个人有了广厦、华屋美服，他跟着就必然幸福吗？寒士温饱后的精神世界，可曾得到了杜甫的观照？

你可能为他辩解说，饱暖都还未全然达到，何谈思淫欲。是啊，茅屋广厦，布衣绮罗，君不见人世间寒士贵胄之分，子美的愿望到今天仍往往是美丽的愿景。房价居高不下，居大不易，天下寒士远没得到大庇。寒士要买书，要找地方放书，不断占去着宝贵的面积，且不说好容易有了房，不再风卷残茅，漏夜沾湿，却半辈子沦为可怜的房奴，还有几许闲心去读书。都对。但如是抱怨着的你也可能忘了：有广厦，又如何？

也可能只无非再度让救亡压倒了启蒙而已。真要实现天下寒士的大庇，政府干预之类的制度层面虽重要，毕竟不是主要的，更紧要的层面恐怕得坐落于人性。一位中国诗人，当试图去关怀人时，他习惯性的出发点是温饱、活着。君子食唯求饱，居唯求安，底线而已，也因此成了生存的共性。共性的，也是社会的。个体的精神却不然，绝无雷同，便纵有“广厦千万间”，也未必“俱欢颜”，会不会越发孤寂，痛苦，以至于苦苦寻索？

人的思想是天马行空的。我有时推想，若杜工部关怀一下外国的寒士，如写托尔斯泰《复活》那种题材，他会怎样着笔呢？贵公子诱奸良家少女，又始乱终弃，终于坐在法庭上暗自神伤：我有权去审判那个被我蹂躏了的可怜人吗？于是，压迫弱势的特权精英被怀疑，不公的社会制度成为检讨之聚焦。深为家国巨变惨伤的诗史杜甫，写到这一层毫不困难。大多数中国作家也会说，斯有何难？

很长时间里，我确不解何以这么桩多见的题材，会成就一部傲侪于世界名著之林的杰作。韶华渐逝，慢慢悟到。托翁很有力地把问题推到超越人的高度。他保存这个问题，引领每个人不断超越社会共性，进入那属于自己的形而上之思。换了杜甫，他写得到这一层否？

我想他还未遑从社会性关怀中深入超拔，进而考问自己：住进了广厦的寒士，也可能面临空洞的虚无和异化的荒诞吗？无广厦可住的寒士，将会从心底弥漫起怎样的孤独感？这些被西方文学不约而同地视为终极关怀的问题，我们的诗人尚不曾触及。依稀可见，“以人为本”，在子美的故乡乃以人民为本。一种群体性的社会符号，自古信然。但民本并不就等于人本。无论从关怀的高度还是深度看，以杜子美这诗为代表的中国文学，有没有真正走向世界、获得一种笼罩全人类的悲悯情怀呢？

或许在我们国人看来，老托尔斯泰最后的问题又玄又虚，纯属于吃饱了撑的呓语。有时候，思想间的隔阂就是这样让人无奈。杜甫只差一步就是托尔斯泰。他未曾估料到的是，身后各领风骚人左冲右突，却仿佛差了反而不止一步之距。大庇天下寒士之后怎样，就仍是个悬而未决的命题。

◇　作者简介　◇

刘阳，生于浙江杭州，复旦大学文学博士，华东师范大学中文系教授，博士生导师。研究领域为文艺学。美国伯克利加州大学访问学者。出版学术专著六部。在《文学评论》《文艺研究》《学术月刊》《外国文学研究》《文艺理论研究》等发表学术论文一百余篇，被《新华文摘》《中国社会科学文摘》等转载二十余篇。主持完成国家社科基金项目等十余项课题。荣获教育部霍英东教育基金会第十五届全国高校青年教师奖一等奖，以及多种国家与省部级学术科研教学荣誉奖项。

斜神龛里的项羽

王春鸣

秦二世元年（前 209 年），陈胜、吴广在大泽乡振臂一呼，揭竿而起，二十四岁的项羽随叔父项梁在吴中刺杀太守殷通举兵响应，独自斩杀卫兵近百人，枪挑血色，闯进了历史。

一、英雄该不该有母亲

睡前，照例翻一翻唐诗宋词。小树今天读的是“生当为人杰，死亦为鬼雄。至今思项羽，不肯过江东”。于是就问起项羽是谁，又说知道的，因为背过《垓下歌》。“乌骓马呀你怎么不跑了，虞姬虞姬你怎么办？”他背了两句说，这人大概是个很没主意的人，你给我讲讲吧。

我不知道该怎么讲。好的故事应该从摇篮里开始，从温暖处开始，像一个颤音从琴弦上滑落，一抹初红染上青青的小桃。被历史供奉在神龛里的英雄们，他们也要从孩子开始长大。历史会在流传中变得柔软，是的，流传本身就是一个柔软的词，连土石的万里长城也有孟姜女的泪水，最刚硬处，一定会出现最柔情。然而项羽，却生来是断弦之声，是一滴血从剑尖上落下。

披甲，持戟，重瞳，瞋目，溃围，斩将，刈旗，自刎，这样一个项羽，追风少年们心目中的英雄，《史记》却不交代他的父母是谁，只说他的祖父项燕是楚国的大将，秦灭楚国时，被王翦带领的大军团团包围，最后自杀身亡。他跟着叔叔项梁长大。“项籍少时，学书不成，去；学剑，又不成，项梁怒之。籍曰：‘书足以记名姓而已。剑一人敌，不足学，学万人敌。’于是项梁乃教籍兵法，籍大喜，略知其意，又不肯竟学。”寥寥数字，就到了“初起时，年二十四”。除了一点儿野气和浮躁，看不出他有什么可讲的。

李清照也真是的，生逢渡江偏安的时代，一路南逃的颠沛流离中有一点感慨，原也是常情，却非要一厢情愿地认定，这个男人既然身经百战，就一定是英雄。于是闲愁百转地吟出了那二十个字的小诗。女人大抵都是糊涂的，她可以玩转文字，会跳舞会吟诗，可是一旦遇到历史，遇到情事，遇到战争，遇到男人，立刻就昏了头了。关于项羽，恐怕你叫她再多写一个字，也写不出来了。然而就是她写出来的这几个字，却成了一个药引子。整个南宋社会，在帘儿底下听她笑语，对项羽的思恋情结开始在市井勾栏间弥漫。孱弱的时代往往只能从古人身上寻找阳刚的依托，于是，历史慢慢向故事生成，向戏文演绎。对项羽的评价，也从西汉初年尽失忠臣和人心的一介莽夫，从大唐“包羞忍耻是男儿”的批评，变成了心高气傲的人杰与鬼雄。

《项羽本纪》才读了一个开头，我就不愿意给我的孩子讲下去，一个孩子，因为没有母亲，在学习成长的过程里如此随心所欲和情绪化，注定是不会懂得珍惜人生的。力能扛鼎又如何，做了一会儿西楚霸王又如何，他的母亲，知道他那样杀人，那样自杀，是要伤心的。

然而项羽或许正因为是孤儿才成就了这样的英名。一个想要做英雄，本来能做英雄的男人，往往因为当妈的在身边嘀嘀咕咕，会影响了决断。那陈婴就是个例子，他原先是东阳县的令史，相当于现在的公务员，一点儿俸禄原本够丰衣足食了。可惜陈婴生在乱世，起义中被时势推为头领，他的母亲就惊慌失措了，对他说：“自从我做了你们陈家的媳妇，还从没听说你们陈家祖上有显贵发达之人，如今你突然有了这么大的名声，恐怕不是好兆头。我看你不如去归属谁，起事成功还可以封侯，起事失败也不用承担罪名。”陈婴听了母亲的话，没敢做王，带兵投靠了项家军。项羽兵败，转而归顺刘邦，当了个封地六百户的堂邑侯，后来又做了一阵儿刘邦弟弟楚元王的丞相。确实成了他母亲所期待的“非世所指名也”，退出历史的纷争，在安稳现世中丰衣足食。

另外，没有人为项羽来指点方向。他要推翻暴秦，不为天下苍生，为的只是“彼可取而代之”。他就是用这句话在《史记》中悍然出场的，又是以这句话和农民陈胜吴广“王侯将相，宁有种乎”的揭竿而起遥相呼应的。大家都想取而代之，天下自然就乱了。到最后战败了，带着二十八个骑兵败退到和县境内时，还要大喊着“非用兵之罪，天亡我也”，将一段血流遍地的历史归结到“我”。他没有看到，也许看到了也不在乎，“楚汉相争”的短短几年，成为中国历史上绝无仅有的大毁灭时期。秦帝国的大统一和大繁荣，在五六年中就陷入了“人相食，死者过半”的哀绝之境。在他死后，西汉建政五十余年，无论如何休养生息，仍有点万劫不复。有时真希望他有母亲的，如果有，那个女人可能也会早早像陈婴的母亲那样，日夜啰唆，灭了他的野心和杀戮之气，劝他顺着刘邦算了，使天下安生，生灵免于涂炭。当然那样的话，我们的中国象棋就没了楚河汉界，也不知道如何摆谱了。

出现在项羽生命里的女人只有一个虞姬，虞姬歌舞帐前，言笑榻边，被称为他的红颜知己。可是这位红颜知己或许千娇百媚，女人味十足，却不一定有母性，从二十四岁起事到三十一岁自杀，七八年间项羽征战厮杀，一旦得胜就要搞大屠杀：襄城大屠杀、城阳大屠杀、新安大屠杀、咸阳大屠杀、破齐大屠杀……一次次坑杀降卒无数，平民无数，逼反了复辟后的齐国。那时虞姬在哪里？她或许替他拭过剑尖上的血，却没有像李香君那样刚烈地在战争与乱世中表明应有的态度。她懂得崇拜与追随，却只是一个有着温柔外表的野蛮女友，没有母仪天下的大气与大义。所以虞姬成不了虞后，只能独留青冢向黄昏。

如此看来，历史真是太缺乏好母亲了，她必须要深明大义而不迂腐，不像陈夫人那样鼠目寸光，历史才能沿正道行走，高潮迭现，于刚强中有委婉。

索然无味的刘邦，他的经历是因为有项羽精彩人生的衬托才显出一点儿意思来，尽管如此，他还是需要编一条龙出来，那是项羽没有而他独有的一个笑话。作为一个母亲，我真不想让我的孩子学历史。我觉得，读一点儿寓言也就够了。中国的历史，扯得越远，和寓言就离得越近。

二、历史还是流言

既然典籍无法确认项羽的身世，就求助于电脑。我在百度上输入“项羽母亲”四个字，它半秒钟之内给了我 3120000 条结果，然而没有一个让人满意的答案。好吧，这事情司马迁说了算，他不说，我们纵然议论纷纷，却也无从考证。有时候我想，或许这正是太史公对他的偏爱，看看刘邦是怎样和他的母亲一起出场的吧：“高祖，沛丰邑中阳里人，姓刘氏，字季。父曰太公，母曰刘媪。其先刘媪尝息大泽之陂，梦与神遇。是时雷电晦暝，太公往视，则见蛟龙于其上。已而有身，遂产高祖。”一部正史，却这样解释一个开国皇帝的来历，把严肃的历史变得这样扯淡。“史家之绝唱，无韵之离骚”，难道不是一个颇有深意的评价吗？大泽之陂的野合，竟成了大汉王朝立国的根基：“蛟龙于其上。已而有身，遂产高祖。”项羽的母亲没有和龙偷情，所以他注定要死于大业未成之时。因为他不是龙种，少了一点兽性，太轻信，讲义气，又死要面子，不会像刘邦那样适逢地给樊哙之类的部下洗洗脚，总共就亚父、钟离昧、龙且、周殷几个屈指可数的忠臣，还弄得死的死，叛的叛，出走的出走，这些都是人的弱点啊！

我顺便想象了一下为他们立传的司马迁，他端坐在千年之前的书案旁，雍丘之战，初露头角；巨鹿之战，雄霸天下；垓下之战，英雄末路……他像个战地记者那样奋笔疾书，仿佛亲历。我们后世别无他法，也就权当他亲历了。接着，他又把同样严肃的笔触转向刘邦，轻轻一扣，一顶绿帽子就上了刘太公的头，刘邦和大汉朝的历史，在他正襟危坐的叙述中成了一起流氓事件的后果。细想起来龙之类的东西真是可怕，它因为不存在而显得崇高，通过无形的威慑给平凡人施加暴力，而我们则浑然不觉，这浑然不觉一下子就嘲弄了最严肃的历史。因为龙能为历史生出“龙种”“天之子”，最后它成了中华民族的象征，我们都跟着成了“龙的传人”。太史公以此建立了一个传统，历史上大凡从陇亩间跃上皇位的，都得给他编个离奇身世，那朱元璋出生时，他家草屋里不是也满室红光吗?相比起来，失败的项羽，在这一点上因为无据可考，显出了他的清白和幸运。

是的，我讨厌历史叙述者对待母亲的态度，她们要么在典籍中销声匿迹，要么，就是作为一个工具出场。像刘邦之母，仅仅在电闪雷鸣中现身了一回，因为“蛟龙于其上”而被载入史册。初读《史记》的时候还是个中学生，想着自己将来也是要做母亲的，于是有了一点儿读恐怖小说的惶惑。即使命运要垂幸我当太后，我也是要以死来抗拒这五个字的。后来我就不看《史记》，不学历史，不听百家讲坛，然而太史公太多了，你根本回避不了。

读了一点儿历史的人，都喜欢来说说项羽，写诗写戏写文章写书，还演讲。那 3120000 个搜索结果，是关于项羽母亲的，如果把母亲两个字去掉，0.004 秒间跳出来的相关网页是 4730000 篇。一千个观众，就有一千个哈姆雷特，两千年历史，就有两千个项羽。在冯梦龙编的鬼故事里（《喻世明言》），韩信转世为曹操，先为汉相，后为魏王；刘邦仍投入汉家，立为献帝，一生被曹操欺侮；樊哙成了张飞；而项羽只改姓不改名，姓关，名羽，字云长。我看了直叫好，心说美国你太落后了，你们什么时候才有的变形金刚，你们的变形金刚是塑料的机械的，我们的变形金刚是历史的文化的。

还有一群人，纷纷议论项羽不要脸。对于要脸还是不要脸展开了横贯千年的辩论。《历代诗话》中有《二乔》一则，从杜牧的《赤壁》说到其《题乌江亭》一诗："胜败兵家事不期，包羞忍耻是男儿。江东子弟多才俊，卷土重来未可知。"评诗者写道："项氏以八千渡江无一还者，谁肯复附之？其不能卷土重来决矣。"毛泽东同志读到这里，忍不住批了四个字："此说亦迂。"嘿嘿，"迂"在何处？迂在这评诗者还是太要脸了，竟然把一场席卷历史、改朝换代的战争胜败归之于个人的脸面。

几千年来，文人和政治家们都这样热衷于讨论项羽该不该要脸，该不该死，将他的人生结局放在乌江自刎上，其实他的悲剧在鸿门宴就注定了。我十岁的时候就看出来了。很多人十岁都看出来了。所以提到鸿门宴不是要显摆，我的意思是，你们就不要再唱《霸王别姬》了。

项羽啊，"粗瓷大碗盛日月，碧血烈酒火一团"，那似乎就是他的一生，惊鸿掣电的一生。他岿然不动地躺在流言里，空有甲胄在身，议论他的人多，爱他的人多，背弃他的人多，鄙视他的人也多。历史的规避与戏谑，直到今天他也未曾逃脱，而我只可怜他，是一个没有妈妈的孩子，在野心和动荡中如此脆弱地长大。

我们忽略那些血泪，秦末汉初的乱世如果没有了项羽，就没有了华彩，中国战争史会缺少冷兵器时代的高潮，易安居士写不出平生唯一一首豪放风格的小诗，梅兰芳没有《霸王别姬》可演，和县乌江没有项羽庙好建，我就没有地方出生……

三、蛋壳里的项羽梦

这就是我选择项羽作为我历史私房话的开端的原因，也是在离开安徽和县乌江镇三十年后，母亲执意要回去一趟的原因。她追随“文化大革命”中被流放的父亲，正是在项羽庙里，乌江河畔，完成了自己从少女到母亲的蜕变。又在那里，丢失了第一个女儿。

那个地方真是偏僻，首先到南京，长途车站竟没有专门去乌江镇的车，后来在下关的一个小车站，好不容易找到一辆破旧的中巴开往驻马河。那条河日复一日地从乌江小镇边上流过，河水清浅，芦苇丛里泊着一轮夕阳，全无千年前的杀戮之气。这里就是我陌生的家园吗？我是不是走在一条回去的路上？

就是这里。母亲开始挺直身子，抓住椅子的手上，青筋一根根爆起来。是的，就是这里，项羽兵败的地方，父亲被流放的地方，我出生，在懵懂中成长的地方，一直埋藏在母亲心中的地方。三十年来无数次做过的梦，一下子在母亲的眼中浮现，她执意要一个人坐在窗旁，汽车飞驰的几个小时里，不愿稍微合一下眼。

项羽庙建在凤凰山上，游人寥寥，父亲教书的乌江中学旧址就在这里。放过我摇篮的小屋早已夷平，种了一排香樟，风声细碎，我听见遥远的啼哭，多年以前的小小的自己，蹒跚着，走在项王庙破败的正殿和厢房里，那尊漆色斑驳的雕像，曾被我好奇的目光无数次触碰过吧？陪我们前去的，是父亲当年的学生，他们感慨地回忆往事，如今立着项羽抛首石的地方，曾经是他们挖土抬泥建起的操场，墓道那儿挖出过一口古井，里面有许多嵌着铜钱的汉砖。母亲一个人走在前面，疾步，微微佝偻，那些都不是她要追忆的，她有属于她的往事，她的眼里和心里，没有项羽，是的，本来就没有什么项羽，只有我出生不久便夭折的姐姐，遗失在这莽莽的青山上。三十多年前，怕月子里的母亲过于悲伤，父亲的同事们悄悄掩埋了她。母亲很少提起，我不知道她曾经怎样哭过，怎样找寻过她亲爱的骨血。只是在我不听话的时候，我才知道我的姐姐是有乌黑的头发，美丽的大眼睛，乖巧的脾气。

妈妈捡了两片树叶放进包里，我不敢看她的眼睛，但是清晰地听闻她粗重的呼吸，是的，沧海桑田，关于那些逝去的，我和她一样不知道该如何祭奠，并不是每一个生命都能拥有一个庙宇。妈妈回来了，却不知道在何处安放她的牵挂，只能深深呼吸，从清冷萧瑟的空气中，辨别一缕三十年前的余温。

到了乌江她就没笑过。后来我们在项羽庙旁的酒桌上，听父亲的那些学生谈论别后人生，世俗人生，我忍不住还是想起项羽来。

和他比起来，我们只能在离历史书封底还差十万八千里的地方，平安无恙地活着。看见领导，不用秦始皇那么大的，万万不会有“彼可取而代的”昏头之想，能博领导一提一拔，提提包，开开车，都是好的，能做做陈婴，更是大幸了；乱世出英雄，别，我们在有生之年能把房贷还清就好了；至于爱情，有是有，但是不会浪漫到借诗剑舞流传，深情到用死亡来证明；我们一起喝酒唱歌的兄弟可多了，绝不会孤独如项羽，只剩乌骓马和虞姬一同赴死。

我知道此番来后，不会再来，无论历史书里还是霸王庙中，其实项羽都不在（像姐姐那样消失了的孩子，更是无影无踪）。只有在时间的深处安放着一个斜神龛，将身长八尺余的大人物塞进去，有点挤，看的人，有点疼。他的死去和死去的地方，其实都只是一个传说。我拿起一个当地人热烈推荐的毛鸡蛋，不敢磕开，那是没有孵出小鸡的蛋，鸡雏在其中已经成形，可以照见，又被火候和煮熟这两个词弄混沌了。残忍地煮成五香的，许多人很爱吃。项羽，和他英雄的梦想，就是这样的吧，已显端倪，却没有啄破历史的蛋壳，反而变成一道菜式，被千古食客热爱和嫌弃。

妈妈不吃，她想的自然不是项羽。我也不吃，过了两千年，我惊惧他竟然还在，一触即碎，无法破壳，却又这样昭然若揭，挟带着生猛的疼，凝固的疼，流不出一滴血的疼。席慕蓉在大陆参观博物馆的时候题词，喜欢写那一句："历史从未远去，它就在我们身边。"是的。它太吊诡了，不离我们左右，还将项羽变成了一个毛鸡蛋，将我看得心头噎着，眼里就要落下泪来。

最后的停留是在乌江小镇的驷马山宾馆，人迹罕至，打开水龙头，热水要么迟迟不来，要么就是滚烫地喷涌而出。高大的水杉树笼罩了整个二楼。历史到了这里，就像绿色羽状的叶子，轻轻地落在屋顶上，不论谁曾叱咤风云，不论谁心中百转千回，时间都会不动声色地走到今天并继续向前走去。

◇ 作者简介 ◇

王春鸣，中国作家协会会员，江苏省作协签约作家，艺术学博士后，南京艺术学院副教授。在华东师范大学就读期间曾获陈伯吹儿童文学奖，出版有《芬芳的独唱》《桃花也许知道》《中国翔》《神遇》《私奔不成便化蝶》《明月在途》等文集，散文散见于《解放日报》《文学报》《文汇报》《散文》等报刊。

第四辑　玄思

出　镜

南帆

一

不知哪个机灵的工程师发明了自拍神器。这个简单的小机械征服了所有的旅行者。海滨，园林庭院，横跨马路的天桥，博物馆大厅，什么地方都有人正在自拍。从挎包里取出自拍杆拉长，顶端夹住手机或者照相机，对准自己调节好的笑脸咔嗒一声。这是雅俗共赏的游戏，大人物一样热衷。网络上流传过一张韩国前总统朴槿惠使用自拍神器的图片。当初，精明的商人肯定想到了这个小机械拥有巨大的市场，可是，多少人预测到，这个玩意儿可能产生另一种文化?

很迟我才明白，大多数手机都有自拍的功能，自拍神器无非一种辅助设备。第一次看见手机自拍是在一个嘈杂的餐厅里。邻桌的一位男士左手精心地撩拨头发，脸部持续地配制各种型号的表情，右边的胳膊竭力伸长，巴掌中的手机对准了自己。当时我心里转过的疑问是，这个哥们儿是不是犯了什么毛病？一起进餐的伙伴开导之下我才明白，自拍如同正餐之前的一碟小菜那么平凡。现在好办了，自拍神器终于让我们的胳膊如愿地加出了一截。

我刚刚在网络上看到一张相片：游人如织的海滨沙滩，一个身穿比基尼的女士弯腰将自拍神器从胯下向后伸出，拍摄自己如花似玉的屁股。沙滩上肯定还有些手持照相机的闲人逛荡，但是，这种事最好不要麻烦他们，以免产生不良误会。许多人即兴地拍下自己的各种相片上传网络，网络是一个视觉的公共空间。无数微博在这个空间注册，每一个微博摆出一堆相片或者几段视频犹如小商贩在跳蚤市场铺开一个地摊。多少人光顾无关紧要，重要的是，自拍终于使出镜成了一件轻而易举的事情。

出镜曾经是莫大的荣耀，神奇而隆重。报社的记者举起了昂贵的照相机，镁光灯“咔嗒咔嗒”地响个不停，个人的形象次日出现于报纸版面的某一个角落，赞叹之声绕梁三日；电视台的记者更为伟大，他们肩扛的那一台摄像机如同一个威风凛凛的火箭筒。摄像机可以长距离地锁定一个人，提供各个角度的拍摄，然后电视台负责将这个人的形象发射到千家万户的电视机里面。可以从这些复杂的程序之中看出，出镜是多么幸运的奇迹。一个小官员事先得到通知，他在晚间的新闻节目之中拥有五秒钟的镜头。于是，他迫不及待地打电话通知所有想得起来的亲朋好友，号召他们尽早守候在电视机前等待他驾临屏幕。现在，自拍神器极大地削减了人们对摄像机的崇拜。那些影像符号没有多少特权了，我们自己都能生产。昔日那一批神气活现的记者突然有些失落。有了自拍神器，小巧的手机和无线网络片刻之间解决一切。

技术发明又一次不可思议地扭转了我们的生活。照相机或者摄像机让人眼界大开，看看世界吧——一个偌大的世界扑面而来；然而，自拍神器试图让一个偌大的世界侧过脸来，看看我们吧——现在轮到我们当主角了。这时，我们开始端庄地或者诙谐地出镜。

看是主体的向外扩张，眼珠骨碌碌乱转，目光贪婪地扑向整个世界。我想起第一次接触地图的激动。通常只能看见一条街道，一幢楼，一座山峰，然而，地图突然将整个世界神奇地铺开，一个巨大的空间浮出纸面。据说，全景画出现于 18 世纪末的欧洲，这意味着开阔视野的形成。乘坐热气球飘浮在空中纵览远景，登上教堂的圆顶绘制四周的城市，那时的绘画开始崇拜巨大与无限，一心想把世界尽收眼底。然而，时至如今，这种野心逐渐疲惫了。世界是看不完的，天外有天，谁知道天尽头又在哪里？也许，现在是转身看看自己的时候了。不论世界的直径有多大，出镜就是把自己设为圆心。

我看到的一个最新视频是，几个小学生录制下他们与小伙伴之间的口水战。他们在视频之中表情生动地扮鬼脸，吐口水，说一些挖苦对方的刻薄话，做剪刀手势，如此等等。这些孩子如此熟悉视觉语言的编辑，一个自拍神器就可以造就一个表演舞台。

二

大约是钱锺书用鸡蛋与母鸡的关系比拟作品与作者：即使吃了一个不错的鸡蛋，仍然没有必要认识生蛋的母鸡。作者又没有三头六臂，有什么好看的？可是，对于许多人来说，这个观点肯定过时了。他们的阅读就是想追溯到作者，甚至仅仅兴趣于作者。

那些睿智的见解或者巧妙的语言修辞哪有一张具体的脸生动？当然，容貌的质量是一个不言而喻的前提。美女作者的俊俏妩媚必须足够支持朦胧的浪漫幻想，皱纹纵横的老妪不宜公布相片；男子汉气概是帅哥作者的经典标志，掀起衬衫露得出八块腹肌，抽烟冥思的深刻表情可以暂时省略。总之，这是一个视觉的时代，语言的魅力正在急剧衰减。哲学思辨或者深奥的诗令人生厌，夸夸其谈的知识分子正在丧失他们的影响。视觉的时代是身体重新出场的时候，演员和运动员占据了传媒的绝大部分空间。红地毯和绿茵场成为全世界注目的聚焦点。运动场内矫健的身姿开出了天文数字的价格，女演员的脸蛋、乳房和手指头竞相成为保险公司的投保对象，哪些语言产品可以享受这个级别的待遇？某些教授的电视演讲获得了意外的成功，突然晋升为学术明星。然而，所有的人都明白，形象是充当明星的真正资本。讲坛上的表情、音调以及种种肢体语言远比渊博的知识重要。

现在可以提到“颜值”这个新词了。“明明可以靠脸吃饭，却非要去拼才华”，据说这是网络语言对于一个人的赞美。顾名思义，“颜值”即是指容颜的价值——这种价值可以兑换为各种谋生的资本。现在，的确到了为相貌美学拟定一张价格表的时候了。当然，这种美学算术有点复杂。以往这张价格表仅供某些类型的女人参考。既然世界上存有那么多大腹便便的富翁，女人一副天生的好眉眼就不该任意浪费。然而，现在的男色消费终于浮出水面。宁泽涛刚刚在世界游泳锦标赛之中获得自由泳一百米冠军，人们正在尝试把亚洲第一人的实力与“小鲜肉”的颜值相加，据说得数是五年之内可以挣得到五个亿。一个著名的电视评论员总结出一个计算公式，颜值就是在事业成就的基础上不断地乘以十。由于广告商的垂青，这些颜值偶像的收入动不动就要扩张十倍。之前的李宁、刘翔、林丹无不验证了这个公式。至于那些徒有肌肉而缺少颜值的运动员，他们的厚实巴掌仅仅攥得住金牌带来的有限奖金。

视觉的时代必须拥有另一批文化操盘手。那些哲学家或者诗人及时地转入幕后，导演、摄像、主持人、制片人络绎而至。然而，真正的巨变来源于一个有点别致的技术构思：每个人口袋里的手机都附加了拍照的功能。这个技术构思造就了年轻一代的一种特殊习惯——无论遇到的是台风天气的漫天乌云、街头小贩的火爆争吵还是阳台上一盆仙人掌冒出了新芽，他们所做的第一件事都是掏出手机拍照。如今，生产影像符号的文化团队空前强大。瓦尔特·本雅明当年引用过的一句话终于成为现实：“未来社会的文盲不是不会写字的人，而是不懂摄影的人。”

三

然而，现在似乎流行另一种舆论：大批热衷于摄影的人正在变为文盲。对于电视台和网络空间的庸俗口味，多数来自印刷文化的老派知识分子纷纷表示不屑。《爸爸去哪儿》这种节目居然可以在电视台热播一时，很难想象印刷文化如此幼稚。没有思想的视觉只能浮光掠影，这种舆论隐含了文字中心主义的观念。一些教授时常回忆一个著名的典故：当年鲁迅在《呐喊》的自序之中解释了弃医为文的原因。他在生物课的幻灯片之中见到了一群麻木的中国“看客”，这些人正在神情漠然地观看同胞遭受斩首。鲁迅的感叹是，如果丧失了灵魂，茁壮的躯体又有多少意义？与其医治肉身的疾病，不如诊疗精神的创伤。因此，鲁迅放弃了医学，立志做一个解剖国民灵魂的作家。有趣的是，那些心细如发的教授竟然从这个众所周知的典故之中挖掘出一个意外的秘密：尽管触动鲁迅的是幻灯片，然而，他从未考虑投身于摄影，或者从事已经开始时髦的电影。这个来自绍兴的知识分子性格倔强。鲁迅愤慨地指控古老的传统是“吃人”文化，同时，他又冥顽不化地使用那一支落伍的毛笔。鲁迅习惯的毛笔来自故乡的一家笔庄，价格便宜，别名“金不换”。

另一个文雅的知识分子似乎也不那么喜欢影像符号——阿根廷

鼎鼎大名的博尔赫斯。据说他仅仅在1969年看过一次电视，因为电视转播的是美国宇航员乘坐阿波罗登月。博尔赫斯家里没有电视，只得临时向用人借了一台。博尔赫斯的小说充满拉丁美洲式的奇异想象，如将一套莎士比亚的记忆当成礼品相互赠送，或者图书馆里藏有一本始终翻不到第一页和最后一页的书，如此等等。《盗梦空间》这一类电影出现之前，如此奇异的想象只能托付给语言文字。或许因为家族遗传，博尔赫斯患有眼疾，晚年失明。不知道这个事实是否有助于解释博尔赫斯对于影像符号的厌倦，长时间面对电视屏幕肯定伤眼睛。另外，也许黑暗之中浮现于内心的语言文字远比照相机定格的那些乏味的表象精彩。

相片无非是机器偶然截取的一个世界片段，脱离了时间和空间，没有气味、重量、连续性和历史气息。一张相片的主题往往是分散的，闪烁不定的，必须依赖某些文字解说给予凝聚，如拟定一个标题。所以，尽管电视台和网络空间正在重新装修这个时代，知识分子仍然顽强地坚信语言文字远为深刻。他们心目中的“文化”是一个书籍的世界。

那么，现在那个讨厌的自拍神器又一次企图动摇知识分子的文字信念吗？

四

鲁迅弃医为文的典故曾经赢得了许多的讨论，教授们称之为“幻灯片事件”。教授们拒绝将这个典故视为一则寓言。斤斤计较的考据癖认定，这是一个曾经发生的历史事件。因此，诸如此类的细节必须逐一考订：幻灯片还是相片？实物保存在哪里？什么时间看到的？《呐喊》自序与《藤野先生》的叙述存在多大的出入？线索分歧的讨论之中，一个有趣的问题逐渐显现：看与被看。囚犯，“看客”，观看囚犯与“看客”的鲁迅，与鲁迅共同观看的异国学生——这些人同时还在窥视鲁迅的神态，西方视野之中“被看”的东方——这已经是萨义德的“东方学”与后殖民理论的议题了。不少人倾向于认为，看意味的是主动，权力，制高点，“刀锋一般的眼神”表明了视线令人恐惧的威胁；被看意味的是被动，接受，他人视野之中的客体，动物园笼子里的老虎只能沦为游客眼睛的玩具。

然而，日常生活的看与被看几乎不存在固定的语义。的确，古代的演员因为“被看”而身份低下，“戏子”之称隐含了不言而喻的鄙视；女权主义者认为，广告之中的女性形象时常制作为“被看”的物体，电影的性感镜头投合的是男性意识的视觉欲望；那些民风剽悍的城市，看与被看时常会铿锵地撞出意外的火花——驾车在十字路口等红灯的时候，往相邻汽车的驾驶室里多看一眼就可能引发一场剧烈的斗殴。“你看我干吗？”拒绝“被看”的保卫战就是从这么简单的一句开始。当然，还有至高无上的神。所谓人在做，天在看，神没有必要亲临现场，但是，神会把一切都看在眼里，善有善报，恶有恶报。必要的时候，神会摇身一变，转换为俗世的行政权力。

高速公路的入口，银行的柜台背后，火车站的候车大厅，住宅社区的楼道，不同等级的权力部门是众多监控摄像头的强大后盾。根据福柯的描述，边沁设计的全景敞视监狱是行使眼睛霸权的哲学模型，一个硕大的眼球高高在上地凝视监狱每一个角落，所有的囚犯都无处藏身。然而，看与被看同时存在另一套颠倒的评价语汇：鲁迅曾经发狠地说，最高的轻蔑是无言，连眼珠也不肯转过去——换言之，看同时意味了必要的尊重。“重视”一词不是褒义吗？凝聚公众目光的只能是领袖或者名流，普通人多半无法在电视机屏幕里找到自己的席位。

也许，古板地设定看与被看的等级犹如刻舟求剑。每一个现场的主题、空间装置以及特殊设计决定看与被看的相互博弈。街头的杂耍艺人或者寻衅滋事的醉汉只能收获鄙视，大剧院聚光灯核心的领衔主演享有特殊的尊荣。后者的威望借助了舞台垫出来的人生高度。许多人都秘密地藏有一个舞台梦。无法征服金碧辉煌的大剧院，那么，自拍神器至少提供了一个镜头之中的舞台。意外的是，传统性格的敦厚、内敛、含蓄与羞涩荡然无存，那么多人抢着把脸伸到镜头面前。这时，自拍神器正在表达一个强大的欲望：“被看。”

五

出镜的是一副肖像，几个日常生活片段，镜头之中的舞台上演的是什么故事？不就是想让自己漂亮一点儿吗？那些软件工程师早就洞察到我们的虚荣心。一款称之为“美图秀秀”的软件负责修饰自拍的相片。增大眼睛，拉长身高，削去过于肥大的腰肢，智能手机可以自动完成一切。某些名流的文字自传曾经遭到辛辣的嘲讽。夸大其词，文过饰非，滔滔不绝的颂扬试图将自己叙述成一代圣人：要么业绩不凡，要么道德完善，要么不加节制地夸耀不凡的武功或者渊博学识。然而，进入网络空间投放自己的形象，许多人显然遵循相近的修辞策略，放肆地纵容美学篡改容颜的真相。当然，“美图秀秀”完成的目标简单多了——美貌可以急剧地提高性魅力的指数。

网络空间的各种图片之中，性主题是一个巨大的旋涡。各种色情网站寄生于视觉欲望，发达的传播技术甚至制造出一个奇怪的景象：性仅仅是视觉，如网络空间的裸聊游戏。许多图片环绕于这个旋涡的外围，色情意味稍许模糊——这时的性主题称之为“性感”。搔首弄姿，挑逗的面容和神情，凹凸有致的身材，将脱未脱的服装，这一切无非制造性感气氛的各种元素。视觉对于性感品味丰富，许多图片不懈地开拓各种另类的性情趣。不久之前的网络出现了一组伤残军人的裸照。残缺的肢体与健壮的胸肌或者饱满的乳房形成了某种特殊的性魅力。另一些性感的图片肯定超出了一般的想象：一具插满了输液和导尿导管的女性裸体，或者，一个全裸的大胖子如同几坨肉摊在床上。那些保守主义者几乎每天都在发出愤怒的感叹：这个时代的眼睛趣味已经如此乖张了吗？

许多图片令人想到的第一件事就是，谁是拍摄者？这些图片的私密性如此强烈，以至于人们不能不猜测：要么源于自拍，要么出自最为信赖的亲密者。因此，这些图片广泛地流传多半得到了本人的授权——许多时候，本人即是发布者。从那些热衷于个人写真集的无名之辈到想方设法地泄露“艳照”的演艺明星，他们的各种借口无不指向一个相同的目的：如何堂而皇之地在公众面前脱下衣服来。

权力与财富已经严格地规定了这个世界的等级秩序，一个穷小子几乎无法挑战大亨。然而，性具有扰乱这个等级秩序的特殊能量。七尺之躯的若干器官和旺盛的激素分泌可能骤然冲决井井有条的社会屏障。例如，一副诱人的眉眼通常是一张额外的通行证。出入各种社会场合，推开一扇扇紧闭的大门，美貌远比一份平庸的文字介绍有效。由于相貌在异性组合之中占有的巨大权重，一个面目姣好的底层人士可以瞬间跨越权力与财富的众多台阶，跃入另一个社会阶层。一个大跨度的婚姻桥梁可以轻易地引渡一个家庭，甚至引渡诸多族人。历史悠久的男权中心社会，性的拯救是许多女人首选的生存策略。从古代的君王选妃、豪门纳妾到现今的跨国婚姻、扮演权势者情妇，性能量秘密制造的社会阶层流动从来就没有止歇。

相对于权力与财富编织的世界，网络空间扑杀性能量的防线远为薄弱。许多图片之中的小火苗始终在悄悄地蹿动，片刻之间就会燃成炽烈的一片。这似乎不是多么严重的事情。网络无非是信息交换的集散地，屏幕里的剧情仅仅是虚拟事件，操纵信息的躯体从未离开鼠标和键盘。信息的冒险又有什么关系？这时，空前放纵的暴露癖与观淫癖不断地制造视觉的狂欢。一张性感的图片呼啸登场，各种社会评论、哲学观念或者艺术消息纷纷黯然失色，这显然是自拍神器在网络空间掠阵的秘密武器。

六

那些激进的思想家开始将这个时代形容为“景观社会”。街道、霓虹灯、橱窗，还有无数的图片和影像符号。我们曾经抱怨无所不在的城市噪声，现在，视觉垃圾已经堆积成山。我们每天的触目所见无非人工景观，大自然的山山水水已经游离出我们的目光范围。当然，我们即是视觉垃圾的生产者。拍照，上传网络空间，这是许多人每日例行的功课。即使是进入医院检查身体，躺上病床之前还要将手机交给同伴——拍下，上传！另一个极端的例子是，一位女性不幸遭遇车祸，浑身是血地躺在马路上。她在第一时间所做的事情是，拿出手机自拍，上传网络。

景观社会的特征是眼界大开。摄像机探入一个双胞胎学校，一下子见到百来对双胞胎；上升到数百米的高空俯拍，镜头之中塞满了寸草不生的断崖绝壁——各种奇观正在制造剧烈的视觉震撼。日常生活之中，无所不在的手机拍摄赋予各种相片前所未有的世俗气息。地铁车厢里争抢座位的斗嘴，当街围殴“小三”，摩托车骑手摇摇晃晃地头顶一张席梦思床垫驰过十字路口，七旬老太太跳钢管舞英姿勃发，如此等等。这些琐细的社会片段没有资格调遣火箭筒一般的摄像机。伟大的摄像机不习惯这些杂碎，犹如伟丈夫不习惯厨房灶台上的活计。有趣的是，这种世俗气息突然敞开了家庭的私密生活。传统的习惯之中，家庭影集通常放在客厅角落的一个小桌子上，只有熟悉的客人有资格翻阅。可是，现在的网络仿佛随时直播家庭的日常景象：菜市场买到了新上市的韭菜，下午在卧室的地毯上练了半小时的瑜伽，晚餐的餐桌上有一盘猪脚，家里的肥猫正舒适地躺在书桌上打呼噜，等等。

多数相片无法出现作者的形象。笨重的照相机、摄像机不能倒转过来拍摄自己。因此，自拍神器的主题是视觉文化的“自我”隆重出场。可是，网络空间并没有一场狂飙突进的浪漫主义运动，那些争先恐后的“自我”有些乏味，婆婆妈妈。自拍神器无非造就一些小情调、小趣味，嘟起嘴巴卖萌，伸出剪刀手势，一件款式新颖的时装，脚踝上一个别致的刺青图案，如此等等。对了，这仿佛是一个奇特的例外——网络空间竟然掀开了讳莫如深的性。作者勇敢地挺身而出充当素材，赤裸的躯体无所忌惮地暴露在众目睽睽之下。这些大胆的图片背后，人们可以听到甩开禁忌时的快乐尖叫。可是，甩开了禁忌的性似乎不再有更多的内容。故事总是迅速地跌回习以为常的结局，一张双人床就可以轻易地接纳全部情节。

自拍神器的确把镜头对准了自己。可是，出镜的那一张脸平淡无奇，看不出什么。当我们开始对自己的表现感到失望的时候，这个简单的小机械终于制造出一个复杂的问题：除了短暂的自恋，还有什么值得搬上镜头的舞台？

◇ 作者简介 ◇

南帆，现居福州。福建社会科学院研究员，福建师范大学特聘教授。已经出版学术专著、散文随笔集三十余种。

局内人的写作

李洱

今年早些时候，我又重读了加缪的《局外人》。因为要写作一篇小说，这次我最关心的是作者的肺病和写作的关系，在相当长的时间里，肺结核一直是文学的潜在主题，从来没有哪种疾病像肺结核那样和文学那么亲近，它活像是文学的结发妻子和情人。用一枚书签随意挑开文学世界史脆黄的册页，我们几乎都能从中看到结核病患者那艳若桃花的形象。我没有说出“痨病鬼”这个词，是因为考虑到鲁迅、郁达夫、瞿秋白、卢梭、卡夫卡、契诃夫、加缪等人都属于结核病一族；而托马斯·曼笔下的肺病患者的集散地魔山风景宜人，小仲马的茶花女和曹雪芹的林黛玉，都能使人茶饭不思。如果我说没有肺结核，整个世界史就得重写，那这话似乎并不为过。看来，决定世界文学史目前的格局的，与其说是因为文学大师的辛劳，倒不如说是由于小小的结核病菌的过于勤勉。结核病患者脸上的红云，就是文学天空中的朝霞和夕阳。

加缪第一次被发现患有肺病是在 1930 年，其右肺呈现出干酪样结核。在对结核病症状的描述上，所用的词语大都带有某种优雅、温暖气质。此处“干酪”一词就是个例证。那年他 17 岁，是哲学班的学生，兼一支业余足球队的守门员。检查出其肺病的是一家贫民区医院，这与肺病发生的境况相适宜，因为肺病的发生通常与贫穷联系在一起。就像现在的艾滋病总是被人看成是饱暖思淫欲的后果。它是加缪第一次体验到了荒谬——生命的大幕刚刚拉开，死神就降临了。是的，在青霉素出现之前，肺病就是一种不治之症。你无法求助于医生，因为医生只能给你带来更为致命的疾病：胆怯、懦弱、轻信和对死亡的恐惧。在早于《局外人》写成的《婚礼》一文中，加缪写道，一个年轻人“还不曾琢磨过死亡和虚空，但他却品尝到了它所能带来的可怖的滋味”，“没有比疾病更可鄙的事物了，这是对付死亡的良药，它为死亡做着准备。它创造了一种见习过程，在这个见习阶段要学会自我怜悯。它支持着认为摆脱必死的命运所做的努力”。从他最早的言谈中，我或可听到与海德格尔“向死而生”相似的声音。四年之后，结核病菌再次光临新婚不久的加缪的左肺。如果说加缪以前的自我疗养等同于西绪福斯推巨石上山的话，那么此刻，巨石再次从山顶滚了下来，那些散乱的碎石子像结核病菌一样四下飞窜。

在苏珊•桑塔格所著的《疾病的隐喻》文中，她引证《牛津英语词典》说明，肺结核的同义词即是“耗损”：血量减少，紧接着是耗损和销蚀。词源学表明，肺结核曾被认为是一种反常的挤压，“结核”一词源于拉丁文 tuberculum，即 tuber（隆起、胀起）的小词缀。“耗损”一词给人一种慢死的假象，它使得病人在时间的流程中不得不接受这种命运的安排，并不断滋生求生的欲望。我可以理解臌胀所带给人的那种硬块的感觉，它在无限的虚空中凝聚为一种坚硬和柔软相并存的存在经验，有如一块霉变着的麦芽糖。1937 年，即加缪开始构思并写作《局外人》的那一年的 8 月，他作为巴黎的一名局外人来到了巴黎。他对巴黎的印象似乎是美好的：“这里充满温情，感动人心。猫，孩子们，还有悠闲的市民。到处都是灰色，天空亦如此。那一排排的石头建筑，那些随处可见的水塘。”到了 1940 年，即《局外人》完稿的那一年，当他来到巴黎谋生的时候，同样的景色却在他的笔下换了个模样：“巴黎像是雨中的一团巨大的雾气。大地上鼓起的不成形的灰包。”成团的雾气和鼓起的灰包，与其说是因为阳光被云层阻隔的结果，毋宁说是结核病力量的对象化。在托尔斯泰著名的小说《伊凡·伊里奇之死》中，肾走游带给在官场中主人公伊凡·伊里奇一种疑惧体验，他仿佛能摸到它走游时的步履：“他竭力在想象中捕捉这个肾脏，不让它游走，把它固定下来。”而在《局外人》中，因为作者病体的缘故，我们也可时时感受到主人公默尔索——这个名字的发音给人一种沉寂的感觉，又像水洗布一样爽净、坚实、耐脏——那种像水淹蚂蚁窝式的绝望和慢吞吞的死亡。之所以慢吞吞地死去，是为了在沉默中验明自身的真实处境。

在多种不治之症中，肺结核病是少有的可以让病人知道其病情发展的疾病之一。在《魔山》里，托马斯·曼的病人们口袋里装着X光玻璃照片，在风景宜人的疗养院里，谈情说爱，一边消磨时间，一边讨论时间的玄妙，并在隆冬时分赏雪，看着雪地里的太阳怎样如同一个孱弱的烟球（它形似加缪笔下腾空而起的灰包），虽给难以辨认的万物的景色添上一抹生机，但其中也夹杂着朦胧的、幽灵似的色彩。结核病患者大都先是清醒地活着，然后清醒地死去。他们可从咯血、咳嗽、虚弱的程度上，约略知道自己病情的状况。“久病成医”这个词用到结核病人身上是再合适不过了——默尔索的死就是久病之后的医生的死。就像哮喘病人知道自己应该躲避花粉一样，所有的结核病人都知道，自己的苟延残喘有赖于躲开湿气和污浊。在阳光照耀下丈量自己的身影，在魔山上多吸上几口清新的空气——当然，鲁迅笔下的那个吃人血馒头的华小栓是个例外。这样做，仿佛是要以灵魂对付肉体，虽然灵魂必败，但不妨一试。加缪终其一生都是地中海阳光的颂祷者，而卡夫卡只要身体稍有不适，一块疥癣、一个鸡眼、一只疖子，都会促成他的一次远足，或者泛舟、游泳。作为医学的门外汉，我不知道青霉素里是否有阳光的因素，但我可以认定，阳光和清新的空气确实为病人提供了最微弱的反抗力量，有如透过玻璃观赏玫瑰的叶片在凋零的季节舒展的一瞬。但是一个人能享受多少阳光，他就得忍受多少阴影。在这样的背景下，患者和疾病的对抗虽然无力，却又显得庄严和神圣——以渎神者名目出现的默尔索的反抗，同样具有如此的性质。

我想再一次提到了“玻璃”。事实上这是加缪在阐述荒谬时要用到的一个关键词。加缪把那个 X 光玻璃照片从医疗仪器上取出，转手就放进了《西绪福斯的神话》中，就像拿着一张 IC 卡接通了西绪福斯的电话。在《西绪福斯的神话》中，加缪写道：“一个人在玻璃隔板后面打电话，别人可以看到他的手势，却不明其意。人们不禁会自问，这个人为什么活着？”在萨特写的那篇《论〈局外人〉》的文章当中，萨特把这个与玻璃有关的动作挑了出来：“加缪的手法就在于此：在他所谈及的人物和读者之间，他插入了一层玻璃隔板。还有什么比玻璃隔板后面的人更荒诞呢？似乎，这层玻璃隔板任凭所有东西通过，它只挡住了一样东西，即人的手势的意义。有待做的就是选用玻璃隔板，而这便是局外人的意识。”但来源于 X 光照片的“玻璃隔板”还应该具备另外的意义。印在上面的图像一目了然，同时又有如水中的月亮、镜中的花朵。它与其说是种可以触摸到的实物，不如说是一种可以触摸到的精神现实。

事实上，肺结核病给人的印象就是一种精神化的病症。依照桑塔格的说法，癌症可以发生于身体的任何器官。肺只是它赖以诞生的诸多土壤之一，这使它具有某种不便言及的特征。比如，前列腺癌，直肠癌，乳腺癌。至于新兴的艾滋病，它首先使人联想到生殖器官的病变。而肺病却只产生于人的上半部。那里距心脏最近，就像心脏的孪生姐妹，离头脑也不算太远，而且咯出的血首先要染红舌头，使味蕾得以品尝到它的滋味。说癌症和艾滋病更多的给人一种仅仅是器官性疾病的印象，似乎是可以理解的。它们而且更加速效，像疾病的奥林匹克运动会上的百米赛跑，缺少足够的时间流程。虽然肺结核还被人看成是某种液体特征的疾病，用黏痰、虚汗、血来塑造自身形象，但和那两种要命的病比起来，它顶多只算是时有间歇的喷泉，而它们却要算是瀑布了。如果说癌症是警句和格言，那么肺病就是小说和论文。据说，在英语和法语中，结核病都是“疾驰”的。但实际上，这个词用到癌症和艾滋病上面，可能更为合适。当一个人被宣布患上这两种疾病的时候，死神其实已经拧住了你的耳朵。肺病对人却稍微慷慨一些，它给人提供了较多的时间的土壤，使病人可以把它培育成精神的花圃——如果说癌症是强扭的瓜，那肺结核就是瓜熟蒂落。在这方面，卡夫卡在写给情人密莲娜的信中，直接说：“肺病，这只不过是精神病的漫溢而已。”在另一篇文章中，卡夫卡写道：“结核病的居所并不在肺部，举例来说，就像世界大战的起因并不在最后通牒一样。”就像嗓子眼儿里咯出的那一团血，在某种程度上可以看成是精神的蓓蕾。托马斯·曼在《魔山》里，将结核病看成是“被掩饰起来的爱情力量的宣示：疾病是一种变形的爱情。”说到爱情，许多作家曾经把最美丽的女性拉进结核病一族。茶花女的美貌使巴黎上层社会为之心荡神摇，林黛玉一皱起细眉那个叫作贾宝玉的情种就把大观园看成了迷宫。多年前看曹禺先生的

《日出》，如果陈白露不出场，那段戏就可以略过不看。许多患有结核病的女性被写得性感迷人，那尤物仿佛不是来自尘世，而是来自天国。作家对那些尤物的描写，使人想到沙漠中的旅人对葡萄的想象，不光是酸的，而且还分外的多汁，分外的甜。她们每咳嗽一下，作家的胸脯都会随着起伏；她们咯出的血丝还没抵达素洁的手帕，作家的泪水就已经打湿了衣襟。这当中有多少自我怜悯的情愫在悄悄发酵，岂是批评家们所能够说清；万千情愁，又怎忍交由那几个概念去生搬硬套。当批评家批判那些交际花的奢靡生活的时候，作家本人尽管口头上认同，但心里却像挨着针扎。让我们想一想现实生活中的林徽因的美吧，她的美使徐志摩神魂颠倒，并使一个逻辑学家金岳霖不合逻辑地终身未娶，其表现就像一个有洁癖的孩子摸过了糖果却再也不愿洗手。只因为能与林徽因擦肩而过。我本人就愿意生活在那个年代。徐志摩爱恋的另一个女作家凯瑟琳·曼斯菲尔德，也是结核病患者，她的早逝有如一缕青烟绕梁不绝。我曾看过加缪本人的一张照片，在草地、儿童的映衬下，那种男人的美能使好莱坞明星显得愈加俗不可耐。观看契科夫本人的照片，你会发现随着肺病的加深，痞子气是怎样一点点的消失，而美是怎样一点点的从他的夹鼻眼镜后面培育起来的。在各种幽灵似的人物当中，如果选择一个幽灵作为他们的形象大使，那么卡夫卡就是一个合适的人选。没有哪些作家比肺病作家更清醒、更美、更复杂、更有魅力、也更难以捉摸的了。在这方面，抓阄似的随便拉来一个人都是现成的例子。

默尔索就是《诗篇》提到的“如此卓异之人”之一。他最后的独白，是我读到的最感人的篇章。他部分地实现了加缪的梦想：自由、反抗和激情。用加缪的话来说，“自由只有一种，与死亡携手共赴纯净之境”。或许是因肺病作家最后都脱离了贫困，所以，他们笔下的主人公死时，大都与脏乱差无关，显得体面优雅。耗损的结果是作者的身体像书籍一样单薄，灵魂浸润在那些文字之中，像穿花蛱蝶一样飞出。蛱蝶的翅膀与他们的身体也有某种相似性：透明、轻盈、绯红，像盛开在泉边的花朵上的叶脉。结核病患者卢梭说：“死亡和疾病常常是美丽的，就像肺痨的红光。”这样一种将肺病美学化的言谈，似乎要给人这样一种荒谬的印象，那时刻都会降临的灭顶之灾，带给他们的倒像是某种令人钦羡的恩惠。

但是，轻松地谈论肺病作家不能不说是一种罪过，因为这容易忽略残酷而真实的另一面。肺病作家的作品首先是一种痛苦的质疑性表达。如果它呈现出来的是忧郁，那是因为作者独上高楼之时，已将栏杆拍遍。如果它是一次慈航，那首先是苦海无边，回头无岸。如果主人公已经服罪，那是因为罪早已深入骨髓。如果有谁要反抗，那是因为西绪福斯虚空的内心最需要石头的重量。茶花女之所以夜夜笙歌，那是因为她内心举目无乡。

是的，我不想让轻松的谈论掩盖住命运的伤口。这样的伤口放到一个人身上，比如，放到卡夫卡《乡村医生》里面的那个少年的臀部，就“比碗口还要大”。那样一个伤口之所以能够出现在那个少年的臀部，是因为它首先出现在卡夫卡的肺叶。在一篇日记中，卡夫卡写到了这个伤口：“如果真像你所断言的，肺部的伤口是一个象征，伤口的象征，F.（菲利斯）是它的炎症，辩护是它的深处，那么医生的建议（光线、空气、太阳、安静）就也是象征了。正视这个象征吧。”我们从肺结核作家的作品中，可以看到许多创伤性记忆，以及各种复杂的悖论关系。鲁迅终其一生都纠缠在激进与保守、遗忘与记忆、存在与虚妄、中心与边缘的巨大旋涡之中，这当中的每一次选择，都永劫不复地带来更大的创伤性记忆。“目光虽有，却无路可循；我们谓之路者，不过是彷徨而已。”如果谁对我说，这是鲁迅的言论我肯定不会怀疑，但这话却是摘自卡夫卡的《对罪愆、苦难、希望和真正道路的观察》。当一只小兽从阳光下的雪地里走过的时候，我们不仅要注意它留下的花朵般的蹄印，还应该注意到那蹄印中的血迹。默尔索（法文：meursault）这个名字中的 meur 与“谋杀”为同一词根。这个名字是从加缪的另一篇小说《幸福的死亡》中的梅尔索变化而来的。而默尔索（mersault）这个名字又可分解为海 mer 和 sault，其发音近似太阳。仅从名字上，我们就可以约略知道《局外人》的主题。在《局外人》中，有一个关于人和狗关系的段落，这个段落颇能表示小说是如何根植于某种创伤性记忆的：一个名叫萨拉玛诺的老人一直在寻找他丢失的一条狗。在狗还很小的时候，老人像喂婴儿似的拿着奶瓶给它喂奶。现在它丢掉了，老人的魂也就丢失了。这个老人年轻的时候，本来打算做话剧演员，这与加缪一生对话剧的痴迷是合拍的。小说用较大的篇幅来写人与狗的关系，对加缪来说并不奇怪。加缪总是愿意挤出篇幅，把人与人之间的关系让位给人与自然的关系，就像把秋收时的繁忙景象让给秋后广袤的原野。当他在人与人和人与狗之间做选择的时候，他当然要选择人与狗："那一身漂亮的皮毛，真是天下无敌。"我上面曾提到，肺病患者总是喜欢阳光和清新的空气，并说那是一种最微弱的反抗力量的源泉。但急于奔向阳光和空气的举动，在肺病患者那里首先是对创伤的注脚。加缪对阳光和沙滩、对物的描写，与后来的法国新小说之间有着某种扯不断的亲缘关系。在《怀疑的时代》一文中，萨洛特在加缪的"客观描写"中，看到了复杂的心理因素："加缪的境遇很容易让人联想到李尔王被女儿中最失宠的那一个所收留的情景。他曾细致入微的设法铲除这种'心理剖析'（是吗？李注），但它却像黑麦草一样到处生长。"

肺病因为拖时较长，所以最亲近的人也容易产生厌倦情绪，如果患者是一位老人，那么床前无孝子几乎是可以断定的，患者是一位年轻人又会怎么样呢？加缪在随笔中曾经写下他患病之后，他母亲的态度，虽然母亲在见到他咯血之后，顿感不安，但她并没有照料他，而是把他送到了舅舅那里。送是遣送，也是最早的流放。而当他们相遇的时候，"她便默不作声，两人面对面，绞尽脑汁找些话来说。有人曾告诉他（加缪）曾见她哭过。但是，他对此将信将疑。更令人惊奇的是，他不曾有责备她的想法，某种默契把他们联系在一起了。”这样的描写，不能不使人想起《局外人》中的默尔索的奔丧：法官、神父可以指责默尔索的冷漠，但他们决不会指责默尔索死去的母亲。与卡夫卡的父与子之间强烈冲突不同，加缪笔下的母与子，在沉默的时候其实带着某种温情：“当母亲在家时，总是静悄悄地望着我。”那并非一般意义上的和解，而是认识到了存在的困境，以及解脱的不能。在《局外人》的结尾，默尔索在夜间醒来时，看见头顶上满天星斗，“我又听到了郊区的声音。夜晚的气息。土地和盐的气息，清醒了我的头脑……汽笛响了起来，它宣告有些人走进一个永远不再和我有任何联系的世界。很久以来，我又一次想起了母亲。”他想到母亲临死了，反而感到了解放，想重新过一种生活。如果说，卡夫卡的“父亲”是某种权力、专制的象征物的话，那么，加缪却宁愿回到事物本身，回到最普遍的伦理关系上来，并从那里表达他对世界的体认。我这样说，似乎是要强调《局外人》的自传因素。是的，又有谁能否认所有伟大的作品首先是作家的灵与肉的自传。

“他的热情之多，一如他的苦难之大。”在讲述西绪福斯这个荒谬英雄的故事时，加缪这样写道。与推巨石上山的故事相比，我倒更喜欢发生在这个英雄身上的另一个小小的插曲，正是由于这个插曲，西绪福斯才会去推那个巨石——他踏着沉重的步伐，永远不知道何时才能结束自己的苦难。据说，作为凡人的西绪福斯临死的时候，决定考验一下妻子对自己的爱情。他叫她把他的尸体扔到广场上。西绪福斯从冥间醒来，却对妻子的顺从感到恼火，于是他又再次来到人间，欲惩罚妻子。他又见到了温暖的石头、金色的沙滩、闪烁的海水，以及海湾那优美的曲线，并深深地迷恋于此，连冥王的召唤也被他当成了耳旁风。他胆大妄为地在人间又活了几年，惹得神祇们不得不对他进行了惩罚。他们逮住了他，攫去了他的欢乐，把他扭送到了下界。在那里，一块巨石正等着他推向山顶。除了赢得那荒谬英雄的美名，他似乎别无选择。是的，除了“肺结核”三个字没有出现之外，我们在这里可以看到所有肺病作家的宿命：他们的自由，他们的反抗，他们的激情。

◇ 作者简介 ◇

李洱，1966年生于河南济源，1987年毕业于华东师范大学中文系。曾在高校任教多年，后为河南省专业作家，现任职于中国现代文学馆。著有长篇小说《应物兄》《花腔》《石榴树上结樱桃》，出版有《李洱作品集》（八卷）。主要作品被译为英语、德语、法语、西班牙语、意大利语、韩语等在国外出版。

本雅明：迎向灵光消逝的挣扎者

朱国华

一

似乎可以说，没有任何一位伟大的思想者可以逃避被误解的命运。本雅明自不能例外，但是，与其他人多少有些不同，他遭到的误读却是另一种。本雅明在世的时候，除了极少数几个德国文化巨擘知晓之外默默无闻，最后不堪西班牙边境关卡小吏的凌辱而自杀，完成了“情感领域的现代性”。晚景之凄凉，可谓臻于极致；谁曾想到在所谓“晚期资本主义”的今天，他却否极泰来，大红大紫，经过他厌恶的商业逻辑的精心包装，借尸还魂成小资文化的代言人。

本雅明幻想着用引文撰写一部书，以为通过把别人的清言睿语从其已经陈旧的语言连续体中救赎出来，可以化腐朽为神奇；殊不知别人对他也可以反其道而行之，也就是说，可以化神奇为腐朽。语言材料还是原来的语言材料，不过，本雅明的妙语已经遭到当今学术明星明火执仗的打劫，剥离了其语义关联，被拼接到另一种语境之中，变成了别人理论盛宴的甜点，常常就会徒叹奈何地沦为现代性的帮凶。例如，“寓言”过滤掉死亡的狰狞之后，变成了时尚批评一种自神其说的概念符箓；潜藏在废墟之中可以收藏的感觉碎片，变成了后现代主义者津津玩味的经验万花筒；流浪汉用不怀好意的目光窥视和染指的华丽橱窗，变成了时髦教授所鼓吹的符号游击战的基本阵地；至于被寄托了解放期望的摄影与电影，在今天已经成为小资们最热爱的最体现自己文化品牌和趣味的谈助。

二

认真说起来，本雅明被小资化时尚化，未必与他本人的某种倾向毫无干系。小资具有何种阶级秉性，固然很难三言两语加以理论分析；不过，如果我们愿意泛泛地承认，底层或所谓草根阶级几乎没有悠闲心情，而资产阶级或权贵阶层决不浪费表情（姑且非法地套用古人太上忘情下者不及情的句式），那么，我们不妨说，作为一种社会表情的忧郁，或者是小资集体无意识的一种某种流露。

三

传统的悲剧心理学以为，忧郁是一种沉浸于痛感之中的快感，是一种低回的沉吟，一种甜蜜的哀婉，一种以旁观目光反观自己忧愁的怅惘之情，是消融了任何具体现实痛苦的所指，而仅仅沉迷于痛苦的能指本身的一种愉悦。我不想反驳这个陈述，相反，对这个理论能如此入木三分，能如此挠到人心灵深处之痒，甚至如此之美，我愿意倾力贡献我的赞美。但当我不假思索地想用“忧郁”一词来概述本雅明的风格特征的时候，我在自己的感觉天平上立刻又测出了这个词汇的质量之轻。

将忧郁解释为一种沉醉于挫折感之中的正直感性，无疑忽视了堕入深渊的那种无助感的可能深度，正是这种渗透到骨髓之中的绝望感才使得任何伟大的忧郁不至于显得浅薄。忧郁的眼神也许急切呼唤着一种辩证理解的柔情。那位写下“面朝大海，春暖花开”诗句，期待着“幸福的闪电”的诗人，与选择卧轨自杀的弃世者，是同样一个海子。进行着最后的美丽的言说的诗人，不过“一个遭遇海难的人，在随船骸漂流之际，爬上已经摇摇欲坠的桅杆顶端，在那里他有机会发出求救信号”。如果我们仅仅玩味于文人在拱廊街所承受的那种“震惊”效应，如果仅仅憧憬着机械复制艺术给我们传递的弥赛亚主义式非历史跳跃的巨大福音，也就是说，如果仅仅迷恋本雅明的高蹈浪漫气息，那么，我们只是接受了即将被黑暗吞没的哲人留下的带着他体温的烛火，我们会忘却包围着这烛光背后的无边黑暗。

四

是的，假如我们把忧郁的秀美外观比喻成浮在水面的明亮的冰山一角，我们这里谈到的是沉没在海平面下的巨大的阴冷坚硬的深广存在。忧郁首先应该是一种无法直面相对的惨痛的失败；其次才是对此失败的反躬内省，而内省的于事无补又强化了失败的命定力量。因此，忧郁借助于暗示精神的无力获得了其令人难以置信的感染力。当阿伦特指出本雅明懦弱的特性，指出他畏惧自己所依赖的对象，对布莱希特或者阿多诺不敢高声抗辩的时候，她并不是在进行一种指责，也许，大胆一点儿说，本雅明的迷茫悠远的文风可能把她带到了自己对于海德格尔的饱受挫折但矢志不渝的温情回忆之中。

五

不知道是否可以这样说，只有忧郁气质的人才适宜于阅读忧郁的文章。只有本雅明这样软弱和失败的人才能洞穿卡夫卡的本质就是软弱和失败。除了出于革命目标对超现实主义者表示的敬意，本雅明很少谈论气焰嚣张的拜伦式的浪漫主义者。在波德莱尔、卡夫卡、普鲁斯特等人身上，他发现了自身：这些人身上的乖张被其内在的更为强大的懦弱所制伏了，因而带有攻击性的戾气失去了滋养的水土。

忧郁因此推广一点儿说也就是文人的本性。无论是知识分子与资产阶级的对立，还是文人与学者的对立，文人在社会结构中总是处于一个被支配的位置。曾经寄希望于启蒙规划的鲁迅先生后来说得何其直白而沉痛："文学文学，是最不中用的，没有力量的人讲的……"而事实上吊诡的是，文学，以及追求自主性的学术，正是因为其无能才获得了力量。

六

在翻译成中文的本雅明文集中，最能凸显本雅明忧郁气质的作品也许是《驼背小人》，对1900年前后柏林的童年记忆显然比别的文章更能把我们带入一个遥远的、已消逝的、梦幻般的过去中去，并成功地解除我们对于现实的坚硬外壳的全部戒备和紧张。但尽管本雅明在这里为他所拒绝的现代的被贬值的经验提供了某种足资参照的范本，尽管那种孩子眼里的模糊而散落的岁月念珠在今天被小心地收集、串联起来，并即凡而圣，被册封到德国20世纪散文史的象牙塔中去享受我等俗辈的心香和膜拜，然而，这并不是本雅明最吸引人的所在。纪事状物的散文写得空灵、邈远而迷惘，这并非本雅明的独门暗器。但纪言论理的散文同样能写得一咏三叹、暧昧惆怅，并由此穿透了理论家用经院式玄学语言所堆砌的苍白面具，在我阅读的范围里，还没有谁比本雅明更能让我产生醍醐灌顶的感悟。

七

本雅明此种风格的写作对他本人是福是祸，殊难研判。有的书上说，本雅明拿着《德国悲剧的起源》去申请教授资格，结果因为此书的晦涩难懂，也因为其怪异的也就是不符合学术规范的写作风格，遭到了断然拒绝，因此也永久性阻断了本雅明试图在高校混一饭碗的图谋。这并不令人惊奇，令人深思的是，消息传来，本雅明不仅没有流露丝毫沮丧，反而如释重负。时至今日，我仍然为本雅明以卵击石的那种胆敢挑战学术界森严法度的勇气所打动。学院语言对表达清晰性的要求被认为是天经地义的，但在这里遇到了无法应对的几乎是毁灭性的质疑。是的，如果事实就不是线性的，不是透明的，不是简单的，那么，我们为什么要求把握它的语言是线性、透明并简单的呢？

本雅明因此终其一世，尽管与之交游者皆学界名公巨卿，但不得不游离于主流学术圈之外。游手好闲者、波希米亚流浪汉、拾垃圾的人、收藏者，这些边缘潦倒的文学形象无疑映射出了本雅明隐秘的自我镜像。但比较起在大学得其所哉的他的那些法兰克福学派的革命同志，本雅明的风格于今看起来不仅仅是更亲切或更迷人。相对说来，马尔库塞的宣言式的激情文字显示了一种浅薄的乐观主义可能的窘境，而阿多诺以概念超越概念的那种抓着头发离开地球的符号游戏足以证明，詹明信对他的评论——认为他的诸如《否定的辩证法》之类的写作是一场巨大的失败——绝非偶然。因此，哲学给本雅明带来的难堪，为哲学本身，尤其是哲学自身的存在方式带来了难堪。

八

让我倍感苦恼的是，本雅明的写作风格又不是可以用“忧郁”一词简单打发的。本雅明的文字，带着秋原晨露的清寒，带着天风海雨的激荡，带着犹太先知冥思时的刹那辉光，带着羊皮书和鹅毛笔的高古儒雅，带着小酒馆昏暗的灯光掠过的颓废文人的酒气，带着幻化成折翼天使的肉身的疲惫与灼痛，也就是带着全部的破碎感性，在一个个万劫不复的瞬间，像紫色的闪电、像温柔的刀子，宿命般击中了我们。

本雅明的语言因此具有他用来形容电影的某种触觉特质，但是他并没有像现代主义者那样采用炸毁语言的战术，相反，他保留了语言的完整性，但使之改变方向，使之变得异常刺激和苦涩。本雅明企图用感性语言攻占被概念和逻辑所护卫的哲学堡垒。当然，从哲学开始说希腊语以来，它的诸多面相中就从未缺少过文学或诗的魅影。但有谁像本雅明那样说得既沉静克制又冲动飞扬、既迷惘彷徨又清澈激进，既忧伤阴郁又乐观灿烂？

九

忧郁——假如我们被迫还只好暂时使用这个词的话——在本雅明的某些论说文体（essay）的写作中呈现了一个具有二元论色彩的辩证结构。这里我想提及的是题为《迎向灵光消逝的年代》的本雅明论艺术的文集。在这本书中，本雅明讨论了视觉艺术从绘画转向摄影、电影，或者说，从膜拜价值转向展示价值的历史性巨变。本雅明引领我们带入这样一个语言游戏的迷宫，在其中我们迷失了自己的方向：当他以满怀憧憬的目光注视着新的技术成就给人类带来了革命的前景的同时，他怀旧的笔调又让我们对未来的进步不能不抱持某种怀疑。类似的语言风格我们其实在某些中国古典文学作品，尤其是对问体这一文类中早已耳熟能详。苏东坡的《前赤壁赋》中的“客”谈论了生与死、有限与无限的人生烦恼，而“苏子”则用动与静、有待与无待的轻车熟路的相对主义轻易地战胜了他。但是这种简便的战胜并没有真正给我们带来快乐。正是那种飘游无依的忧郁的思绪伴随着这篇散文而千载流衍，并持续地用一种无能的力量叩击着后人僵硬的心灵。

十

本雅明的忧郁呈现了另一种更为斑驳陆离的景观。《迎向灵光消逝的年代》收录了四篇文章，都是讨论视觉艺术的。除了一篇《法国国家图书馆中国画展》之外，其余三篇都在谈论摄影或电影，而且都结合着绘画。与社会学家布迪厄把绘画视为背景，进而把摄影视为一种置于绘画这样的合法艺术压迫之下的中等品位（middle-brow）的艺术不同，本雅明从视觉艺术的技术层面入手，讨论了艺术历史的一次具有山呼海啸效应的断裂、转型或飞跃。

重要的并不是这种思考始于机械复制技术，而是这种技术的美学效果：它使得艺术的阀门打开之后再也无法通过技术加以控制。潘多拉的美学盒子打开之后，飞出来的一切都获得了其必然性的形式，驱使着事态不可逆转的发生，无法复归到当初的灵光在浮现的时代。但本雅明采取的姿态是暧昧的：他既深情缅怀美学灾难发生之前的未贬值的经验，他对属于此时此刻和独一无二的艺术灵光（aura）的回眸，分明流露出不加掩饰的眷恋和温柔；但与此同时，他又撇开灵光消逝这一美学灾难的实在性，反过来倾其全力证明了新的技术条件为美学希望提供坚实支持的逻辑可能。应该具备了何种大神力才能完成这样的空际转身呢？他的这种空际转身又包含了什么隐喻呢？

十一

阿多诺在写于 1936 年 3 月 18 日的那份著名的信函中，对本雅明的这一思路进行了系统的指责。我们看来应当承认，从很多方面来看，阿多诺的逻辑是雄辩的、冷酷的、客观的、悲观的、必然的甚至自治的，也就是说，满足了一种理论所必备的形式美感。但，难道本雅明没有感觉到自己技术决定论倾向的某种非辩证方法的局限吗？难道本雅明意识不到艺术自主性不仅仅是一种资产阶级的艺术神学，而且还具有颠覆性吗？难道本雅明观察不到，尽管摄影或电影通过对视觉形象的连续瞬间把握，能够为人潜藏的无意识提供证据，但是它一样难以逃避被沦为物化的对象的命运吗？

耐人寻味的是，本雅明对这封长信（光是阿多诺自己的注解就长达十九个之多）的回复却短得出奇。本雅明在客套地感谢之余，只是表示有机会面谈此事。在一个自己的文化创造注定被载入史册，并对自己正在创造历史这一事实具有充分自我意识的人来说，很难设想本雅明的搪塞不是一种“冬眠策略”。本雅明的写作中，是否有一道阿多诺所无意观赏的美学瀑布？是否，本雅明的忧郁气质阻止了自己跟阿多诺交流的深度？延宕有时显然是忧郁的一个富有智慧的侧面。

十二

天才据说总是天才无碍的。某人说朕即国家，我们今天会发出锐利而无情的嘲笑；但是，当康德说天才为自然立法的时候，我们却会陷入沉思的寂静。

没有人否认本雅明的天才，但是可怪的是，几乎所有的本雅明的传记资料，都在交口传说，本雅明摇摆在布莱希特、舒勒姆或法兰克福学派正统观点之间，仿佛本雅明只是一个思想上亦步亦趋、受人摆布的学童。本雅明的踔厉风发和美学锋芒因此被悄无声息地蒸发了，他变成了各路人马竞相拉拢争夺的思想飞地。

布莱希特与霍克海默或阿多诺的相互鄙视，这个事实让我们注意阿多诺在信中劝告本雅明警惕布莱希特粗鄙观念的纠缠，我们忽视了布莱希特实际上与法兰克福学派诸子都是马克思主义者的同一性。但本雅明尽管受到情妇阿斯娅的强烈吸引，变成了一个马克思主义者，他的背后还站着他终生好友即犹太神学家舒勒姆，他还是一个犹太神秘主义者。

在本雅明晚年的《历史哲学论纲》中，他宣称只有化身为驼背小人的犹太神学支配了历史唯物主义的木偶，我们才能够在人类历史的棋盘中战无不胜。如果从弥赛亚时间观念来看，展示价值对于膜拜价值的嬗代，并不真的意味着历史的进步，因为，正如历史学家兰克的名言说的那样，每一个时代都直接面对上帝。本雅明透过犹太神学之光看到的世界，无论是前现代弥足珍贵的“灵光”，还是影视带来的震惊效应，无一例外地不过是一片荆棘丛生、瓦砾遍地的期待天启的废墟。

十三

然而，他真的相信犹太教的教义吗？如果我们说他是一个三心二意的马克思主义者，何以见得他就是一个深信不疑的犹太神秘主义者？因此，《迎向灵光消逝的年代》所表现出来的某种内部张力，不仅仅是灵光艺术与复制艺术、膜拜价值与展示价值的紧张，不仅仅是布莱希特与法兰克福学派乃至犹太神秘主义与马克思主义的对峙，而且传达了本雅明作为文人的一种痛彻入骨的怀疑与恐惧，一种身陷虚无之海的绝望和幻灭，也就是一种无所遁逃于天地之间的忧郁。这种不可化约为任何主义的忧郁用对于碎片、垃圾、废墟等负值隐喻的拥抱，诠释了本雅明的那句广为人知的名言：只因没有希望，希望才给予我们。然而，徘徊在这句我们大家愿意谛听并接受的警句背后的，是一个万念俱灰的幽灵，这个幽灵的唯一可能选择不过是无所依托的流浪："在爱恋中，大多数人寻找永恒的家园。另一些人，他们属于极少数，则寻求永恒的航行。后者性情忧郁，相信应当避免与大地母亲相接触。他们寻找将会使家园的痛苦远离他们的人。他们对那个人忠心耿耿。"对忧郁的人来说，漂泊是他唯一的永恒之光。

本雅明徒劳地漂泊了一生，也没有找到那个使他能够解脱家园之痛的目标，无论是马克思主义还是犹太神秘主义，于是他只能寻求遁入永恒的黑暗，这也就是死亡。如果说，死亡是绝对的感性，那么，还有什么比自杀更能展现无能的力量呢？

◇ 作者简介 ◇

朱国华，华东师范大学中文系、国际汉语文化学院教授，曾任中文系系主任，现任国际汉语文化学院院长、教育部高等学校教学指导委员会成员、中国文艺理论学会副会长、《文艺理论研究》主编。曾就读于华东师范大学、南京大学，分别获学士、博士学位。2001—2003 年，在复旦大学中国语言文学博士后流动站工作。2003 年始，任教于华东师大。先后赴美国杜克大学、巴黎高等师范学校访学。2007 年，入选教育部新世纪优秀人才支持计划。2009 年入选上海市浦江人才计划。2015 年，入选教育部“长江学者”特聘教授。发表论文百余篇，著作有《权力的文化逻辑：布迪厄的社会学诗学》《文学与权力：文学合法性的批判性考察》《乌合的思想》等，译著有《海德格尔的政治存在论》，散文集有《兄弟在美国的日子》。

生命中必须承受之“美”

——由钱谷融先生一次演讲所想到的

罗 岗

大约是 20 世纪 90 年代中期，我曾经陪钱谷融先生去给大学一年级新生做过一次演讲，同学们刚刚发了新书，都知道钱先生主编了那套四卷本“中国现当代文学作品选”，所以演讲前有一群同学围着钱先生请他签名。到了演讲正式开始时，钱先生的开场白特别有趣，他说自己讲话没有条理，想到什么说什么，于是就从《诗经》开始讲，当然也忘不了提到自己最喜爱的《世说新语》，他说这本书放在手边，不知读了多少遍，现在是翻到哪一页，就从哪一页读起，依然读得兴致盎然……钱先生还说到他是 1938 年考入内迁到四川的中央大学的，校址设在重庆郊外的沙坪坝，另在柏溪建立了分校。那里环境很幽静，他的老师宗白华就是在这时写下了名篇《论〈世说新语〉和晋人的美》，“这晋人的美，是这全时代的最高峰。《世说新语》一书记述得挺生动，能以简劲的笔墨画出它的精神面貌、若干人物的性格、时代的色彩和空气。文笔的简约玄澹尤能传神。撰述人刘义庆生于晋末，注释者刘孝标也是梁人；当时晋人的流风余韵犹未泯灭，所述的内容，至少在精神的传模方面，离真相不远”；一直讲到契诃夫的话剧《海鸥》，说这出名剧第一次在皇家剧院上演，遭到了极其悲惨的失败。这同一个剧本，由丹钦科领导的剧团来演出，却取得了巨大的成功，成了莫斯科艺术剧院胜利的标志。尽管皇家剧院的导演、演员也是第一流的，但因为他们没有真正理解这个剧本，自己的思想情感与这个剧本并不合拍，没有能找到恰当的节奏、色调，所以演出失败了。艺术这东西，差不得一点点儿……对于契诃夫作品的把握尤其如此。契诃夫在剧作中不会让他的人物毫无节制地去铺陈感情，他的人物都是比较含蓄的，倾向于自我克制的。他的剧作抒情性和动作性结合得很好，抒情性更鲜明、更突出些，而动作性要清淡得多、朦胧得多，仿佛只是渗透、交织在抒情性之中的一种配色。钱先生演讲的话题跨越了中西文学艺术，可是主题只有一个，借用钱先生一本书名来说，就是“艺术的魅力”。

钱先生的演讲结束后，我向同学们提了两个问题：第一，众所周知，钱先生是中国现代文学的研究专家，但是他今天的演讲没提一部中国现当代的文学作品，讲到的都是中西的古典文学，这是为什么？第二，刚才钱先生谈契诃夫的《海鸥》时，特别投入，非常陶醉，好像整个人都沉浸到作品的艺术境界里面去了，从他这种陶醉于艺术的神情上，你们领悟到了什么？

学生是当时怎样回答这些问题的，我已经记不太清楚了。但钱先生在他的《散淡人生》一书中却表露得很清楚，青年时代的他并不想成为什么学者，也不刻意追求什么学问，而是通过大量阅读古今中外的各种文学艺术经典，熏陶出自己对艺术的深切感悟。譬如，钱先生在谈到“散文”的特征时，就特别强调这种文体的“散淡”，“特别是英国有一种所谓 Familiar eassay 的，有人译为‘絮语散文’，因为文体的亲切、随便，侃侃而谈，无拘无束，对大家最有吸引力。我自己也是很欢喜这一类文字的人”。他之所以会对这类文体情有独钟，和钱先生所受的“文学教育”有很大的关系：“记得在中央大学读书的时候，我读的是国文系，却也常常去旁听外文系的课程，像范存忠、俞大絪等先生的课，就都听过。听得最多的，是柳无忌先生的英国散文。柳先生最喜欢 Lamb，我课后也常常把 *Essays of Elia* 拿来翻阅。今天执笔写此文的时候，半个多世纪前的往事，犹历历在目。柳先生今尚健在，但远处异国，他当然是并不记得我这个学生，尤其不会知道我正怀着无限的温馨想念他哩。”有形的师生关系也许随着岁月的流逝而淡化了，但无形的精神联系却历久而弥新。由此，我们也可以看出在钱先生读大学的那个时代“文学教育”的某些特点：中央大学的文学院在当时是以训诂考据著称的，师范学院反而在教学上求通识、讲博雅。因为培养的是老师，所以用各种最好的作品来熏陶他们。这种方法才能够培养出如钱先生似的“博雅之士”。而钱先生的经历，似乎也可以进一步证明当年闻一多先生改造“文学教育”的合理性，他主张打通“国文系”和“外文系”，合办“文学系”，目的不仅是“创造我们的新文学”，更重要的是哺育一代“新人”。尽管闻一多先生的设想没有实现，但中国大陆的大学中文系普遍将“外国文学”视为“核心课程”，与港台地区的大学中文系不设“外国文学”课程形成鲜明对比，可以说与这一传统得以部分保持有关。当年朱光潜先生在回顾自己是怎样学习国文时，就特别强调了“外国文学”对他的影响，“我对于白话文，除着接受文言文的遗产一个信念以外，还另有一个信念，就是它需要适宜程度的欧化。我从略通外国文学始，就时时考虑怎样采取外国文学风格和文字组织的优点，来替中国文学创造一种新风格和新组织。我写白话文，除得力于文言文的底子之外，从外国文字训练中也得了很不少的教训”（《从我怎样学国文说起》）。然而从整体来看，“分科之学”和“专门之学”对大学的影响还是愈益深刻，今天恐怕再也不会出现像钱先生这样的学者了，因为整个文学教育的方法已经发生了根本性的改变。

教育与学术从来就是密不可分的，所谓“家法”讲的就是这种关系。钱先生的学问在“家法”上也是与“博雅之学”相通，草灰蛇线，有脉络可寻。回顾“五四”以来文学研究的一个重要传统，不难发现，那就是探究东西“文心”的会通。用另一位钱先生——钱锺书先生的话来说，即“东海西海，心理攸同；南学北学，道术未裂”。譬如，读钱先生的《论节奏》，我们很自然会想到朱光潜的《诗论》之类的著作，而朱先生也确实写过一篇《散文的声音节奏》，钱先生的文章是否和这篇有点关系，可能还需要进一步研究。但这种“诗学”研究的路向却是一脉相承，构成了现代中国文学学术中最具艺术性的部分，宗白华、叶公超和梁宗岱等人的文章同样体现出这种鲜明的特色。并非偶然的是，其中几位正是钱先生的老师。由于有了“打通”的想法，所以钱先生的文章可以轻松自如地出入于东西和古今之间。还是以《论节奏》为例，所谓“节奏”，是一个跨越中西方文学的共同问题，而对此进行的研究正好契合东西文心的“会通”之处。从学理的角度，钱先生就是沿着这条路走到今天的。但现在看来，钱先生的学术在相当长的一段时间里可能后继无人了，因为“家法”已经中断。这样的现象恐怕是“时代病”的一种症候，而且也不限于中国。在西方，“博雅之士”和“博雅之学”的传统同样面临着严峻的挑战，有人就把耶鲁大学教授哈罗德•布鲁姆（Harold Bloom）重申西方经典的吁求，看着如杜鹃啼血般凄绝：“在人们的观念中，‘美学价值’有时不过是康德的一个念头，而非真实的存在；但这和我一生的阅读经验全然不符。如今事物率皆分崩离析，中心已然瓦解，全然的无政府状态正逐渐笼罩昔时所谓的知识界。”（《西方正典》）

在这个意义上，我并不把钱先生当作“五四”新文化的一个“异数”。因为现代文化内部一直有这样一种思路存在：通过对人的情感的启蒙和改造，从而作用于社会和历史。正是在这种启蒙方案里，文学、艺术和审美可以发挥特别重要的作用。从理论上分疏，这是所谓的“审美意识形态”，正如特里·伊格尔顿指出的：“必须强调的是审美矛盾的特征，审美一方面为资产阶级社会提供了人类主体的丰富的意识形态模式，另一方面又坚持对人类能力的幻想，以为通过这些能力社会就能得到调整和发现严重的缺失。人类的主体力量得到全面而丰富的发展的理想源于传统的、前资本主义的人文主义思潮，这种理想不可调和地对立于占有性的个人主义；但是，审美的其他方面可以满足个人主义的意识形态需要。由于资本主义社会的残缺，资本主义社会正是审美思想的敌人；但那种思想重塑了法则和欲望、理性和肉体之间的关系，这种重塑为新兴的社会秩序做出了巨大的贡献。真正激进的美学所面临的考验是美学的能力既起社会批判的作用，同时却不提供政治认可的基础的问题。”（《审美意识形态》）我觉得，钱先生对此可能不一定有明确的自觉，但他显然受到了潜在的影响。在“五四”新文学的规划中一直有一个文学如何为社会服务的问题，要想以文学的方式对社会产生影响，自然就要强调情感的作用，这其中一个核心的议题就像钱先生所说，他为什么在20世纪40年代会写关于真善美的统一的文章。真和善的意义似乎很清楚，可是美的作用却有可能被低估。从王国维开始，“美”在中国文学的现代性规划中就占据了一个非常显著的位置，但它并不像人们所想象的那样，是单纯超功利的。如果把王国维的“审美”理想和他的“教育”规划合而观之，就不难发现他的美学在超越功利的同时，也有着相当贴近现实的一面，其中“美育”就发挥了特别重要的作用。在他那里，“美育”意味着情感的陶冶，可以作为智力、感情和意志（欲望）和谐发展的中介，最终可以造就有益于时代和国家的新的“社会主体”。在更深层次上，“美”依然是改造人的情感，也即“改造民族灵魂”的利器。我们在钱先生从20世纪40年代开始的学术研究里就隐约可以感受到同样的追求。

不过，引申出来的话题可能有些沉重了。如果说“五四”精神中有那么一种超越性的乌托邦渴望寄寓在对美的追求里，可是它又不能不面对现实的危机和苦难，那么在处理这两者的紧张关系时，往往需要以个体的血肉之躯去承担个人梦想与社会位置之间的断裂，这其中的巨大痛苦倘若没有坚韧的人格力量是难以承受的——尽管有时这种坚韧是以散淡的形态表现出来——今天，人们还很幸运地可以在钱先生这样的老人身上亲眼看见这种人格的力量。然而问题是，我们自己是否拥有同样的力量来承受这种痛苦呢?

写于2008年1月20日

2018年3月9日改定

◇ 作者简介 ◇

罗岗，1967年生，文学博士，华东师范大学中文系教授，中国现当代文学专业博士生导师，华东师范大学思勉人文高等研究院教授，城市社会与文化专业博士生导师，兼任重庆大学人文社科高等研究院教授，上海大学当代中国文化研究中心研究院，曾任美国纽约大学，中国香港浸会大学、中国台湾东海大学访问教授。著有《英雄与丑角》（中国台湾人间出版社，2015）、《预言与危机》（浙江大学出版社，2014）、《人民至上》（上海人民出版社，2012）、《危机时刻的文化想象》（江西教育出版社，2005、2008）、《想象城市的方式》（江苏人民出版社，2006）、《面具背后》（上海教育出版社，2002）、《记忆的声音》（学林出版社，1998）等，编有《现代国家想象与20世纪中国文学》《90年代思想文选》（三卷本）、《视觉文化读本》《20世纪中国文学史论》（四卷本）等。

城市·遐思·玄思

李其纲

之一：穿越宁静

（一）

按照语言哲学家约瑟夫·科尼希的理解和划分，存在两种谓词：这是红的——约瑟夫·科尼希以为这是规定性的；这是壮丽的——约瑟夫·科尼希以为这是修饰性的。约瑟夫·科尼希还以为前者不依赖某一个主体而存在，“这是红的这个事实实际上并不依赖我或其他任何人说这是红的”。但是在后一情形中，“这是壮丽的这个事实仅仅在某一个说话者这样说的意义上是事实”。换句话说，“这是壮丽的”是一个极具个人化和主观化的命题。

倘若约瑟夫·科尼希的理解和划分能够成立的话，我想我对宁静这一谓词的理解明显属于后者。它是主观化的、个人化的、随机的、偶然的，尽管它有着某种必然性，有着某种属于听觉范畴的物理属性，如同“红”对于一个非色盲患者而言，在视觉范畴也具有一种物理属性一样。

（二）

我首先进入的是宁静在听觉的意义上所具有的实在区域，即在城市的时间和空间格局中宁静是如何存在着的。

我不想描述夜、描述睡眠、描述大自然的客观规律是如何制造宁静的。我关心的是城市作为主体是如何在它有限的空间和特定的时间中制造宁静的。

这种制造来自需要，来自许多需要宁静来抚慰的心灵，如同一匹马的马尾，在长途跋涉之后需要湿润的草原之风和峡谷之风的抚慰一样。

在城市，灯光制造着宁静。灯光已经不仅仅成为纯粹照明的需要，它也制造出一团若即若离、若有还无的宁静氛围。烛光似的壁灯、溪水般流淌的脚灯、星星般温柔闪烁的顶灯，正在城市隐秘的空间制造着隐秘或者并不怎么隐秘的宁静。

一棵树、一群树生长的姿态，在城市同样制造着宁静。它们呈静态地兀立在城市的街旁、街心以及住宅区、工厂区、商业区的行道之侧。它们从乡村而来，宁静仿佛是它们从乡村而来时携带的财富。它们慷慨地把这一笔财富施舍给城市。在春天，它们用毛茸茸的新绿；在夏天它们用网一般繁复的浓绿；在秋天和冬天，它们用被雨水或雪水滋润过的湿漉漉的枝丫，支撑起一片肃穆，一派苍凉，一个剪纸般的意境。它们是城市的宁静之岛。

数不清的餐馆、宾馆的宴会厅、酒吧、茶肆，以另一种细微的方式，制造着宁静。它们将宁静如同切割蛋糕和西瓜一般分解成一块又一块。它们的方式是用火车座或飘动的丝质和绒质的窗帘。喁喁私语的情人、排遣烦躁心事的孤独男人和女人、谈判生意的经纪人、一掷千金的有钱者，在被切割过的空间中，获得了他们所需要的被切割过的宁静。

总之，在白天，城市的宁静是岛而不是湖和海洋；是残碎的、破裂的、被分割的，它只能占据一块与另一块很小的有限空间。因而，它是吝啬的。

（三）

既然物理性质的宁静在城市是如此吝啬，那么，城市能不能以另一种方式，一种极具主观化和个体化的色彩去制造宁静呢？

城市找到了艺术。艺术在城市制造出另一种宁静。

在剧场、在电影院，艺术让观众毫无例外地处于宁静之中。然而，究竟是艺术还是被艺术感染的观众制造出这样一种宁静呢？我宁愿认为在观众席上的宁静是一种表象，或者说，这儿（观众席）的宁静更为深刻地反映出城市对宁静的一种理解，一种极其主观化的宁静观，即他们并不以为宁静是一种物理的而非心理的、主观的现象。

他们并不拒绝声音从舞台上、从银屏上播散开来，因为正是这种声音的播散促使他们沉浸于宁静之中，促使他们作如是观：皮影戏的剧场和默片时代的影院并不比之今天的城市剧场和影院制造更多的宁静。他们接触到的是宁静的悖论：有声的宁静或许比之无声的宁静更为宁静。恰如一句古诗所说，鸟鸣山更幽。

（四）

穿越城市的宁静，我不能不想到与城市作为对极而存在的乡村。

在我们的缄默中，在我们的冥想中，乡村天然地与宁静有一种血缘般深厚的联系。倘若我们渴望宁静，我们首先会想到的是乡村。

春天了，温润霏霏的春雨无声地湿了桃花，湿了梨花，湿了漫山遍野的映山红，湿了牧牛人笃笃敲响在山阶上的足印；夏天了，阳光像一种最暴烈的语言，而写出的却仍然是宁静，在这样的宁静中，倘若你是一个厮守于自然的农人，你能听见稻禾灌浆的唰唰声，能听见麦穗拔节的嘶嘶声；而秋天，收割后的庄稼地袒露的是一种寥廓，是一种没有绿的气血的苍茫和孤单，驻足在这样的庄稼地里举首望天，天将呈现出一种近乎透明的辽远的宁静，倘若你的灵魂若有所思，你能够和匆匆飞掠的候鸟对语，与散淡的云相伴而游；最后是冬天了，一场倏忽降临的风雪封了山，封了路，甚至封了河，宁静也就像酒被封在酒缸里一般被封在了乡村的冬季，它将在那个漫长的冬季里发酵，将在挂着红辣椒紫蒜薹的屋檐下常驻不离，即使在冬夜窝在茅庐猜拳喝酒，那吆喝声也是一种透着柳体的潇洒颜体的遒劲的宁静，它遥遥呼唤着千年前的东坡、陶潜……

不过，这种和大自然紧紧契合的宁静，仍然是我一个城市人对于乡村宁静的遐想。

谁能够真正读懂另一种宁静呢？或者说，谁能够断言那只握锄把的手在紧紧攥住宁静呢？我有太多的理由想起罗中立的油画《父亲》。那苍老的“父亲”，那无欲无求的眼神，那沟壑般纵横的皱纹，你能说那就是乡村宁静的象征？

（五）

还有一种宁静，那就是白色。它和死亡有关，但又不尽然是死亡。在医院，白色宁静地存在着：白大褂、白床单、白色的墙壁、白色的窗户、白色的处方笺和白色的药丸……我们思考过那样的宁静吗？究竟是哪一双手制造出这一种宁静？是医院还是我们自己渐渐走向衰老的躯体？

倘若是我们自身的躯体，那么那种看不见听不着的宁静正在我们的每一个细胞核中躲藏着。那种终极的宁静将促使我们像瓦雷里一样思考：

> 这片平静的房顶上有白鸽荡漾，
>
> 它透过松林和蚊丛，悸动而闪亮。

公正的“中午”在那里用火焰织成大海，大海啊永远在重新开始！

多好的酬劳啊，经过了一番深思，

终得以放眼远眺神明的宁静！

（引自瓦雷里长诗《海滨墓园》）

让瓦雷里浮想联翩的已是另一种白色了，那是泥土之下的白色，那是墓园中的白色。一边是喧嚣奔腾浩荡不已的大海，一边却是静谧肃穆无声无息的墓园；一边是生的象征，一边却是死的蕴含——“海滨墓园”将截然对立的意象融汇于一体，也将一种终极的宁静即瓦雷里所说的“神明的宁静”推到了我们面前。

问题仅仅在于，不信教的瓦雷里所言的“神”又是何物呢？那种“神明的宁静”是我们与生俱来的，抑或仅仅是一种先验的存在？

或者我们只需简单地说：只要我们心中有大海有墓园我们就能永远“重新开始”，并且获得那“神明的宁静”？

宁静，在瓦雷里笔下，那是一个多么巨大的虚空和实在，又是一个多么巨大的循环啊！

（六）

一根线从一个很小很小的针眼中穿越而过，那只穿针引线的手是宁静的。它裸露着青筋、裸露着树根一般古老的褐黄色。它裸露着，线和针在它的裸露中缓缓运动着。我凝视它，像看见了一段裸露着的儿时的往事——我想到了我的祖母。

我在回忆着，我是宁静的。宁静在这里是时间的一种物化形态，如同我们即使面对浴血的、淌血的、喧嚣不已的历史也只能报以宁静的遐思和玄思一样。在古长城、在圆明园废墟，或是在半坡，我们不都曾经缄默无语，用我们的双眸，也用我们的宁静，梭巡过历史吗？

不过，它究竟是历史的宁静抑或是我们自身的宁静呢？如果说，它是历史的宁静，那么历史不是曾经壮烈和惨烈、琐碎和平淡地运动过吗？这就如同我回忆祖母穿针引线的那只手的宁静一样，那只手已经历过多少人世间的沧桑，但那只手是宁静的。莫非任何动都诉说着静、诉说着一种寂灭？

依稀记得一位著名作家与托尔斯泰有过一番对话，那番对话散漫的主题之一是托尔斯泰能否成为上帝的一个例外，一个让物质的生命永恒地持续下去的人。在谈话的过程中，那位作家不停地凝视晚年的托尔斯泰的那双手。那双手和我描述过的穿针引线的手一样，裸露着青筋、裸露着褐黄色的老年斑。老托尔斯泰的手，似乎也是宁静的，但在作家心头卷起的，却是风暴。那么辉煌的手，似乎也难逃大自然的规律，就像太阳每天都辉煌过，但又每天黯淡下去一样，那老年斑的光泽就像黯淡下去的太阳的光泽一样。

老托尔斯泰手背上树根一般盘卧的青筋、褐黄色的老年斑告诉我们：历史往往会在某一刻凝固，无论社会无论个人。那历史开始凝固时，开始展露夕阳般的光泽时，往往是最宁静的。在这个意义上，我们应该常常到历史博物馆和自然博物馆走走，那里很宁静。

（七）

大音稀声。它近乎偈语，它是禅。它是宁静的最高境界了。

它意味什么？或许是贝多芬大气磅礴的《英雄交响乐》在乐谱上、在音乐史上、在社会发展史上无声地存在？或许它意味着一段打击乐或一句话，甚至一个字对我们刹那间的感染，而时间又把这样的感染延续成我们的一生？或许是岩浆在地心真实的呐喊，只有匍匐在大地之上我们方能隐隐听到？或许是太阳燃烧的沸腾之声在天际的穿掠？或许是一棵树、一棵草吮吸水分的声音？

不知道。又有谁能够知道？

或许我们知道我们永远无法企及这一境界。我们所能够得到的只是企及、追求这一过程时所感悟到的宁静，而不是这一境界的宁静——静是静，静是不静，静是静？

它也是偈语？

之二：空间朦胧

始祖鸟在历史博物馆的长廊中似在盘桓，似在敛翅栖息。我敢说这座巨大的城市中的生存者，只要屏神凝视这鸟三十秒或六十秒，然后再走出历史博物馆的长廊，然后再远眺或者近视这座城市数不清的高楼巨厦——那些圆顶状、尖锥状、方形的、棱柱形的形形色色的高楼巨厦——准会涌上一阵晕眩。

这种晕眩来自那鸟，也来自阳光或月光之下的巨厦们的反光。或者说，它来自我们的内心，在鸟翅与巨厦光影之间，我们的内心肯定感悟到许多东西。历史学家会将我们试图感悟到的东西称之为历史，而我能够说的却是将那种感悟到的东西称为一种生命和情感的积淀乃至爆发。

再凝眸这座城市许许多多的建筑物，我能够喃喃呓语的是：空间朦胧……

（一）

朦胧来自距离，来自陌生。

许多年前，这座城市的高楼寥寥可数。它们在城市中有那么点鹤立鸡群的味道。尽管是鹤立鸡群，但“鹤”并不让人陌生，可数的高楼倒是让市民们眼熟能详。谁都知道国际饭店，谁都知道上海大厦，谁都知道电台大楼，谁都知道和平饭店就是以前的沙逊大厦……

许多人可能一辈子都没能跨进这些高楼一步，但这并不妨碍许多人在外省人面前骄傲地谈起这些高楼。这许多人中间也包括我。

我情不自禁地又要想起插队时的往事。那是一个秋夜。我们几个知青和几个农村小伙子围坐在碾坊里侃大山。我们那时很喜欢到碾坊里去，尽管碾坊四壁空空，只有几根木柱撑起一片屋顶，但碾坊中却有着全村唯一的水泥地坪。潜意识中，或许是我们的都市情结在作祟：我们就是冲着那块水泥地坪到碾坊去的。

秋夜的碾坊洋溢着新鲜的稻谷香味，远处的山峦在月色之中隐隐显出黛色的轮廓。很轻易地，乡愁就涌上我们的心际。我们知道，越过那座山，再越过许许多多山，就是生养我们的那座城市。

那座城市引发我们无数的欲望，也引发我们无数的话题。我们把那些话题像擀面条一样擀得又韧又长，而那些农村小伙子也听得入神，听得迷茫，听得神魂颠倒。

我们七嘴八舌，喋喋不休地侃老城隍庙的五香豆，侃"上海前门"卷烟厂的巨大厂房，侃抽水马桶，侃煤气自来水。令人惊异的是，我们所有人都侃到了国际饭店，其实我们那时没有一人踏进过国际饭店的楼面，但我们谈论它的神情就像老表们谈他的自留地或者猪厩。国际饭店在我们的谈论中仿佛也成为我们饲养的一头猪：那么亲切，那么熟悉，那么真切地喻示着我们的物质欲望——解馋啦，换钱啦等。

有人在问：有几（多少）高哩？

有人在答：不知道几高。只知道不能戴着帽子望它的顶，不然帽子得掉哩。

还有人更夸张地答道：要望它的顶得到对面的人民公园去，得花一角钱租张草席，躺在草席上望它的顶才瞧得地道哩。

于是，人群中爆出一阵笑声。村庄里的小伙子们笑道：蒙人哩！

确实是在蒙人，蒙他们，也蒙我们自己。但在这种蒙与被蒙之中，我们的心态泄露无已：国际饭店既亲切得像我们饲养的猪，又遥远得像一个缥缈的梦。在我们的描述中，我们对它的高度充满了敬畏。

现在，当这座城市的高楼巨厦如同雨后春笋般地崛起时，我们的这种对于高楼高度的敬畏是否也同样雨后春笋般地茁壮成长呢？

我想说，是的。敬畏仍然存在于我们的心中，面对人自己所创造的人工自然物，我们却恰恰感到了陌生，感到了敬畏，感到了自身的渺小。在天宇之下，那数不清的高楼巨厦如同雾锁岚蔽的层峦叠嶂，掩蔽着数不清的禁止我们入内的空间之谜。在这时，它们不仅仅以高度也以体积的庞大和连绵成片而震撼着我们、震慑着我们。

但我们会设问它们缘何而来吗？它们肯定不是我们种下的蒜或葱，倒可能是我们放养在动物园中的虎或豹，美丽、骄悍，却和我们隔着永恒的距离。

（二）

这是另一种朦胧，这朦胧源自我们恍惚的内心。

这样的空间构造仍然是实在的，最起码在我动笔的这一刻它仍然是实在的。这是我所熟悉的空间构造：一条穿越城市心脏地带的河流缓缓流淌着黑灰色的水波，不过，在我的感觉中，这水波比之它在外白渡桥那儿更为凝滞而沉重。我的这一感觉显然与它两岸的景物有关，说简单点，在它两岸是灰蒙蒙的工厂区，再说简单点，在它两岸是一片连着一片的纺织厂。

我熟悉这儿的纺织厂。我降临这个世界的第一声啼哭就在这儿的一家纺织厂中。在布机轰轰隆隆、哐哐当当的协奏声中，我开始了对这个世界的瞭望和梭巡。

童年和少年时代，我喜欢到这儿来玩耍，用北方人的话来说叫找乐。

那时穿越河两岸的桥是一座木桥，桥身是一块块当中镂空的木板。我至今都未能搞明白，木板为什么要镂空来铺桥？许是为了能在雨天防止桥身积水？这只是我的一种猜想。但在少年时代，镂空的桥身给了我们别样的乐趣。我们喜欢透过那长方形的孔去看船只驶过，那样看到的是一种更真切的船的平面，而不是倚在桥栏上看到的船的侧面，似乎也就更刺激。我们有时也玩一些恶作剧，找一些小小的石子，在船驶过时，从那方孔中“哐”地掷下去。撑船的艄公这时忍不住要大骂，但隔着桥孔，只有我们看得见艄公龇牙咧嘴的模样，艄公却看不见我们捧腹的恶作剧样，只得无奈地把竹篙捣在木头桥身上，桥就发出很沉闷的咚咚声……

在北岸，离木桥不远是一处煤场，煤堆得好高好高，堆出一座座煤山来。煤场守卫森严，看守煤场大门的警卫要比周围的工厂多出几位来。那时我也曾陪伴着邻居的孩子们去捡煤，经过煤场大门时，警卫们总是警惕地瞪大眼睛望着我们。我们则在守卫们的注目礼下沿着运煤的卡车经过的路线走，在那样的路的两侧，总有一些从车缝中洒落的煤屑煤渣。倘若刚好有运煤的卡车经过，我们会向押车的装卸工送去灿烂一笑，那些豪爽的装卸工，脸膛儿乌黑，有时也会回我们一笑，露出一口白白的牙齿，极像非洲的兄弟们，然后极慷慨地挥锹捅下一大块煤，于是我们欢呼，我们看着煤块欢快地砸在路面上纷纷扬起，然后我们极快地把碎落的煤块、煤屑、煤渣捡拾干净……

童年和少年时代已然远去了，然而它依稀存在，它似乎不仅仅存在于我的记忆中，更存在于两岸的这一片景色之中。我能够说的是，这一片依然有着浓厚的工厂区意味的景色，它和我的记忆所要求的氛围是吻合的，尽管木桥已由水泥桥代替，但这座水泥桥的简陋和局促与木桥并无二致，在这个意义上，它们共同构成了我的记忆之桥的桥墩。

但这桥墩即将被拆除，在一张规划图上，我已经知道这儿即将被改造成一片商住区。布机和纱锭已被拆下运往遥远的大西北，厂房也即将被民工所拆，被推土机铲倒。

它们将变为废墟。

我远远地、久久地向它们投去一瞥，这一瞥却包容了过去的巨大时空。

那条纱弄，那条我牵着母亲衣角所走过的麻石小径，那座木桥，那木桥沿岸，所洒落的童年和少年时代的笑声，它们将附丽于何处呢？在这时，我方才感悟到物所构造的巨大的精神力量。丧失了一种物的构造，似乎也就丧失了一种实在，灵魂也不由自主地飘浮起来……

（三）

废墟终究是会来的。

对废墟我并不陌生，我生长的地方，我童年和少年时代的故里早在三年之前已经变成了废墟。我不止一次地描摹过那片废墟。

我想这座城市的许多人都走过那片废墟。我们都有着相同的感受和感觉。

废墟之上，是一个做梦的好去处。而梦，肯定是另一种朦胧了。

博尔赫斯也描写过这种朦胧。这位著名的阿根廷作家在他的《圆形废墟》中，描述了一个人在废墟之上所做的一系列的梦。这一系列的梦博大精深，并将过去、未来和现在缀成一体，这是一个正在分享宇宙灵魂的智者之梦。然而，这一系列梦同时却又凡俗无比，它只有一个最起码的始点和终点：通过梦去创造、去孕生一个人。尽管博尔赫斯没有表明这个做梦的人是男是女，但如此强烈的创造人、孕生人的欲望无疑深深地震撼了我们——因为我们就是如此凡俗。

我们在废墟之上又该如何做梦呢？

凡俗的我们所踏的废墟肯定不是庞贝废墟，肯定不是广岛废墟，肯定也不是博尔赫斯笔下的神庙废墟（圆形废墟）。我们所踏的废墟是由我们自己的双手主动创造的。

在我们主动创造之中的废墟之上我们该如何做梦呢？

我们会在废墟之上寻觅，那是过去；我们会在废墟之上遐想，那是未来；我们会在废墟之上充满感伤、惆怅和兴奋，那是我们无法逃遁的现在……

（四）

现在它是高楼了。

是秋天的阳光，道林纸那般绵韧、那般光滑温润地照耀我们，照耀这片高楼群。

我在这样的阳光温暖的包围中徜徉在高楼群中。有许许多多的都市人也在这样的阳光之下徜徉或奔走在高楼群之中。

阳光透过高楼之时显斑驳而非朦胧，但对我们的感官而言高楼却有着另一种朦胧：它的禁入的私人空间，以及另一些朦胧的隐秘的空间：餐馆的包房、桑拿浴室、写字间或者卧室、电脑房……

这样的朦胧是：我的就是我的，不是你的。

与绝大多数人有关的朦胧仅仅是一种质疑：面对都市的新的空间，该如何证明自己的存在？或者说，当那些染有我们生命渍痕的空间消失之后，我们将怎样向空间索取我们存在过的证明？这真是一种既实在又虚无的质疑啊！

只有高楼无语。只有高楼从现在开始走向历史：从新走向旧，从有走向无。只有高楼像一柄刺向天宇的双刃剑：从剑身的一面反光中，我们看到了自身对物质文明的惊喜迷恋；而从剑身的另一面反光中，我们看见了自身对物质文明的遗憾及反思。能够概括我们此时此刻情绪的词唯“朦胧”而已。

◇ 作者简介 ◇

李其纲，1954 年生于上海一纺织厂中。1978 年考入华东师大。在校期间任夏雨诗社首任主编。1982 年任《萌芽》杂志编辑，2013—2015 年任执行主编。新概念作文大赛工委会总干事，一级作家。著有《我们如此之近》，百家出版社；《岁月如歌》，与徐芳合著，华东师大出版社；《股潮》，上海文艺出版社；《小说与诗歌的艺术智慧》《岁月如歌》，与徐芳合著，复旦大学出版社；《新概念作文大赛历史》，华东师大出版社；《文学从诗歌开始》，华东师大出版社；《浮云苍狗》，华东师大出版社。

飞过城市

徐 芳

回忆之境

你可以想象有许多事情总是发生在凌晨时分，那是夜的边缘地带与白昼的边缘地带的接合部。它们在那儿结合，孕育出一种熹微之光，浅灰之云，当然也蕴含着一个时间上的概念：凌晨。

古人说：这是更残漏尽之时。

而我对童年的回忆总是落在这一时分，像准点抵达的客机，在这时缓缓地将起落架放置在坚实的陆地之上。我的回忆在展开了联想、梦、希冀等诸多形式的变幻之后也是在这一时辰有了陆地。它是思维在漂泊之后，身心在漫漫长旅之后，赖以休整生息的一块陆地。

我说的是童年对于回忆的意义。我同时所说的，也是凌晨在我的童年时所占有的意义。

空寂的大街在我的想象之中蔓延。回忆在此刻衍变为一种想象，或者说衍变为一种必须依靠想象的补充，才能够继续进行下去的精神形式。陋巷在回忆中却衍变得真实无比。在它与空寂的大街的相交之处，显露出一个洞穴。

篱笆、木桩、一只孤零零的袜子悬垂在竹制的晾衣竿上，以及屋檐之下被潦草地书写着的一只隐蔽的雀巢，构成这一洞穴的表象。由于有了黑夜与白昼调制出来的熹微之光的映衬，这一洞穴的表象或被夸大了。它丑陋，狰狞，像一个洞穴，但更像一只巨兽之口，你可以想象它是蛇蟒之口，你也可以想象它是虎豺之口……重要的是，还得继续想象一个女孩子，出现在了这一巨兽之口。

那个女孩就是我。

你将迅速地发现陋巷或者洞穴或者巨兽之口，这一画面有了另外的意义。它强调的不再是恐惧或者狰狞，它隐喻着一种难以诉说的温情。在这时，风是潮润的，因为凌晨，也因为我成长的这座城市濒临太平洋东岸。你可以感觉到空寂和辽阔的一种联系，它产生了飘逸，却不是恐惧。我的发辫在这时蓬松而凌散。它们等待的似乎就是这一刻，让潮润的风与我的手指一起梳理它们。它们在此刻变得完整，像铜雕的魅力，产生在光线变幻之中一样，它们也在凌晨变幻着的光线之中，获得一种魅力。

我已经走到了大街上，我清晰地听到我的足音。我的塑料鞋底与柏油路面摩擦之后发出了清晰的嚓嚓声，它们在空寂的大街上经久不散。我在回忆之中总是能够听到这种声音。在经历了十几年时间之光的过滤之后，它们似乎仍然清脆、澄澈，虽说少了一些童年所具有的欢快和单纯，多了一些时间的意味。一如同远古的木斧声隐隐传来，但它们仍然清脆、澄澈。在我的回忆中，我似乎是“看见”了这样一种声音，如同看见了我童年时执着地爱着的碎花短裙。

像一种默契，在我穿越了大街之后，在一棵高大粗壮，树身上结出一块巨疤的梧桐树那儿，往往会遇见一个和我年龄相仿的女孩。我们从不交谈，但我们也互不提防，事实上我和她一样，不提防任何人。鱼肚白似的黎明已经抵达了菜场。我们各以一块砖或一只竹篮代替自己，在鱼柜前、在肉柜前，或是在蔬菜柜前排队。或是我第一，或是她第一。我们一起静静地等待空寂的菜场渐渐热闹起来，喧嚣起来。我们那时不知道，我们其实也是在等待巨大的城市热闹起来，喧嚣起来。

我们研究晨光。在那时我对光的变化就有了一种铭心刻骨的感受。在菜场的席棚中央，有无数方形和菱形的细孔。光就从那儿细细密密地倾泻而下。起初它很淡很淡，像一块黑墨上凝结着一根青丝，虽有差异却极易恍惚而掠过。渐渐地，它变深变浓，女孩的脸渐渐地有了清晰的轮廓，恍然有了金黄的汗毛……

你已经可以肯定，在那时我与害怕、恐惧，有着多么遥远的距离。是从哪一天开始，我忽然对童年的回忆产生了一种害怕，我已经难以回忆了。能够肯定的是在此时此刻，我沉溺于、也偏执于一种假设之中，倘若在凌晨隐现的街道拐弯处，忽然斜刺里冲出一个蒙面大盗呢？黑暗在这时已被我的心境夸大了，它们似乎有了一种庞大无比的体积，顽固地占据着我对童年的回忆。

抑或也是一种隐喻？是对回忆这一精神形式的隐喻？倘若回忆被一再重复、被不同的年龄与心境重复的话，回忆又有多少是牢靠的呢？像一只鸟回忆一棵树，像一只船回忆港口，自以为存在着永恒的距离，却忘却了自身的运动。

想明白了这一点，我是多么怀念那个在空寂的大街上无所畏惧地行走着的女孩。

或许只有在回忆中，那个女孩才永远在无所畏惧地行走。

遗忘之境

一

我不能注视黄昏。我总是希望黄昏来临时我正在忙碌。正在屋顶的庇护之下，而不是在野外。如果我注视黄昏，注视暮色如何渐渐吞噬树、吞噬楼宇、吞噬流云及辽阔的天空，我的心会有莫名的不安和痉挛。

我想我对黄昏来临的害怕，对我唯恐不能遗忘黄昏来临的害怕，还是和我的童年有关。

你可以看见一串钥匙挂在一个小女孩的脖颈。在她渐渐长大之后，这串钥匙到了她的书包里。

她是长女。她比小她两岁和三岁的妹妹多了许多责任。她掌管钥匙。钥匙就是责任的一部分或者就是责任本身。钥匙说是一串，其实只有两把，一把大的，一把小的。大的钥匙是房门的，是黄铜的。许是经年累月的缘故，她小小的掌心已把它磨砺得锃亮。

她有时把它举起放在阳光之下，那凹凸状的齿痕在阳光下格外鲜亮，像山、像头戴盔甲的古代士兵举起的戟。她喜欢那把大的、黄铜的钥匙。她使用它的时候，两个妹妹就像归巢的小鸟依靠在她的身后，然后她们欢天喜地扑进房间。

她不喜欢的是那把小的、铝制的钥匙。它开启的锁在厨房。厨房四家合用。四家人家都有一个碗橱。碗橱上都挂着一把锁，锁着里面的油、盐、酱、醋、胡椒粉、五香粉、茴香、桂皮……她从来不曾把那把小小的、铝制的钥匙举起在阳光下。她觉得它就像它开启的锁一样，挂着一层黏糊糊的油烟之气。

它笨头笨脑、圆圆乎乎的形状总会无端地让她想到同班邻座阿梅乱蓬蓬的辫梢或是一部电影里拴马用的木桩。它拴着的是她，是她小小的年纪、小小的胸膛里的一颗爱跳动的心。在每一个黄昏到达的时候，她不得不使用它。她极快地抽出它，然后听到它嘶哑地叫出一声“啪嗒”。

它开启了她不愿接触的世界：油是黄的、盐是白的，而酱油非紫非红非黑……

你可以看见她所喜欢的与她所不喜欢的，两把钥匙都挂在她的颈上。在她渐渐长大之后，它们都藏掖在她的书包的某一夹层之中。

遗忘就在那一刻发生了。她总是遗忘它们，无论它们是挂在她的颈上或是藏掖在她的书包夹层之中。她说不清什么理由，她总是遗忘它们。这肯定不是一个喜欢或者不喜欢它们的缘故。她喜欢它们中的一个，不喜欢它们中的另一个，喜欢与否解释不了它们整体。

有许多个黄昏，两个妹妹紧张地依偎在房门前哭泣。她们要进房门去，做功课、玩过家家的游戏，而她却把她喜欢的那把鲜亮的钥匙给遗忘了。她翻遍书包的夹层或是翻遍衣衫的每一个口袋，都没能找到它们。天色往往在那时黑尽，在那时让你感觉到像一张巨网，网上跳跃闪烁的灯光像鱼。邻里的灯像鱼一样闪烁。可多一盏灯的闪烁，就紧跟着妹妹们的一声抽泣。最后，所有的灯都亮了，只剩下她们簇拥的门前的一片黑暗、一片静寂，间或有抑制着的抽泣之声。

她不哭。听着妹妹们的抽泣之声她不哭。她只是害怕至极。她充满羡慕地听着邻家的女孩用钥匙打开厨房的碗橱之门，听着厨房里响起了煎、爆、炒、熘的声音。她在这种声音的相伴之下，习惯地等待一个时辰的到来。那个时辰已经不是黄昏。而是晚上 8 点。在那个时辰，父亲将归来，母亲将归来。他们饥肠辘辘，疲倦至极。然后他们拿出他们的，和她相同的钥匙……

她就这样长大了。就这样对着黄昏的到来充满预感、充满某种如同时针般的精确的把握。黄昏就在那一刻降临，在她小小的心蓦然爆发出一阵痉挛，或是一声呻吟般的跳动之后降临。然后她紧张地打开书包，或者紧张地将书包摇出声音、摇出书与书、书与铅笔盒、书与钥匙、铅笔盒与钥匙，以及黄铜的钥匙与铝制的钥匙所碰撞之后发出的声音。

在空寂的、黄昏时候的楼道里，或是在学校操场的秋千架旁。她摇出的这种声音很响。这表明她害怕遗忘。她总是在这需要钥匙的时刻、一个似乎命定的时刻害怕遗忘——遗忘钥匙。

二

逝去的流水

载来被太阳晒成棕色的帆

——引自笔者的诗《我总是遗忘……》

继续遗忘。

其实我在生活着，像许多人那样生活着。我知道遗忘是一种必然，是时间的一种必然。但在此刻，我不知道我该如何表达对于遗忘的感受。占据我心灵的是一种丧失感，是因为遗忘而生发的一种悲哀，一种无可奈何，它使我得到的悲哀的程度与被人遗忘、被一个熟悉亲密的朋友所遗忘相似。

我度过了岁月。在砾岩旁，在江河之畔，在喧嚣的教室或是宁静的教室，在大街拐角的那个点心铺或是缝衣摊，我和他曾有过惊心动魄的争吵，也有过谈诗论道，而诉诸言辞的愉悦，但我在命定的时辰，却将它们全都遗忘了。我怎么确定，怎么证明那一段岁月曾经是我度过的呢？证明那就是我呢？

遗忘是对生命能量的一种挥霍。纳维尔——那位弗吉尼亚·沃尔芙的著名小说《波浪》中的角色，他和我一样，对生命能量的这种挥霍，这种无法证明自我存在过的遗忘，一样有着一种害怕、一种恐惧，在他诗名大震之后，仍然在口袋放着一张自己的名片，作为姓名、作为自我的一种证明。

现在，想象另一个夜晚。(在拥有遗忘的同时，我可以同时拥有想象吗？)

四月一个很柔和的夜晚。江之畔。有雨。我们拥有一块堤岸。我们拥有的堤岸是干燥的、晴朗的。这说明我们抵达江岸是在那场雨降临之前？抑或是因为我们披着一件衣服，一件款式和颜色都十分古老的衣服？波涛拍打着堤岸，拍打着一只无帆无舵的舢板？（它恍惚，它明明灭灭闪着一盏马灯般的光亮。它果真在那时存在过吗？）江鸥拍打着潮湿的翅膀在飞翔，巨轮“长庆号”或是“长安号”在那时从江心驶过。（在那一刻我能感觉到它驶过吗？但为何我却想象到一只舢板的存在？在时间之中，空间并非因为体积的大小而分优劣？）有许多人从我们身后，从我们披着的那件衣服后走过，我们没有感觉。

我们面对波涛、面对波涛中摇摇晃晃的城市灯火，我们无暇感觉身后。但后来我们感觉到有一个人驻足在我们身后，他(或者她？)

伸出手从我们披着的那件衣服口袋里取走了一样东西。我们没有理会。我们没有转过身去面对另一个世界。少了什么？是一包烟。他说。若干年后，他仍然说少了一包烟。不是皮夹子？我说。不是，他说，那时我没有皮夹子。是从来没有皮夹子，还是从那个夜晚没有皮夹子？我说。他开始闪烁其词。在他的闪烁中我再一次看见那个夜晚的闪烁。

灯火也在闪烁，那个夜晚结束在一盏桅灯的闪烁之中，一辆橘红色的公共汽车疾驰在夜雨滂沱之中。它的尾灯，也在离站之后仍然闪烁不停。湿漉漉的天，湿漉漉的地，我们湿漉漉的，在城市的市郊告别。

我记住这一切了吗？其实我记住的只是那一夜这一个事实，而所有的过程如同流水之中的船而不是流水之中的岛屿，所以我说：我想象一个夜晚。

三

回到童年。

那个颈上挂着一串钥匙的女孩长大了，但她常常回到童年。童年是她已经无法遗忘的，如同她对于黄昏的感觉一样。

在她沉溺于童年岁月的回顾中，她已经面临着遗忘的悖论。舒婷写道：青春的背影正穿过那片桦树林 \ 走向遗忘。遗忘在这时是一种伤感，就像童年时钥匙遗忘，所导致的结果一样。它令她小小的心痉挛。遗忘是不会令人愉悦的。

然而，又正是遗忘的这种不令人愉悦的性质，遗忘驱使人学会遗忘。在她长大后，她一次又一次地希冀自己、命令自己学会遗忘。首先在黄昏的时候学会遗忘，学会转移自己对黄昏的感觉。在那一刻到来之前，在暮色即将笼罩大地之前，躲到一本书里去，躲到电影院的穹顶之下，或是躲到一盆即将洗涤的衣服之中。

学会遗忘却又是何等艰难。一段若有似无的梦的残片、一团风、一圈都市人围观的血泊、一段警匪片中的打击乐……皆难以遗忘。它们固执，比童年时黄昏的感受还要固执。

她怀着对于某件事情无法被遗忘的害怕心情与他交谈。她坐在一个很小的房间里。但她知道以前这一个很小的房间常常挤满了人，男的、女的，写作的、不写作的，知名的、不知名的，总有许多人（现在她无法遗忘这个小小的房间以前有许多人），他说，想出国去（她想以前他从来不提要出国的事），他还说，学外语很有意思（她想以前他说为什么要学外语呢？辛格是用意第绪语写作的，但不是有英语很好的人来翻译他的作品吗？）。她看见一团月光泊在写字桌的玻璃板上（她在以前为什么从来没有发现过写字桌的玻璃板，也可以像一个湖呢？）。

在这时，在这间小屋里，她感到了自己的不成熟，感到自己的心境，缺少一种历经人生各种滋味的苍凉。她学会遗忘。

也正是在这时，她感觉到一个完整的、没有雨意、没有暖意的秋日的黄昏，正在头顶上方的某一个空间酝酿成熟。它正在急切地等待降临。

自然之境

一

长久地盘桓在一个地方。在都市，这是一个被遗忘的地方。它很大，出奇的大。说是要在这里造体育场的，就圈出了这一块地。这一块地就有了未来的体育场那么大。说是说了好几年了，好几年这么一块地就这样空着、闲着。在它旁边的高楼一幢幢崛起，有了商场、有了食品店、有了饮食摊、有了煤饼店……而它依然这样空着、闲着。

多了篱笆。很好看的细细的竹子编就的篱笆。它被篱笆包裹着，像一个野孩子散漫地披一件棒针衫。我不忍心想古代的宫墙，古代的宫墙所包裹着的宫女们。其实它和她们有着相仿的命运。

附近的孩子们多了一个去处。他们喜欢钻过篱笆到那儿去。篱笆被他们日复一日、年复一年地钻越后有了一扇门，乃至许多扇门。进了那样的门后，豁然开朗。那儿依然完整地保持着田野的形状。格子状的田垄，纵横交错的阡陌，以及偶尔逗留其间的一个、两个池塘。只是田垄里再也不见稻菽菜蔬，池塘里也没了鱼鳖，它们和纵横交错的昔日阡陌一样，被数不清的狗尾巴草、羊齿草旺盛地覆盖着。

我长久地盘桓在那个地方。沿着孩子们的篱笆门洞，我到那儿去。对小路的辨识使我的脚步变得异常艰难。在昔日被农人们的脚步夯实的小径上，草们顽强地生长着。我像草们一样顽强地探索着蔚然野草之下的昔日小径，向昔日一片田野的腹地，向未来体育场的中心地带逶迤而去。

正是晚秋，秋很辽远。在这个地方，秋变得或者说显得格外辽远。都市在近旁，田野或者说原始的第一自然在更近旁。在都市，秋早已失却一种辽远的意味，只是在这儿，在这个被都市遗忘的一隅，秋依稀保持着它来自自然的一种辽远。三三两两的孩子们像三三两两的星星散布在天空一样，散布在昔日田野的角角落落。生长得很高的草掩去了他们的身体，只能看见他们晃动在草穗之上的脑袋。他们在寻觅蚯蚓？在捉金铃子？不知道。

我感觉表明的是，我就是我了。在喧嚣的都市生活中，我保存着对于野性的自然的一份渴念。这份渴念或许并不拒绝村落，拒绝耕耘，却拒绝混凝土和钢筋的覆盖。

有过一次奇遇，在这块土地上。突然下雨，很大的雨。草们在雨中突然充满韵律地随暴雨狂风摇曳起来。我没带伞。我只穿着裙子和衬衫，衬衫束在我的裙子里。裙子很长，几乎可以曳地而行。在不期而至的狂风暴雨中，我自然不能狂奔。因为很长的裙子，也因为草们占据着道路。黑压压的天幕垂落下来，乌云已压在头顶，而闪电刚刚划过眼帘，炸雷响在耳畔。在风雨交织的荒野之中，在一片茫茫的天地之中。我想我应该害怕了，然而我没有，事后不管我怎么回想、怎么启示自己在那样的自然之前，应该有一种惧怕心情——但我都没能唤醒自己的惧怕之情。

这种没有出现的害怕之情或许和一间茅屋的不期而至有关。它突然降临了，像那场雨那样突然降临了。在昔日的田野的中间，居然有着一间茅屋。极简陋，几根碗口粗的茅竹，盖有几块油毛毡做顶，再有几片竹篾做墙，就算一间屋子了。没门，进口有门的形状，但不是长方形的，而是不甚规则的三角形。我想我在哪儿见过这样的门洞。想了许久，方才隐约想起是在一本半坡的画册之中。

雨继续茫茫地下，我却有了一个避雨的所在。茅屋里没有人，茅屋的主人看来无须看守这样的茅屋。

不远处都市中的任何一个贼都不会光顾这样的茅屋。环顾茅屋，我发觉在做支架用的一根茅竹上，斜倚着一柄锄头。锄尖很亮沾着泥块，却没有锈迹。接着，我在门洞之外发现了一片被耘过的田畴。它不大，只有几分。在它之上长着一片毛豆秧或许是扁豆秧。我不能区分它们。我只是觉得它们绿油油地、生机盎然地生长着。它们在一片茫茫雨意中似乎在摇曳、在舞蹈。

我感觉到了什么，却难以表达。但我在那时，感到的肯定不是惧怕，而是亲切。是久违了的一种亲切依稀夹带着几缕惆怅。我猜测茅屋的主人，那柄锄头的主人肯定很老了。我完全是毫无缘由地如此猜测。我还猜测那位老人以前一定是这里的农人、这里真正的主人。但他忽然接到一张通知，他得搬迁，搬到近旁的、不断扩展的都市中去。他搬迁了，却难以割舍对这片土地的情感。现在，他是这间茅屋、这柄锄头的主人，却唯独不是这片土地的主人。这片土地的主人已是城市、已是一座体育场的筹建处，那是挂在某一处篱笆之上的，白晃晃的牌子所显示的。

我不是那位假想中的老人。我是城市所滋养大的。但我为什么会对这间茅屋、这柄锄头、这片风风雨雨的昔日田野产生一种亲切之情呢?

那我——即是在渴念着了。在渴念的意义上，我和那位假想中的老人，那三三两两散布在昔日田野之中的孩子们一样。

二

哲人康德说，好像要压倒人的陡峭的悬崖，密布在天空迸射出迅雷疾电的黑云，带着毁灭威力的火山，势如扫空一切的狂风暴雨，惊涛骇浪中的汪洋大海以及从巨大河流投下来的悬瀑之类的景物，使我们的抵抗力在它们的威力之下相形见绌，显得渺小不足道。但是只要我们自觉安全，它们的形状越可怕，也就越有吸引力；我们就欣然地把这些对象看作崇高的，因为它们把我们心灵的力量提高到超出惯常的凡庸，使我们显示出另一种抵抗力……

我对那场不期而至的暴雨、对那间茅屋进行着的耕耘所怀有的渴念，或许和康德的表达有关？然而，它毕竟不是全部。至少我在自然面前的这种感受，我觉得康德只不过表达了部分。它远远不是凡庸或非凡所能够全部表达的。

你可以看见我伫立在岸边。海的岸边。我是安全的，海对我没有任何威胁。海很平静、安宁。然而我却没有产生康德所说的“数量上的崇高感”。我感觉到了海在体积和空间上的巨大，我却没有产生崇高感。我感到了一种害怕，一种确确实实的害怕。

海果真宁静至极。没有风的声音，没有浪的声音，没有鸥鸟振翅划过的声音，没有帆升起或滑落的声音，没有鱼追逐的声音。海凝固了。你可以看见我站在岸边，也如同凝固了一般。我对没有声音的海，感到害怕。

海还是一种色彩——蓝色。浅蓝、蔚蓝、靛蓝、紫蓝、湖蓝。你所有关于色的划分都可以用于表达海的色彩。近岸边是浅蓝，海的中心是深沉的靛蓝和模糊斑驳的紫蓝。一座岛的边缘呈现出湖蓝，海与天的交接处是氤氲、朦胧的蔚蓝。蓝色占据了海，或者海表达了所有的蓝色。

你注定渺小。我在海之岸边对自己说，你注定渺小。但让我害怕的不是我的渺小。我的渺小是注定的，既然是注定的，我为什么要为渺小感到害怕呢？

一艘很大的油轮泊在海的中央。它是我感觉中的海的中央。其实海是没有实在的中央的。它的船体是一种灰蓝的调子，水线处是一种紫蓝色的嵌线。它的停泊也意味着它的凝固。它和海岸边的我一样凝固了。

在这时，我才隐约地感觉到我的害怕缘何而来。我想它和凝固有关。声音是一种凝固，色彩是一种凝固，船是一种凝固，它如同画在海中央一般，正是这种凝固让我害怕。

我进入想象之中。这片凝固了的其实是一个巨大的生命体，在这个巨大的生命中又拥有许许多多小生命，像一个人拥有许多细胞一样。海拥有海豚、海狮、海豹、鲨鱼、章鱼、银枪鱼、电鱼、鲍鱼、虎斑贝、珊瑚……海拥有数不清的生命。但这数不清的生命，就在此刻，却又以一种凝固了的形态向我表达出来。

三

梧桐树的叶子一片又一片黄了、凋零了。生活在寄宿幼儿园的孩子回来对我说："妈妈，这个星期天老师要我们去寻找秋天。要爸爸、妈妈带。"

那天我们一家三口去公园。孩子找回满满一马甲袋的秋天：红了的枫叶、草、肥大的梧桐叶，以及一只地摊上买到的蟋蟀。

这就是城市的秋天了。孩子很高兴，他拎着秋天，秋天沉甸甸地躲在他的马甲袋里。他为躲在他的马甲袋里的秋天而高兴。他找到了。他找到了老师要他寻找的秋天。

我没对孩子说，秋天有时仅仅是一种感觉。只要你有感觉，你早就寻找到秋天了。孩子不会懂。而我早就懂了，我对季节的更替有一种仿佛与生俱来的感觉。

感觉自然。对我来说不仅仅意味着盘桓在昔日的田野之中、凝固在海边或峻崖之上，它对我首先可能意味着感受季节、感受春夏秋冬的四时嬗替。

城市中的季节总是模糊的、暧昧的。你听不到冰雪融解的迸裂之声，听不到这种迸裂之声如何在山谷化为潺潺淙淙的流水的声音。你只能从忽然穿上皮裙、穿上加厚长筒袜的女人们的背影，从天气预报的气温显示上，隐约领略一个季节的交替。但在我——感受到的却是一个巨大的生命体的呼吸。这是一个比之海，比之天空更为巨大的生命。我把季节的更替视之为它的生命的律动的一种形式。

我伫立在海岸边所感受到的害怕，在更深的背景上与此有关。我不能够明白，我诞生于城市之中，生长于城市之中，却为何在思维的形态上如同列维·施特劳斯在《野性的思维》中所描述的野蛮人一样，把雷电风暴、山川阴晴，均看作一个巨大的生命体的表征。或者确如布留尔所昭示的那样，我在此刻的思维是一种原逻辑思维，而我在此刻害怕的情感状态近似拙朴的早期宗教对于自然的膜拜了。

史蒂文斯在《在昔日费城拱廊》中含蓄地写道：昔日阿潘尼恩斯园中的草莓……\ 现在看来有点像画上去的。\ 山峰剥落残旧，显然是赝品。\ 而狄兰·托麦斯则赤裸裸地表达了：天空不过是一块尸布，地球不过是柴炭和灰烬的混合物，风景用自己的线条表明它只是一具巨大的尸体。在这两者之中，我显然更愿意接近史蒂文斯（我同样看到过一艘像画上去的轮船停泊在海中央），但我也不会决然地拒绝狄兰·托麦斯，因为在对一种空间的巨大性的感受上，我更接近狄兰·托麦斯，而不是史蒂文斯。我与狄兰·托麦斯的差异在于：我把一种巨大的空间及它的运动看作了一种生的形式，而狄兰·托麦斯看到的却是死。

我丈夫总是能轻易地理解季节的更替变化对我带来的惊恐不安。他同样知道史蒂文斯，知道狄兰·托麦斯。他还知道酮替芬或是阿司咪唑。在一个季节更替时，他会敏锐地发觉在我的床头、案头会多出一些白色的药丸。那些药丸是针对季节的过敏者的。

在这样的日子里，我的手无法把握自己，就像我无法把握一个季节的消失和另一个季节的到来一样。我们家的花瓶、碗、茶杯、汤匙和我一样，得小心翼翼地挨过这一段时光。我总是能听到丈夫喜气洋洋地近乎夸张地安慰我的声音，没关系没关系。碎碎（岁岁）平安、碎碎平安。

四

在晴朗的日子里，我依然盘桓在一个地方。它在城市之中，似乎又在城市之外。我像一只恋巢的鸟，敛翅在一株熟悉的树的枝梢之间。那些树梢对于城市而言是多余的荒草。我在荒草丛中辨识着旧时的路径，它们或是机耕道，或是田埂。它们即将在城市中彻底消失。有时我伫立不动。这时我可以听到咚咚的声隐隐传来，它仿佛来自我的脚下，又仿佛来自远古。

仿佛是为了在都市里打捞失落的情感，我在某年某日，写下一首小诗《飞过城市》：

好像睡熟了似的
她耷拉着眼睛
像孩子般向后仰着头
摊开的双手上
是她的剪影
两只大耳环
奇特地一摇又一闪

不用看仪表盘
也知道
速度一定快得发疯
看道路两侧的路灯
骤然闪过

像我在惊恐中耸起的耳朵
被一起抛在了
浩大的、黏糊的
浑然难辨的身后了

夜色为一切
带上了一层
闪闪烁烁的面纱
上下左右、东西南北
秘密消失的
应该还有路

没有路
所有的楼宇
都被挤在一起
一拉一跃，是谁飞过了
城市——
我颤抖的身体
熊熊燃烧起来
滚烫超过了汽车的引擎

也许，这就是我生在长在——在一座叫上海的城市里，仍可刷存在感的方式吧？

◇ 作者简介 ◇

徐芳，女，1962年生于上海，1980年应届考入华东师大中文系，1984年毕业留校执教，夏雨诗社主编和指导老师，1996年聘为副教授。1999年调入《解放日报》“朝花”副刊，担任主任编辑，现为高级编辑。曾获首届上海市优秀文学作品诗歌奖，《萌芽》文学作品奖，南方文学作品奖，《小说界》首届全国微型小说奖，首届“诗探索·中国年度诗人”奖、全国第五届冰心散文奖、中国新闻奖、上海新闻奖多次。1982年加入上海市作家协会，2000年加入中国作协；上海作协理事，上海诗歌专业委员会副主任。出版诗、散文、理论集等，计十余本。

苏珊·桑塔格读记

汤拥华

一

大凡杰出的人物，总是以其独特的声音引起广泛的共鸣，他/她有能力聚拢一个群体，但他/她本人却是独立的。桑塔格当然是卓尔不群的人，惊人的才华与同样惊人的美貌，不甘寂寞而又桀骜不驯的个性，戏剧化甚至有些浮华的做派与从不为浮华之事出卖自己的真诚，都有一种超现实的光彩，数十年来从未黯淡。这样的人物总会让人喜欢。在网上看到一则对桑塔格的评论小辑，其中有我所敬重的一位文学评论家的赞语：

桑塔格是完全从个人经验、个人价值判断出发来发出自己独立声音的，她的这种个人立场不代表任何集团的利益。我想桑塔格完全不会认可什么所谓“美国公众的良心”的称谓，

这一定不是她表达的出发点，她仅仅是一个独立的个体。

在上海译文出版社这套文集的封底，印着一句振聋发聩的评语："在一个充斥着假象的世界里，在真理被扭曲的时代中，致力于维护自由思想的尊严。"这话说得很"大"，却不显得"过"，苏珊•桑塔格是当得起这样的评价的。不过，正因为这个世界"充斥着假象"，仅仅说桑塔格是"一个独立的个体"就显得不够，因为追求个人立场并非另类行为，恰相反，所有人都在不同程度地标榜自己思想的个人性、独立性。可以这样说，"个体性是否真正实现"仍然是一个有意义的问题，但"坚持个人立场"却逐渐成为空洞的能指。有人不无嘲讽地预测，将诸如"思想家""批评家""评论家""小说家""大学教授""知识分子""思想明星""新知识分子"之类的标签依次张贴于桑塔格之脸，必定会成为我们这里诸多无聊之人热衷的把戏，但这对桑塔格而言纯属扯淡，因为她自己说："一个人无论被称作什么都不会喜欢。"对桑塔格的这种看法有意思，却必须叩其两端：一方面它有些"过"；另一方面也还"不及"。说"过"是因为桑塔格恐怕不大会反感自己被称为小说家，说"不及"是因为她也许同样不喜欢到处被称为"个人"或者"这个人"。毕竟，那也是一个巨大的标签，同样会遮住桑塔格极富个性的脸。在很多时候，我们最好是避开由立场谈成就的思路，而反过来由成就谈立场。桑塔格最大的成就还是在文学上，包括文学创作和文学批评，作为批评家的她尤其璀璨夺目。有关桑塔格的文学批评，我们还是先来听听他人的意见。在一篇文章的结尾，论者说：

她更不同凡响之处则在于，她创造了一种独特的“隐喻式”的写作。这种“隐喻式写作”在事物之间建立了一种复杂的、多样化的，而非直接的和单一的联系，照亮了事物存在的复杂和隐晦的一面，有效地避免了理论写作的简单化和神秘化（最典型的病态的“知识”表达方式！）倾向。苏珊·桑塔格的文论使理论写作成了一门艺术，也成为当时西方文学和艺术界的一大奇观，对后世产生了极其深远的影响。而对于世界存在方式的不同的理解和表达，对于世界的更为丰富的想象，将在一定程度上改变我们的（也许早已过于单调、刻板和病态的）生活方式。这，正是苏珊·桑塔格的写作对于我们这个时代的意义所在。

这些话是精彩的，但也有费解之处。首先，最后的结论显然不大稳妥，桑塔格文学评论所表达的“对于世界存在方式的不同理解”与“更为丰富的想象”能够改变我们的生活方式吗？文学的本义就是提供“更为丰富的想象”，表达对生活的不同理解，如果桑塔格的写作因此“在某种程度上改变我们的生活方式”，那么她绝不是唯一的。而且，文学化的批评，或者更准确地说，文学化的理论写作，绝非从桑塔格开始的。桑塔格的确做得非常出色，但直接跳到“对于我们这个时代”意义重大，甚至“影响深远”，是“一大奇观”，这个逻辑还是太快了些。当然，论者的重点还在那个“不同凡响之处”，也就是“隐喻式写作”：“这种‘隐喻式写作’在事物之间建立了一种复杂的、多样化的，而非直接的和单一的联系，照亮了事物存在的复杂和隐晦的一面，有效地避免了理论写作的简单化和神秘化倾向。”“隐喻式写作”如何能够有效地避免理论写作的“神秘化倾向”，这一点让人难以理解，我们暂且存而不论，说它避免“简单化”应该是没有多大问题的。但是说真的，我们一定要这样来理解桑塔格吗？清晰性，甚至包括直接性，是文学批评难以抵挡的诱惑，也是值得去追求的目标。桑塔格的确为我们展示出了世界的复杂性，但她所凭借的并不是隐喻，而是她对隐喻密码的洞察力，以及一针见血、驱遣自如的语言才能。如果只是通过隐喻避免了直接性和简单性，那么桑塔格就还只是一个把理论文章写得很感性、很“文学气”的人（我承认，这一点确实吸引了很多读者）。但是隐喻并非文学性的本质，至少我相信，我们现在可以不这样来看待文学性了（如果这一范畴仍有意义的话）。并非需要借助隐喻，桑塔格的理论写作才能成为艺术，恰恰相反，桑塔格最基本的工作就是发掘、解读和拆解隐喻。这不仅体现于《疾病的隐喻》这类“文化批评”的著作，更体现在桑塔格的文学批评之中。桑塔格的文学批评从来不以编织隐喻为重心，她既不想通过隐喻来告诉我们什么，也坚决反对把文学还原为隐喻，还原为感性表象对某个隐秘本质的指称。她要建立一门“艺术色情学”，以代替“艺术阐释学”，她是一个“反对阐释”的“唯美主义者”。在很大程度上，“苏珊•桑塔格的写作对于我们这个时代的意义”，就在于它记录下了一个唯美主义者的历史足迹，就在于它如此真切地，而非隐喻地，向我们解释了：做一个唯美主义者为什么是可能的。在我看来，这一问题的重要性，远远超过老生常谈地重复“个人立场”。或者说，正是由于桑塔格以毕生的精力和卓越的才情投入对此问题的探询，才使她成为独立的个体。正是在这个意义上，我十分欣赏桑塔格对自己的一种概括：好战的唯美主义者。好战的唯美主义者并不是唯美主义者中的“另类”，做唯美主义者本身就意味着战斗，而且往往是孤军奋战——这当然是成就个体的最好方式之一。

二

怎样做一个唯美主义者？这个问题首先意味着为唯美主义找到一个可靠的辩护。苏珊•桑塔格著名的文章《反对阐释》《论风格》等，就是要提供这种辩护。这些文章现在已经被看作是后现代主义文艺观的经典文本，对此，桑塔格本人颇不以为然，因为她对后现代主义极为反感，她实在想不通唯美主义与后现代主义之间有什么必然联系。我个人非常同情她的感受，我也认为并不存在这样的必然联系，但同时，我也不认为它们是必然无联系的。唯美主义并不是某家某派的学说，它是一个非常悠久、非常深厚的传统，这个传统的核心就是强调艺术的自律性，它的主要论争对手，就是“模仿说”和“表现说”这两种强调“他律”的文学观。我们当然知道，后两者并不就是摒弃艺术自律性观念的，正如前者并不就是鼓吹空洞的形式游戏一样，只不过它们确实是不同的理论范式。这几种范式都竭力将已有的各种重要的理论话语纳入自身。桑塔格是唯美主义的理论家，这并不意味着她一定要创造出某种唯美主义理论，事实上，桑塔格并不擅长理论原创，但她能够非常自如地调动各种理论资源，为唯美主义服务。这些理论资源包括康德对审美判断力的言说、尼采对表象与本质的二元结构的颠覆、审美的快乐主义、俄国形式主义、抽象主义、象征主义、结构主义与后结构主义、符号学、存在主义、本雅明式的马克思主义、现象学、美学等，当然，还少不了王尔德、佩特等人“正宗”的唯美主义言论。桑塔格自己都奇怪，在《反对阐释》中她只不过是把“从尼采、佩特、王尔德、奥特迦（《艺术的非人化》时期的奥特迦）以及詹姆斯·乔伊斯作品中所接受过来的那种唯美派观点引申到一些新的材料上而已”，怎么竟会被人们认为是带来了一种全新的理论主张呢？确实，桑塔格并没有创造唯美主义，而只是重申了唯美主义。但由于20世纪60年代特殊的文化语境，这种重申很自然地就带上了革命色彩：古老的唯美主义传统与一种颠覆性的“新感受力”结成了同盟。这就带来了一种时间性的两难处境：

如果强调20世纪60年代，唯美主义的传统性就有可能被遮蔽；而如果过多地强调传统，又难以解释“反对阐释”所获得的历史价值。在《三十年后……》这篇回忆性文章中，桑塔格不得不同时强调“新”与“旧”两方面的东西。这种两难状况注定要延伸到所谓“后现代”问题。不管桑塔格本人对后现代主义如何反感，她也难以阻止唯美主义与后现代主义的合流。这种合流，仅从唯美主义的角度来看，与其说是因为前者可以提供新的理论资源（唯美主义已有的理论资源已经相当丰富了），不如说是唯美主义需要借重后现代主义的历史意味。后现代主义并不是探索永恒真理的学说，它最核心的气质，就是强烈地要求摆脱“现代主义”（以“现代性”概念为核心的），以此来赢得当下性和未来性。后现代主义的权威来自人们对历史意识不知餍足的寻求，唯美主义的深厚传统也不可避免地屈从于这种历史意识。当然，这种屈从是要付出代价的，三十年后，桑塔格不无怅惘地看到，当年她写的那些文章中所表达的对趣味的种种评判已经流行开来，但据以做出这些评判的价值却并没有流行开来。

据我揣测，如果桑塔格了解中国学界对她美学观点的评价的话，她的怅惘恐怕要更加深一些。目前，国内对桑塔格做专业研究的论文并不多，而这些论文几乎都没有认同她的唯美主义，其中一篇的评论最为严厉：

可以说，桑氏理论体现着一种新的思维认识能力。但是，

> 我们也要看到桑氏批评理论属于后现代主义批评体系，无论从思想渊源上，还是从其赖以存在的文学实践方面看，都是与马克思主义的唯物主义历史观截然相反的，带有很浓厚的主观性和片面性，浸渍着虚无主义思想，且其理论本身有时也难以自圆其说，漏洞百出。桑塔格忽略了这样一个艺术常识：无论是反映还是表现，它们都不过是文学的媒介，其价值的生存归根结底在于文本所表达出的意义。

这种评论恐怕是要让桑塔格啼笑皆非的。既然有了后面那一大段立足于“艺术常识”和“唯物主义历史观”的批判，前面所谓“一种新的思维能力”不提也罢。说桑塔格是一个后现代主义者是错误的，说唯美主义是一种后现代主义是荒谬的。如果一定要把这两者联系起来，那我们只能说后现代主义可以汇入唯美主义（它也不是非如此不可的）。另外，一种相对温和的批评是：桑塔格所追求的“纯”形式的东西，多少有标新立异之虞，而艺术若一味偏离道德意义的所指，便将陷入虚无和画地为牢的境地，以致无法在科学主义和消费主义盛行的当下达到审美救赎之目标。之所以说这种批评相对温和，是因为它表达的毕竟是担忧，而不是真理在握的斥责（当然，我对此并不是十分肯定）。只不过，这样的担忧同样会让桑塔格郁闷不已，因为桑塔格多年的努力，就是要让人明白一种真正的唯美主义并不会产生价值虚无，而是极大地拓展了生存的意义空间。但是中国美学界对唯美主义显然缺乏“同情的理解”。仅就艺术创造而言，唯美主义的一些信条在艺术家那里已经成为老生常谈，而对于中国美学家来说，唯美主义仍然是偏执的、过分的以及标新立异的。

同样是对桑塔格的“反对阐释”持保留态度，弗雷德里克·詹姆逊的批评显然要更到位一些。在《元评论》这篇获奖论文中，他相当成功地从桑塔格已经堵住的阐释之门中凿出一个通道来。他承认，反对阐释并不一定导致反对唯美主义，或者导致作品的神秘；在历史上，它本身也是一种新方法的根源，如俄国形式主义。但也正因为如此，反对阐释就有可能并非真的是要停止一切阐释，而是要为新的阐释方法开道，正如俄国形式主义所做的那样。在某种程度上，詹姆逊听从了桑塔格的呼吁，将注意力从内容处收回，但这不是要收回到形式，而是要收回到评论者自身的历史处境。在他看来，“关于解释的任何真正有意义的讨论的出发点，绝不是解释的性质，而是最初对解释的需要”，“每一个评论必须同时也是一种评论之评论”。这就是所谓“元评论”。元评论并无神秘之处，它实际上是将哲学从独断论到认识论的逻辑发展迁移到了艺术批评领域。元评论避开了桑塔格所怀疑和反感的内容，而寻找到新的客体，即阐释的先验性前提。詹姆逊认为：“与其说批评过程是对内容的一种解释，不如说它是对内容的一种揭示，一种展现，一种对受到潜意识压抑力歪曲的原始信息、原始经验的恢复。”这种见解相当靠近审美经验的现象学（如杜夫海纳在他的著作中所阐述的），而后者也是桑塔格非常重要的理论资源。这里，我们不必说詹姆逊维护了阐释的合法性——实际上，阐释的合法性从来没有真正丧失，被抛弃的只是那种从文学到思想的隐喻式的阐释路线。詹姆逊批评了“反对阐释”这种提法，因为它太过笼统，遮蔽了真正的理论问题，但他并没有正面地批评唯美主义。唯美主义和元评论所针对的，都是阐释使艺术被置换为“其他东西”的问题，它们的目标是共同的。詹姆逊所维护的，其实是马克思主义批评的合法性，他成功地打破了唯美主义对文艺批评的垄断地位，而这是建立在对唯美主义充分尊重的前提之上的。反过来，唯美主义者桑塔格在很大程度上也是一个文化批评家，她对科幻片、艾滋病等文化、社会现象的研究，使她完全可以被詹姆逊引为同道。这一点毋庸多言。

三

就《反对阐释》这一文集而言，最能够体现苏珊·桑塔格对唯美主义之贡献的文章，其实并非《反对阐释》，也不是《论风格》，甚至也不是《一种文化与新感受力》，而是《关于“坎普”的札记》。前三篇文章都想直接进入理论探讨，而这种探讨是相当困难的。并非唯美主义在理论上不能成立（虽然它总是会遇到大量棘手的问题），而是它无法独占批评领域。不管它如何想一劳永逸地建立形式话语的领导权，最终也不得不与同样强大的标举内容的话语达成妥协。《一种文化与新感受力》毫无保留地诉求于历史意识，桑塔格宣布："感觉，情感，感受力的抽象形式与风格，全都具有价值。当代意识所诉诸的正是这些东西。当代艺术的基本单元不是思想，而是对感觉的分析和对感觉的拓展（或者，即便是'思想'，也是关于感受力形式的思想）。"这种新感受力"反映了一种新的、更开放的看待我们这个世界以及世界中的万物的方式"。但正如我们前面所提到的，对历史意识的诉求虽然能引起广泛的共鸣，但它也不得不承受一种"历史的迷惘"，即多年以后，"对趣味的种种评判或许已经流行开来，但据以做出这些评判的价值却并没有流行开来"。真正有不可替代的价值的是《关于"坎普"的札记》。《关于"坎普"的札记》所要探讨的是某种唯美主义的感受力。桑塔格承认，感受力是最难以谈论的东西之一，因为它极容易被僵化为思想，而像坎普这种流行于小圈子内的、几乎还是一种秘密的感受力就更是如此。因此《关于"坎普"的札记》是明知"不可说"而强为之说。在这篇札记中，桑塔格将她对艺术的感受力和对语言的感受力都发挥到极致，她就像是在调试一座极其精微的天平，不断将指针拉回平衡点，但又不让它在此平衡点停住。比如，她讲到坎普的"严肃"：

纯粹的坎普范例非蓄意而为；它们绝对严肃。

在质朴或纯粹的坎普中，基本的因素是严肃，一种失败的严肃。当然，并非所有失败的严肃都可以作为坎普而获得救赎。只有那些适当地混合了夸张、奇异、狂热以及天真的因素的严肃，才能算作坎普。

坎普是一种严肃规划自身的艺术，但它不能被全然严肃地对待，因为它“太过了”。

它是一种对失败的严肃性以及体验的戏剧化的感受力。坎普既拒绝传统严肃性的那种和谐，又拒绝全然与情感极端状态认同的那种危险做法。

坎普的关键之处在于废黜严肃。坎普是玩笑性的，是反严肃的。更确切地说，坎普与严肃建立起了一种新的、更为复杂的关系。人们可以以严肃的方式对待轻浮之事，也可以以轻浮的方式对待严肃之事。

坎普并不认为严肃是低劣的趣味。它并不嘲弄那些成功地表达出严肃的激情的人。它所要做的是在某些充满强烈情感色彩的失败中发现成功。

“严肃”这个概念对于理解坎普至关重要。坎普，作为“唯美主义的某种形式”，首先是一种游戏，但它是严肃的游戏，或者反过来说，它以游戏的态度对待严肃的东西。但这又并不等于说它玩世不恭，因为玩世不恭太注重与传统道德对抗，而坎普的游戏性在于它发现自己是审美的和超脱的。坎普是严肃的，因为它执着于美本身，但这种执着不能被全然严肃地对待，否则就“太过了”。太过严肃的严肃往往来源于一种非审美的态度，而审美所建立的应该是一种游戏性的严肃性。坎普并不拒绝严肃，而只是拒绝非审美的严肃。坎普致力于使非审美的东西审美化，这种审美化即反讽，反讽使非审美的严肃自我否定以至于失败，但这种失败并不等于不严肃。坎普既不认同道德性的严肃，也不认同“先锋派艺术所制造的道德激情与审美激情之间的对立”，它无须使自身与道德对立，因为审美不是道德的反面，而是道德的“去道德化”。桑塔格以这样一种精细入微、富有张力的分析，表达了唯美主义对艺术与道德的关系问题的看法：唯美主义并不反道德，而是反对将道德绝对的“道德化”，唯美主义是要通过演示艺术中严肃的游戏性和游戏的严肃性，来揭示现实道德的游戏性。唯美主义并非只是为形式而形式，它只是无法离开形式谈内容，而这种形式与内容的联系，不是工具性的，而是反讽性的。也就是说，形式不是表现内容，而是使内容脱去其非审美的严肃性，而进入审美的严肃性之中。这正是桑塔格所谓“反对阐释”的本意。但这个本意是难以用逻辑严密的理论语言表达的，因为过分理论化的表达很明显是过于严肃的，而这种严肃又并非审美化的严肃。唯美主义回避一切非审美的严肃，除非用一种暗示性的、闪烁其词的甚至是狡黠的言说方式，否则它宁愿不做任何言说。唯美主义是一种对思想的非审美性高度警觉的态度，它只信任被审美化的东西，也就是去掉了种种现实负累，而作为一种游戏来展开其严肃性的东西。唯美主义如果具有某种倾向，那首先是因为喜欢或热爱，而不是因为真理和道德的召唤。唯美主义不回答非审美的问题，因为它只愿意以审美的方式理解世界。桑塔格对唯美主义的这一秘密了然于胸，而她又有足够的能力向公众完整而鲜活地展示这个秘密，而无须用一个其实并不存在的、枯燥干瘪的谜底代替它。

这一点尤其充分地体现在她对“哪些是坎普之物”这个问题的解答中。坎普并非只是看待事物的特定方式，它还是见之于物体和人的行为中的品性，而这“并非全部取决于观看者的眼睛”。桑塔格乐于举例说明什么是坎普。比如，“让·科克托的个性及其许多作品是坎普，但安德烈·纪德的则不是；理夏德·施特劳斯的歌剧是坎普，瓦格纳的则不是；纽约流行音乐集中区和英国利物浦的杂拌儿音乐是坎普，爵士乐则不是”，她还列出了一个属于“坎普经典之作”的清单，其中包括灯具、歌剧、电影、女装以及明信片等，它们都同样令人难以捉摸。桑塔格这种做法不免让人郁闷，她显得如此专横而独断，但也正是这种专横和独断产生出独特的魔力——事实如此明白：唯美主义首先是趣味，是高超的感受力，而不是可以为所有人分享的思想。不要企图用一种明朗的阐释将坎普之为坎普解说清楚，那完全是一个悖论。如果桑塔格所提供的有关坎普的言说并不能使人们明白何为坎普，那她情愿说得更少一些。我们必须从坎普之物学习坎普，正如我们必须从艺术品领会艺术一样。永远不要试图以思想代替感受力，更不要说这思想很可能是僵化的教条。这是唯美主义者苏珊·桑塔格对我们的训诫。

四

一个唯美主义者遇到一个道德主义者会怎样？就像苏珊•桑塔格遇到西蒙娜•薇依。

薇依是一个称得上伟大的天主教徒，她的情感执着而热烈，虔信得近乎偏执，沉重的、极其深刻的思想和短暂的、饱受病痛折磨的一生，凝聚成一个不朽的殉道者形象。这样一个“圣人”几乎完全没有给唯美主义留下空间。但是桑塔格要人们坦白承认：为什么我们会阅读和钦佩诸如西蒙娜•薇依这样的作家？这并非是因为我们可以分享他们的思想，而是因为“他们堪称典范的严肃性”。这种典范的严肃性并不吸引我们去模仿，而是让我们带着一种混杂着反感、遗憾、敬畏的心情远远地打量，这种打量显然是美学的。薇依对我们的意义，正是一种美学的意义。这种美学的意义不是要取消道德和虔信的严肃性，而恰恰是要强化它。薇依当然不是坎普，但她必须接受将自身审美化，否则她就只能被推入偏执狂的阴郁群体之中。我们衡量真理，是根据作家在受难中付出的代价来衡量的，薇依正是以受难者的形象为我们指示出真理。在这里，桑塔格的态度是极为严肃的，她严肃地将真理的殉道者解读为一个审美形象，我们就是这样审美地理解真理，这中间并没有任何的轻浮与不敬。薇依所追求的真理，是超越于一切所谓客观真理的神秘，这个神秘无法言说，唯一能够为它做证的就是薇依本人。这个人的存在表明，“对真理的某些歪曲(但不是全部歪曲)，某些疯狂(但不是全部疯狂)，某些病态（但不是全部的病态），对生活的某些弃绝（但不是全部的弃绝），是能提供真理、带来正常、塑造健康和促进生活的”。一个唯美主义者无须回避道德主义者，因为它有足够的能力将后者审美化。这种审美化不是涂抹上一层鲜亮的油漆，而是发掘和描述一个再简单不过的事实：我们根据苦难想象真理，而苦难需要被审美化，它也一直在被审美化着。

我们可能会忍不住想，桑塔格究竟如何看待苦难——被审美化，或者被戏剧化的苦难能否仍是苦难呢？但我们还是放下这个问题吧，在以或夸张或神秘甚或仅仅只是严肃的声调读出“苦难”这个词的同时，我们已经将它审美化了，而那从未被如此说出的自在之物，只是一团抽象的幽暗。倘若苦难必须被审美化，那么作家自然而然就是“我们所期待的那种最能表达他的苦难的人”。“作家是受难者的典范，是因为他既发现了最深处的苦难，又有使他的苦难升华（就实际意义上而非弗洛伊德意义上的升华而言）的职业性途径。作为一个人，他受难；作为一个作家，他把苦难转化成了艺术。”桑塔格在研究“作为受难者之典范的艺术家”时，明白无误地将艺术本身理解为受难，而非艺术是对受难过程的描述。使受难审美化，既不是使苦难减轻，也不是使它增强，而是揭示受难本身的审美性、表演性和形式性；反过来，当艺术家使艺术成为受难过程时，他无须矫揉造作地表现痛苦，因为创作本身就是痛苦。在这里，对受难的现代偏好与唯美主义的享乐精神浑然统一。

但是，此处的逻辑分明是反讽性的：桑塔格从观念上将苦难审美化，实际上是拆穿了苦难的魔法，一旦如此，苦难便不再是有魔力的了。这一逻辑最强烈地体现于对加缪的评价上。桑塔格指出，在现代作家中，加缪异乎寻常地重视道德，在他的作品中“既找不到最高质量的艺术，也找不到最高质量的思想”，能够解释他的作品的非同寻常的吸引力的，是一种道德之美。加缪有着一种“理智、适度、自如、和蔼而不失冷静的气质”，但是伟大并不由此而生。这并不是说唯美主义偏好怪诞与阴郁之物，而是说唯美主义在合乎中庸的优秀与矫枉过正的伟大之间，总是倾向于膜拜后者。桑塔格语气凝重地说：“艺术中的道德美是极其容易消失的，除非作家拥有一种非同寻常的艺术原创性库存，否则，在他死后，他的作品就有可能突然间被掏剥一空了。”这话对于加缪这样深受爱戴的作家来说，未免太过残酷，然而却是真理。

“‘第二次世界大战’后在法国崛起的所有学术名家之中”，最为苏珊·桑塔格景仰的是罗兰·巴特。

《写作本身：论罗兰·巴特》这篇文章，作为桑塔格主编的《罗兰·巴特读本》的导言，几乎聚集了她全部力量，因而值得一读再读。桑塔格完全以一个唯美主义者的标准解说罗兰·巴特，反过来，她也以罗兰·巴特来解说真正的唯美主义者。但这并不意味着她要回避——对战后法国显得异常重要的道德问题，恰相反，桑塔格特别深入地探讨了巴特的伦理观。与萨特呼吁“目的的道德性”相反，巴特提出“形式的道德性”，在他看来，文学始于语言，归于语言，语言就是一切。写作是激进主义的，但是只有当它脱离了任何特定内容而回归写作本身时，它才是真正激进的。“唯美主义的激进思想是一种有特权的……激进思想——然而仍然是一种真正的激进思想。”写作并非夺取自由的工具，而是自由的样板，因为写作是“过度的、游戏的、复杂的、微妙的和感官的”，它绝不隶属于权势，它是个人争取并扩张其自由的最自由的手段。罗兰·巴特对于现实政治斗争是疑虑重重的，他唯一完全信赖的是文学的批判性。这种批判性不是源于文学对政治的直接介入，而是文学的自我展开，是“一种永久性的语言革命”。这很容易被看作是唯美主义者逃避现实斗争的遁词，但真正的唯美主义者不会感觉到有难以承受的道德压力，因为他如此真切地体验到了写作的激进性和创造性。作家本人是应该投入现实政治斗争的，这是他作为一个“人”必须履行的道德使命；而就写作而言，它的道德问题在于写作应该投入文学的政治，即语言的斗争。如果作家愿意，他当然可以拿起枪杆战斗，但我们必须明白，他并非只是到此时才开始真正的战斗。

于是谜底揭开，竟是这般平淡无奇：那种美学意义上的审美化，那种有关人为什么会喜欢圆润和比例之物的探讨，与真正的唯美主义无关，唯美主义者是“好战的”道德主义者。但它是这样两种道德主义：一种是将道德审美化，这是作为反讽主义者的唯美主义者；另一种则是以不可预测的写作承担同样不可预测的德行。当德行在写作的冒险中成就自身时，恰如怯懦的人在战场上学习勇敢，却又像桑塔格以自身的癌症剖析疾病的隐喻。它将一切真实还原为意义，将一切意义还原为语词，其目的却是如先知穆罕默德所言：在死前学习死。

五

《重点所在》这部文集得名于集中的一篇同题文章。这篇文章是桑塔格用叙事学方法解读小说的批评文章之一。但是桑塔格的叙事学完全不是过分技术化以至于“解而不读”的那种，相反，它处处表现出直接言说形式之意味的勇气。比如，她说：“一个专注于观察和沉思的第一人称的叙述者往往倾向于讲述他的流离失所，仿佛这是一个孤独的人消磨时光的主要方式。”这样的句子是很让人着迷的。对叙述的鉴赏力的确不是人人都有的智慧，它是要凭借叙述所留下的稍纵即逝的轨迹为精神赋形：

> 因采用省略或精练的评论而变得短小的小说似乎要比因散文随笔式的发挥而膨胀的小说看起来快一点儿。其实不然。即使句子像发射子弹那样迅速，注意力还是可能分散。每个

精妙语言上的时刻（或者说，深刻的见解）都是停滞的时刻，一种可能的结局。警句式的结论削弱前进的势头，而更为松散的句子会使这势头越来越盛。

这种用战斗的隐喻武装起来的唯美主义，会把我们引向何方？叙述甚至仅仅是文体上的精致趣味与华丽冒险，不过是另一种权力的游戏？即便是桑塔格的忠实拥趸，对此也并无把握。但是歌德的话毕竟成立：形式对大多数人都是秘密。而对那些真正有鉴赏力的人来说，他们无须理睬人人能见的内容，因为在形式的论域已经挤满了精彩之物。止乎形式并不产生虚无，因为形式本身是有意味、有深度、有高下之分的，只有那些面对形式束手无策的人才相信形式的空洞性。这篇文章写于 2001 年，年近古稀的桑塔格，文学上的自负一如四十年前，对那种必得将文学形象替换为其他东西才能开始谈论的做法，依然嗤之以鼻。她仍以罗兰•巴特为典范，奉行“一种对于明显意义的解脱性回避，一种高尚品味的非常姿态”。正是这种高尚品味使她与种种流行之物以及粗鄙化的“后现代主义”（当然这对“后现代主义”来说未必公正）保持着距离。她的结论以一种巴洛克式风格，传达出唯美主义者特有的骄傲：“迄今所能找到的新东西，除了语言之外别无他物。用滚烫的选词、神经质的标点、变幻莫测的句子节奏烧灼人际关系中的创痛。发明更多敏感的、充血肿胀的方式，去了解、同情以及敬而远之。这是个形容词的问题。

这就是重点所在。”

是的，做一个唯美主义者，不是立场问题，而是能力问题。或者这样说，并没有什么唯美主义，有的只是唯美主义者，因为能够制造差别的不是对本质、真理、道德种种首尾一贯的拒绝，而是一些难以驯服的人，她们坚硬的才华像硌在他人脚底的石子，造就了一种古怪的、轻盈的步态，并引发观者不可思议的同情心。我们能为此偶然的步态与同情构建一套美学和伦理学吗？能，但是我们不应如此，我们讨论的只是事件而非品质，是生活方式中一声轻微的爆炸，而非这生活方式的凝结与标签化。我们今天仍然能够相信桑塔格吗？不能，因为从未真正相信过。我们从未将自己放逐于观念的不毛之地，我们苍白的身体始终有身份的遮挡，而那些标新立异的哲学假说，也总是在黄昏时安全地滑入陈腐。甚至这种保守或者怯懦也会感动我们，因为它是足够审美化的。并没有人轻率地向前迈出一步，但是，甚至我们的鞋子也是合乎道德的。

2004 年 12 月初刊于《文景》，收入文集中有改动

◇　作者简介　◇

汤拥华，1976 年生，湖南安乡人。上海大学硕士，华东

师范大学博士，上海师范大学博士后。曾任教于浙江工商大学人文与传播学院中文系，现为华东师范大学中文系教授，主要从事美学与文学理论研究，兼及文学批评。讲授《文学概论》《文学批评理论与实践》《西方理论与中国文学研究》等本科及研究生课程。已出版专著三部，发表论文及学术随笔80余篇。

我们能否还与意义共处

刘晓丽

现代人似乎有一种倾向，总想把自己周遭的林林总总分出个“有意义的”与“无意义的”来。大到世界、人生，小到一种行为、一首诗、一句话。但“意义的有无”实难区分，有人说儒家的积极进取的人生有意义，有人说道家无为的人生有意义；每天朝九晚五地上班、下班，一些人看来意义重大，一些人看来毫无意义；母亲看自己孩子写的诗感动得泪流满面，其他人看到这首诗不知所云；“冥王星不是行星”这句话，天文学家听到被雷了，我们普通人听了就如听到天气预报说“明天下雨概率30%”——风过耳；领导在台上讲话，有人听了说振聋发聩，有人说是那只是声波的流动。一些人认为有意义的，在另一些人那里没有意义。而且在一些人眼里没有意义的，他们却未必否定在其他人那里没有意义。认为积极进取的人生有意义的人，一般不会否认道家的人生意义，而且当自己没有条件积极进取时，多半会认同道家的人生意义。只有在极特殊的一种人那里，才会认为只有一种人生是有意义的，其他皆为浑浑噩噩的无聊人生。欣享箪食、陋巷的颜回，并不否认鼎食富贵的人生意义。衣食无忧的有闲阶层，能够理解为衣食而忙碌的人，每天朝九晚五奔波的意义，有时还会羡慕那种生活的兴致勃勃呢。人们很能理解孩子写的诗对母亲的意义，不管那首诗是什么水准，也不管是否有当母亲的经验。只要我们有一点点天文学知识，就会理解对于我们只是报纸上的新闻标题——“冥王星退出九大行星”，带给天文学家的却是一场地震。我们也能大致知道某人说领导讲话振聋发聩的意义是什么。

这么说，一切皆能有意义？世界、人生、一种行为、一首诗、一句话皆有意义。至少我们能够诠释出个意义来。在“意义的有无”这里其实没有争点？多元文化中的我们还会用轻松的语调说“意义都是相对的”，于是一劳永逸地把意义问题引向了终点。轻松是轻松了，但是只是暂时的，一转身我们面对人生、世界，面对作品、行为等还会生出许多困惑。如果什么样的人生都有意义，苏格拉底的人生和饕餮之徒的人生同样有意义，各有各的活法，活着和死去也没有区别，那么“人生”就是没有意义的了。如果什么样的诗都有意义，《伊利亚特》与《鼠蛙大战》没有差别，“诗”就没有意义了。如果意义是相对的，“意义”这个词就没有意义了。

看来，现代人对“意义的有无”的区分，更像是把意义分成了你的意义，我的意义和她/他的意义。对我有意义的，对你未必有意义。当我的意义与你的意义、她/他的意义不相通时——不能相互理解，还“开明”地说“意义是相对”，这时就把“意义”这个词弄得没意义了。

意义的确需要“你”“我”“她 / 他”来感知、理解、领会，意义需要有心灵的主体来领承，也正因此意义和感知、理解、领会相通。从字面上看，意从“心”，需要心灵来领会。佛家称“意”为六根之一，与眼、耳、鼻、舌、身同列，只是感知的位置不同，“意”更属于根基，“五根如箭，意如弩”。没有意，五根无所感。西文 sense，即可译成意义，又可译成感觉。在常理的层面上，没有心灵的感知，没有理解，没有领会，就没有意义。“因为懂得，所以慈悲。”万事万物发生着，因为有了人的感知、理解、领会，万事万物才有意义地发生着。但我们又如何感知、理解、领会呢？我们必须在意义中才能感知、理解、领悟，人面桃花、西风瘦马只能呈现在人的眼中。如果有一种意义阐释学，也是在意义中阐释。没有意义，我们无法领会，单纯的感觉不能带来理解、领悟。这里没有逻辑上的循环：先有一个理解，然后理解出一个意义；先有一个意义，然后是对意义的理解。意义，就是以意义的方式的理解，就是理解意义。“因为懂得，所以慈悲。”就是以慈悲的方式懂得，并没有通常意义上的因果关系。这里虽然有两个词——意义和理解，却没有两样东西，以及把两样东西以某种顺序连接起来的模型。意义和理解之间有一种不可分割的概念联系，就如笑一定要呈现在一张脸上一样，我们无法想象“一张没有猫脸的笑”（卡罗尔《爱丽丝漫游仙境》里一句有趣的话）。

同样我们也无法理解没有感知、理解的意义。在不理解之处，没有意义，即便有时你貌似对其还有个意见，或赞成或反对，或轻松地说意义都是相对的，都没有意义。“冥王星是否退出九大行星”，永远不会用公众投票的方式来决定，因为此处的公众意见毫无意义。

当然我们现代人还有另外的理解事物的方式，比较典型的有：从因果机制来把握世界的科学理解，还有看后果是否有利的功利主义的理解。这两种理解方式把意义的概念抻得很长。科学主义者认为，意义就是用科学的方式理解、掌控世界。功利主义者认为，有利有用的即是有意义的。这两种理解方式是相通的，他们就是现代社会的两面，可掌控的世界，可以变成有用的世界，即有意义的世界。意义一词的词义也逐渐向这方面抻长，第五版的《现代汉语词典》把意义解释为“价值、作用”。当现代人把意义分成你的意义、我的意义、她/他的意义时，很多情况下是在说对我有用有利，对你有用有利，对她/他有用有利。利益可以被瓜分。帝国主义曾经瓜分在华利益，但帝国主义不能瓜分中国的意义。

古代人不为意义问题烦忧，因为可感、可知、可理解的意义世界就是他们的生活背景，古代人把世界理解为一个统一的、充满意义的整体，自然界和人世不是外在的物质关系，天上的星星、地上的万物和人间生活的道理是相通的。可以通过人间的道理理解天上的道理，也可以通过天上的道理解释人世的事情。柏拉图以宇宙的有序创生来说明人类社会不能放任自流。意义问题伴随着“启蒙时代”

而来，启蒙时代最大的观念转变是，人们开始用新的眼光看待世界，人不再归属于神，人找到了自己的位置，世界以“我”为中心展开，而且这个对象化的世界是可以用科学来理解、掌控、改变、为“我”所用，人类开始生活在一个“众神无处居住的世界里”（海德格尔语）。当科学带着我们渐行渐远时，我们有了新的困惑，我们可以掌控分子的运动，却仍然无法理解分子为什么要运动？我们无法用心灵来感知、理解这个世界，科学的世界里没有为喜怒哀乐美丑善恶留下席位，科学放逐了意义。于是，我们现代人转身开始向生活世界寻求意义。意义本来是我们人类生活的背景抑或前提，现在变成了我们要探寻意义。这个转变带来了诸多意义问题，我们开始问如此这般的人生的意义是什么？如此这般行动是否有意义？领导讲话的意义是什么？当我们如此这般探索意义时，恰如希腊神话中，依喀西昂想抓住海拉，但扑着的只是海拉放出的一团云。我们探寻的只是意义的影像。意义作为我们人类生活的背景，是一个整体，需要整体理解、领悟。我们现代人对意义进行如此这般的探索，只是拾起已经残破的意义碎片，意义再也无法修复。当我们问是炒股票有意义，还是炒房地产有意义？意义早已飘散而去。

不过聪明的现代人，还有一种寻求意义的方式。为补偿意义的损失，艺术作品的观念应运而生。艺术作品是一个完满的、整体的世界，我们在这里可以感知意义。艺术作品作为对古代意义世界的悼念，的确可以安抚我们现代人的焦灼的心灵。但也要警惕的，一旦我们把艺术作品当作审美对象、消遣娱乐之物，意义就真的成了“没有猫脸的笑了”。

◇ 作者简介 ◇

刘晓丽，博士，华东师范大学中文系教授，博士生导师，教育部“新世纪优秀人才”，上海市“浦江人才”，国际合作研究组织“东亚殖民主义与文学”学会中国代表。研究领域为伪满洲国文学、东亚殖民主义与文学生产、文学理论、美学、当代艺术。著作有《异态时空中的精神世界——伪满洲国文学研究》《伪满洲国文学与文学杂志》《周末读点美学》等。主编“伪满洲国时期文学资料整理与研究丛书”34卷。

后现代的金箍棒和混沌兽

——拆解 TFBOYS《恋西游》

刘 旭

引子　关于《梦幻西游 2》和方文山

此曲是动画片《梦幻西游 2》的主题曲，制作精良。《梦幻西游》本是一个非常成功的网络游戏，据说有八千万玩家，也非常烧钱，一般玩家花几万元人民币很正常，区服排行榜第一的玩家没五十万元人民币是撑不住的——玩网游可怕的不是第一，而是保持第一。如此成功之后，由游戏到电影的好莱坞式商业化运作就产生了动画片《梦幻西游》及《梦幻西游 2》。主题曲演唱者就是进入吉尼斯世界纪录的 TFBOYS。而词作者，就是鼎鼎大名的方文山。

方文山，周杰伦的御用词人，这是一个后现代词作者。周杰伦为百事可乐制作的巨作《龙拳》就是方文山代表词作之一。“以敦煌为圆心的东北东 / 这民族的海岸线像一张弓 / 那长城像五千年来待射的梦”明明是现代白话句式，却有相当完美的古典意蕴与豪迈之气，与“填平裂缝 / 调整了时空”的政治意味，背后是强大的中西对抗的意识形态。可能大部分人会觉得这样说很可笑，不要忘记，极“左”是政治，极右是政治，民主和自由也是政治，没有哪个政治是真正自由的，都意味着国家权力之下的控制，从生活到意识。这么说不是批判方文山，而是说意识形态的力量远比想象得更可怕。大众文化在此面前尤其缺乏抵抗力，当然包括通俗歌曲。

后现代文本的反阐释性

以《大话西游》为标志的对《西游记》的后现代式重构已经建立了一个无厘头式的反阐释系统，它也是消费主义时代的产物。反阐释应该和现代主义宣称的“主体已死”“上帝已死”有关，此论调已有后现代思想的苗头，过渡时期人类的超级精英对人类存在的绝望。后现代时期找到了新的存在方式，高度反阐释，力图解构历史和人类文明留下的一切。指向世俗的反阐释则是拒绝干涉，我的存在我做主。通俗来说，即我做事不要理由，不需要你说。像上海人的一句话——“关侬啥事”。上海是中国最自我的城市，上海人是全国最自我的中国人。不好听的批判就是，上海人最自私。所以自私的日本人最讨厌上海人。因为日本人“自我”不过上海人。这个和自私有很多相似性的“自我”就与后现代个体有很大关系。后现代文本也是高度自我的，它的反阐释是因为它摆出了一个姿态：我存在"关侬啥事"。所以一些后现代作品拒人千里之外，你不知道他要做什么，或者真的把大便、小菜之类的东西当艺术品展示给你看。他背后就是反阐释的，我做给你看，我不许你评价，或许你说什么我都当成空气。总之，后现代文本总有让人不舒服的地方，这种不舒服是有意而为。后现代反阐释的另一个表现就是，什么都给你，像周星驰的电影，古典、现代、高雅、恶俗全扔给你，自己看。还表现在什么都想摧毁，又什么都想建立，反道德，反主题，反人道，反英雄，反存在，从方文山作词的《忍者》和周星驰的《功夫》《西游降魔》中都能看到这些东西，摧毁之后，它又想建立，道德、价值、主题、英雄，都有了新的表达，上两个例子中也都有。建立的，往往是后现代个体的，而且边建边继续摧毁，形成后现代游戏，如同郭沫若的《天狗》，星星、月亮、太阳、天地、宇宙全吃掉，最后把自己也吃掉。当然郭沫若是现代主义范畴，新我会产生，后现代更决绝，新我产生不了，即使暂时产生也伴随不断的自我摧毁。之所以说到反阐释，是因为TFBOYS这首歌的歌词也有反阐释的特色。不要质疑我的孙悟空，我的就是我的，你说什么我都可以说，你说的孙悟空不是我说的孙悟空，你说的"我"不是我说的"我"，你说的那个词不是我的那个词，你说的那个意思不是我的那个意思。你可以进行阐释的反阐释，可以进行反阐释的阐释，也可以进行反阐释的反阐释……《恋西游》中的"西游"本来是唐僧师徒的光明大业，但几经转折之后却化身为走不出村口的“我”的西游。“我”什么都是，“我”又什么都不是。最坚决的不断革命啊！可惜，这种大众式的革命是完全小我的，缺少宏大的整体的关怀。相应的大众化后现代批评也同构。主体在消费时代扭曲的后果是，我的阐释只是我的，它只是我个人的感觉，你可以同意，也可以反对，重要的是，你说什么，与我何干！这是误解和偏见无限合法的时代。

古典意境与后现代游戏化

方文山的最有特色的风格是古典与现代的结合，形成和周杰伦的音乐一样的后现代风格。这首歌也不例外。叙述人在后工业社会与古典文本之间来回穿梭，其话语规则是古典与现代、书面语与口语、高雅与通俗的杂糅，形成一个后现代文本。这种后现代文风，直接把对传奇及章回小说的重新命名与后现代日常生活糅合，充满毫不掩饰地打乱历史的自信，背后是来自四面八方的消费化快感。

第一句就很典型。“月色映拱桥，寒夜钟声敲”，很有宋词的韵味，后一句“青春往事，随北风绕啊绕”突然口语化，比元曲的通俗化更甚，和现代民间戏曲类似，“青春”之现代词语的加入与词意很不合拍，属于后现代反阐释或自我摧毁的做法，但奇怪的是其古典意境并未被破坏，仍然处于一个稳定的诗化平面，这当然主要取决于词作者的文学才能。

第三句“古老的街道，路的尽头有座庙”仍然是元曲之神韵，把人们的日常生活与宗教之神圣性相联结，第四句“谁许愿太过潦草”却变成后现代式的不严肃个体，本来后现代就是游戏时代，这个不严肃感应该指游戏态度，有人游戏都不认真，连乞求神仙都不下点儿功夫，或许是对后现代游戏规则的认可。在游戏中不遵守游戏规则或许永远是人类社会的大忌。何况这个歌词本就指向一个成功的网络游戏，其规则的遵守更是不可动摇，且有几千万玩家在此规则下花钱如流水，分分秒秒的休闲时间都给了这游戏。真的造成了一个后现代社会的荒谬化存在：在游戏中很充实，在现实中很空虚。游戏成了人生的主角。现实，只是一个 ID 的寄主。

太极、道家与后现代的混沌兽

“那梦中的朋友，叫作混沌兽。”“混沌”是从易之太极到道家再到道教的关键词之一，指中国古代哲学家设想的宇宙最原初的状态，称为“太极”或“道”，类似西方物理学家设想的大爆炸前的奇点，万物都孕育其中。中国道家传说中，混沌之破源于盘古开天辟地，自此天地初开，人类纪元开始。但此歌曲的混沌兽，并非来自太极，道家传说也无此兽。它其实是《梦幻西游》游戏中的一个相当强大的宠物，帮助 155 级的玩家渡劫飞升，类似玄幻小说中得道成仙，之后战力会大增，角色的形象也会变化。它也并非太极之复杂宏大之态，纯粹一个网络游戏的符号，一串二进制代码。与混沌兽成为朋友，又意味着由《易经》走向世俗化的道教，人们需要的是此生的永恒，而非来世的期待。对于游戏本身来说，制作者和角色设置者明显有道家文化的根基，将之与宏大的哲学命题，如人类的产生与生命的存在相结合，融会于消费和休闲合一的娱乐系统。对于少年儿童，大众文化产业中传统文化的潜移默化的影响，或许正是如此完成的，即在消费中完成对传统文化的表层化阐释，在娱乐中实现被动接受。

下面一句很有意思："名字丑，却很温柔。"明是在说混沌兽，却又有指向大众之意，变成一个平凡个体的宣言：我不美丽，可是我很善良。一种自我认同的期待。再者，很奇怪的是，其实"混沌兽"这个名字一点儿也不丑，有着宇宙般的宏大，为什么说"名字丑"？后现代的反阐释？这里不知是不是有方文山对 20 世纪 80 年代台湾地区"最丑歌手"赵传的致敬，他的成名曲即为《我很丑可是我很温柔》（1988），很有现代存在主义意味的歌曲，一个现代自我的绝望呼喊，与金钱笼罩的一切黑暗力量结合，变成无数自我定位于丑的自卑者的心声：丑与温柔的并举，也成为确立自我的方式之一。但现实是残酷的，赵传之后的《我是一只小小鸟》又摧毁了这种建立的可能，实际意味着在从现代向后现代过渡的港台地区，自我价值追寻的破碎化，即主体在金钱逻辑前的破碎。在《恋西游》中，现代包含的沉重被消费时代的网络游戏轻易地化解掉，变成不知愁滋味的人间的无知化快乐。混沌兽从道家的复杂走向后现代个体的卑微的自我追寻，意味着消费时代的个体没有了宏大想象的动力，再深奥的“混沌”也流于个体的无力的证明。

金箍棒的历史与现实

“檀香袅绕，说书人响板敲”，美丽的历史在现代香火中的再现，说书人意味着历史的传播者，“谁又在谁的，章回小说里逍遥”，历史与现实在此合一，谁的历史，谁的章回小说？问题背后是后现代个体的存在意识，谁存在及为谁存在，存在的意义是什么？答案之一就在下面，“我们的故事，被吟唱成了传说/精彩的情节，好多”，其原因正是“我跟历史过招”，由此在穿越历史之中获得了某种满足。它是后现代个体的穿越，包括章回小说是历史文本之一，也是被穿越的对象。此处的章回小说的主角是多重的，且是跨时空的，它可以是唐玄奘的，可以是孙悟空的，可以是吴承恩的，可以是20世纪80年代的《西游记》电视剧的，可以是《梦幻西游》的，可以是方文山的，可以是今天的TFBOYS的，最后也可以是众多粉丝和全部大众的。一个包容广大的不朽承诺。在从历史中走出的说书人那儿，什么都可以变成一个传奇。这一个后现代个体的自信，与三个男孩在市场的成功运作下的梦想成真。对于T粉们，则是在观看偶像的传奇中获得另一种后现代个体的成功感和满足感、幸福感。后现代消费主义的生产方式由此可见一斑。被制造的幸福感，就这样变成机器时代的辉煌的虚拟满足。

“恋西游，我回到小时候 / 金箍棒，何时才到手”直接由历史指向自我，将传奇与自己的历史勾连，后现代日常生活被传奇化，传说中孙悟空的金箍棒成为一个孩子的梦想，是对孙悟空的神通的期待，这个符号意味着一个后现代个体的主体性，通过神话的力量完成对自我存在价值的确认，造就了一种后现代式的梦幻。“想乘筋斗云去走走”，作为前句的补充，将之与孙悟空大闹天宫及西天取经故事伟大化，提升个体的存在价值。“却最远只到过，榕树下的村口”，代表着神圣时间向日常时间的回归。毕竟，传说只是传说，后现代是一个全面被消费的时代，传奇和神圣也是被消费的目标之一，所以后现代的少年们非常清楚传奇的虚幻性，于是有了下一句“离西域，还有多久”，现实生活才是随时打破想象的牢不可破的本质。

最后几句可见其后现代自我神圣化的最终落点。“仙人魔，都走走”，暗示佛之六道轮回，仙界、人间、修罗、畜生、饿鬼、地狱中的每一道都是天地间的存在，都可以像无所不能的孙悟空那样以不可阻挡之势上天入地，体验六界的万千苦乐。但这种体验又不可能是孙悟空那种超越六界的神之壮举，而是清醒的白日梦。所以会有全歌最后一句“听听传说 / 三界的故事 / 有我”，完全不同于《西游记》的佛法无边的立场，与中国道家的无为立场也不同，而是一个名利与逍遥并存的后现代个体乌托邦。而这个只是后现代式的浅层的次自我肯定，一个后现代式的“破名”。后现代个体在时间中穿梭，穿越的表面上看是纯粹的自我，背后却没有任何自由，人类的产生，其存在于现代主义时代就已经走向虚无，后现代之后变成技术化的存在，一个被牢牢控制的软体式的存在。在此，时间都可能已经不再存在，个体的价值在哪儿？道家的湮灭式的存在？或者，对于日常生活的后现代个体，就是应付这个机器矩阵带给人类的虚假生存，且去奋斗。TFBOYS 的后现代式的成功本身，就提供了一个典型的鸡汤式的励志样本。他们会像当年的列侬、杰克逊和麦当娜一样激励着中国青年为了自由和价值进行混沌的奋斗吗？

音乐、作曲与配器

不好意思，本文到此为止其实一直在分析方文山，并非 TFBOYS。本人一直认为，一部艺术作品打动大众的首先是形式，看美女的受欢迎程度就知道，几多网红和明星之“名”不是因为相貌？长相普通的“美女”，则需要时间来检验，普通的“美”者被以“内秀”命名，就已经意味着外表的不“美”或有问题。

对流行音乐的感觉，像对文学的感觉一样，本人坚持形式之美是艺术的第一准则，哪怕是故意审丑的艺术品，其也有与众不同之处，其“丑”也有美感。流行歌曲作为经典的大众文化形式，更要求有优美的旋律，和文学之“言而无文，行之不远”一样，旋律就是歌曲的文采，加上配器，能让音乐之美更上一层。这首歌也是如此，先打动人的是作曲和配器。

中国竹笛的悠长清越如道家御风而行的仙子，中国古筝的激扬铿锵如儒家征战沙场的志士，此歌的配器很好地实现了中国传统文化的儒道两翼的配合，或许正是打动人的亮点所在。它像一个看上几眼就会被打动的气质美女，淡定而优雅，且有着来自洪荒的古典韵味，又有着现代大都市的奢华和自信。

再者，有史诗感的曲作不太可能是快节奏的，历史的漫长时间汇成文明的长河，个体生命只是短暂的一瞬，却可以在瞬间的历史流动中体验永存，所以，与史诗相应的应该是有超脱感和超时间感的慢板。此曲的一开始即由中国长笛和古筝营造出缓慢、稳健且无悔的韵律，配以王俊凯粗具沧桑感的声音，形成悠长到永恒的史诗感。配以古典韵味的悲凉歌词，一听之下即让人沉入绵延的史诗。漫长的时间浮起个体的悲与欢。

三个孩子的演唱当然也不能说完美，对技巧的把握不够稳，感情投入尚不够，声音有些机械感，还有好像没有高音，需要的时候是被电声处理过的，唱功还有很大提升的空间。当然，TFBOYS 三人都已经长大了，往日尖锐的童声现在有了满满的沧桑感，进步很大。此时他们毕竟才 16 岁，且看以后。

最后……

此曲成功的最大因素应该是演唱者 TFBOYS，可以说，如果这首歌由周杰伦来演唱，其影响力会弱很多，大家会认为不过是周杰伦的又一首后现代曲作，而且对于中小学生来说，周杰伦是大叔级的歌星了。正因为此青春组合的超高人气，此歌才得以广泛传播，短时间得到了数量惊人的粉丝的喜爱，少年的心理经常是极端化的，喜欢一个人就会喜欢他的一切，如同鹿晗的上海邮筒，是一种狂热的偶像崇拜，爱屋及乌造成的可怕的广告效应。

《恋西游》歌词第二段结尾几句很有后现代个体的意味，“话要说清楚”“爱了要付出”“我话不多，比较慢熟”“人低调，向往自由”，应该是指向三个小歌星本身的，像是对粉丝的表白，以明星的“示弱”来获得更多粉丝的共鸣。最后一句“低调”同时也是给粉丝的劝诫：平凡人生。其实，作为身家亿计的 TFBOYS，他们已经有了最高调的人生，自由是面对蜂拥而来的崇拜者嘴角的微笑，而对于几千万粉丝，自由仍然是一大生存命题和极具召唤力的魔咒，验证着当前的伪宏大存在的合法性。

和 20 世纪 90 年代的小虎队一样，TFBOYS 是一个光明且励志的组合，他们和背后的团队都很成功，他们的明星运作方式就已经决定了，他们必须是孩子们的正面榜样。对于孩子们，应该是件好事。

既然我们改变不了世界，就给孩子们一个积极的人生。

再有，由于道家的存在，我们也希望在这越来越功利化的时代，孩子们能有一方无功无名后退之地。

一如村头那永恒的大树。

◇ 作者简介 ◇

刘旭，1975年生，文学博士，华东师范大学中文系教授、博导。主要从事乡土文学研究、底层文学研究、赵树理研究和莫言研究等。现为中国赵树理研究会副会长。在国际A&HCI检索期刊、一级权威刊物《文学评论》等刊发表论文数十篇。出版专著《底层叙述：现代性话语的裂隙》《底层叙事：从代言到自我表述》《赵树理文学的叙事学分析》等。

第五辑　周游

E 州杂感

王晓明

鄂西有深山，山中有 E 州，飞机还没落地，我已经从窄小的窗口，看到了不寻常的景象：这个跑道短小的机场，竟是卧在城区的一座高坡上，从机场的出口往下看，全是密密麻麻的高低楼宇、车水马龙！好在 E 州地处偏僻，一天没几个航班，E 州首府的居民头上，基本还是蓝天白云，少有金属怪物的轰鸣和盘旋。

E 州的自然景观更是不寻常。八百里清江，一路碧绿，两岸的高山低坡上，或是密布高树，一片驳杂的绿色，或是壁立石岩，斜着一层层叠上崖顶。江边的石壁上，不断凸出一群一群的钟乳石，令人禁不住猜想：这骄阳之下的宽阔江水，千万年前曾是一道洞中的暗河？

这揣想并非毫无根据：今日的清江，就有三段是涌入地下，在洞中绵延十数或数十公里之后，再冲上地面的。不仅如此，E 州的大小山岭中，遍布难以计数的洞穴，其中一个叫“腾龙洞”的，纵深六十公里，号称亚洲第一，已经整理出来，铺设了照明的四公里中，多有高宽得超出一般想象之处，当地人说：“开飞机都可以！”另一个原称“水岩洞”的，其中蜿蜒一条数公里长的深河，时值酷暑，洞内水面上却是寒风阵阵，我紧裹着救生衣坐在铁皮船上，两边是黑黢黢若隐若现的岩岸，铁皮船近乎无声地驶入前面的昏暗：在这样的时刻，无论怎样奇特的想象，都是很自然的吧？

明江暗河，巨洞高天，如长剑般细瘦孤耸、怕是猿猴也难攀爬的山顶上，屡有屋舍的遗址，百丈绝壁中凿出的宽不到半米的石梯，牛羊自如地上下：世居如此雄奇的山水众生之中，E 州的人民，品性自非一般。

一座跨在山涧上的亭阁里，红裤黑背心的小伙子对着游客高歌“hageza”①，一连串赞美山河男女的排比句之后，是舒缓而骄傲的宣告：“地是开阔的地，天是自由的天，荒山野岭把身安，日子过得赛神仙！”紧接着旋律陡然升高：“皇帝老儿管得宽，管得老子想发癫哪，今儿个骑马耍一回，死了也心甘！……”对于旅游景区的风俗歌舞，我向来都躲得远远的，但这一次，听着这样的歌声在深山斜阳里回荡，还是禁不住有点激动。游客们散去了，我问坐在廊下擦汗的歌手：“这是什么时候的歌？”他的回答有点犹豫：“这个不晓得，是我们土家族的民歌，老歌……”

---

① 土家话，意思是“棒极了”。

几天以后，一位当地朋友告诉我：这其实是20世纪80年代创作的新歌，词作者是E州一位德高望重的土家文化人。听我盛赞“皇帝老儿”那几句歌词，他诡异地一笑：“是啊，就因为这几句，这歌一直只能在非官方的场子里唱，不能进大剧场……”果然是，连长途汽车上播放的土家歌曲集锦中，都没有这首歌！可是，与“六口茶”“龙船调”等相比，无论词曲，“hageza”都是毫不逊色的：单为这一点，我要向“hageza”的词曲作者，和高唱此歌的歌手们致敬，唯有自由不羁的心灵，才能唱出与壮美山河般配的声音。

在一座复建的土司城寨的内室墙上，挂着一块土家族的英雄榜，几十个名字，多是战死沙场的抗日将领。

E州人的骁勇善战，自不只是表现在抗日战争中。早在明代，这地方就有人被官府调去沿海抗倭。此后南粤拒英、朝鲜抗美，都屡有E州的死士可歌可泣。据说，有一支20世纪50年代由万余E州土匪——地方武装？——收编而成的志愿军，就在朝鲜战场上全部捐躯，仅剩一位副军长生还。至于啸聚岭上的匪患，大族乡民间的械斗，如何从另一面凸显当地人民的斗狠之性，就毋庸赘言了。

不过，E州乡民的不一般，并不只在悍勇。这一路上，多次搭乘县乡两级的公共或私人小巴士，有好几次，我惊讶地看到，破旧的汽车鸣着刺耳的喇叭声疾驶过去，前面路边——有一次是近于路中央了——侧身高卧的土狗，却依旧摊手摊脚，并不挪窝，有的连头都不抬一下。显然，它们知道巴士会从边上绕过去，它们的记忆基因里，没有因此罹祸的部分。还有一次，在翻越Q山的途中，汽车突然刹车，我跳起来看，原来一条灰色的蛇，正施施然游过路面！当地的朋友说："土家人是有规矩的，开车不能压东西的，压了要遭报应的……"大约是听多了我这城里人的"环保"的聒噪，他还加上一句："我们不是因为现在讲环保才这样，我们从来就是这样的！"

是啊，今天的人之所以大声疾呼平等和环保，不就是因为现实中恃强凌弱、太不平等了，除了可以直接兑换为金钱的物质利益，别的都不再看重了吗？但在E州，似乎还有许多人并无这样的焦虑和自惭，他们依然是勇悍之人，也就无须对蛇犬无情，他们还没有被新时代训练成狭隘的功利之徒，也就能安心地继续敬重山川草木，不觉得天下大乱，赶紧抢一口是一口了。

紧贴着鄂渝边界的Y寨里，坐在老屋门口的老伯伯老婆婆，见到我这样的外人走过，都会起身招呼："来坐一哈！……"一面就从昏暗的屋里搬出小竹椅，全不管你是否真有意停步。而只要你一坐下，老婆婆就会折进屋里，拎出一个壶嘴破缺的瓷茶罐："喝点儿茶，新泡的……"在这三面悬崖的高山上，冬季很长，梯田逼仄，身边几乎没有青壮年，都去遥远的海边城市打工了，所有的生计，连同抚养学龄前的第三代娃仔，都得这些老农自己对付，生活的艰辛，远非一般城里人所能想象。但是，他们那满是皱纹、牙齿零落的笑脸上，依旧洋溢着一种毫不紧张的眼神，一种实实在在的善意：

E州山民的品性，是不能只从“仓廪足，知礼仪”的角度解释的。

从Y寨下山、经过一个稍稍平坦的村子时，有男子扬手搭车。上车后，与司机说了几句土家话，那男子很快转过头来，跟我们打招呼。他四十来岁，长裤皮鞋，腋下夹一个褐色人造革小包，司机介绍说：“他就是Y寨保护所的管理员！”一听说我们喜欢Y寨，他立刻活跃起来：“对呀，我们就是一条原则，先保护，后开发！……前年有人要来投资，我们看他的方案不对，破坏环境，就否决了！……这是我的QQ号，我也当过老师的！……文字介绍？正在做，马上就要在寨子里立一些石牌，上面刻出景点介绍……有书有书！为什么不在寨子里卖？没啥子人买啊……水杉王？就在M镇上，我陪你们去看！那是20世纪40年代发现的，全世界都说水杉绝种了，我们这里却发现活的大树！……”

M镇到了，管理员很快领我们到了那棵被一圈木头步道围住、依旧绿意盎然的水杉树前：“看那个牌牌，七百多年了！……当年日本大学者来，抱着树哭啊，说终于见到活水杉了！……这里附近的水杉树，都是用这一棵的种子分种的，都是它的子孙……周总理送礼给尼克松，就只是两粒水杉种子！……你们慢慢看，我走了，我家就在镇上……”

三分钟不到，他又回来了：“你们看树干的最下一段，被步道遮住的，那是要六七个人才能合抱啊，不要看上面的树好像不怎么粗，其实是要六七人合抱的！……”

耀眼的夕阳照着管理员额头的汗珠，我深深感动于他对家乡的热爱。这些年来，社会持续从各个方面败坏乡村、逼迫农民背井离乡；主流的媒体和学校教育，也持续向乡村的有志青年灌输褊狭的“现代化”意识，激励他们更自觉地鄙弃故乡、投奔都市；各种急功近利、愚昧不堪的“发展”项目，更是持续砍伐山林、污染河流、毒化土地、掏空地下资源，似乎不把乡村搞成地狱决不罢休……在这多方合力的打击之下，无数村落日渐凋敝，中国人世代赓续的乡土之爱，也日益普遍地淡漠：村镇街道上到处是垃圾，农舍的墙边和院内，则随处可见破窗、杂草、胡乱铺盖的塑料布、积满尘垢的废器具……生性勤勉的中国农民，竟有这么多丧失了将自己的居所清扫干净的意愿，还有什么，比这更能说明乡村的赤贫和无望？当然，这样的赤贫和无望，绝非只属于乡村，所有以乡村的破败为代价建立起来的功绩，不论多么“辉煌”，都将轰然倒塌，且为时不会很久。

但是，Y 寨的这位管理员先生，却让我看到了事情的另一面。中国的乡野大地，迭遭各种西式或中西结合的“现代化”愚行的荼毒，却似乎根底尚存、生机犹在。即如这 E 州，不但大体保存了合乎自然之道——现在的说法是“可持续发展”——的山川形势，也还能继续滋养人民的多种宽厚、真挚的人伦品性。

在 L 市人声嘈杂的露天汽车站，好不容易开来一辆去 M 镇的中型巴士，等车的人一拥而上，我们虽是早早就等着了，还是猝不及防，很快就被剩在了车门外面。身后一位卷发瘦小、拎一个大帆布包的中年人笑了：“不要讲什么客气啦，下一次车来，你们也往上挤！”

他是木匠，脚边蹲着一位黝黑精壮的小伙子，守着一个旧拉杆箱，是他的徒弟。他们是去附近一个镇上接木工活，每天的工钱是三百多块。“我在苏州打了十多年工，也是做木工，一天赚六七百块钱！”他的口气里略带一点儿骄傲。“那你为什么回来了？”我问。“为了小孩的教育啊，儿子就要读中学了，父母不在身边管着，留守儿童，他读不好书的。钱嘛，现在这样也能过……”似乎是觉得这个解释太高调，他咧嘴笑了，露出一口烟黄的牙：“你算啊，小孩书读好了，将来他可以养我，他读不好书，将来我还要养他！”

也没挤上车、住在C寨山脚下的老伯，六十三岁了，背一个大竹篓，叭叭地抽着自制短杆竹筒烟，他的儿子在南方打工，留下小孩跟老伯一起过，却是八年没有回E州了。“他晕车，回来的路太难走了……”老伯微笑着，仿佛在替儿子解释。

载我们去Y寨的个体小巴士司机，却是卷发木匠的同道。他也在南方打了十多年工，三年前与妻子一起回到M镇。从M镇去Y寨的路很难走，路窄，多弯，大半路面都坏了，坑坑洼洼，这么上下一回，不但人颠得要散架，车身和轮胎也都很伤，但他还是守着这份辛苦活，让妻子待在家里：“她带小孩啊，我在这里载客，收入不多，但家里小孩有人管，全靠老人带，不行的……”在M镇的汽车站向我搭讪生意时，他完全没有一般个体司机的那种精明样，虽也依例报一个虚价，却并不坚持。此后一路上山，边走边聊，我很快就觉得，他正像是E州这地方该有的人：见过外面的世界，也跟着潮流走过，以后说不定还会跟着走，但在关乎人生大旨的事情上，却是自有主见，也能坚持的。当然，能这么坚持，也是因为对什么是人生大旨，他多半有自己的判断。

我对E州人事的这些赞赏，是不是太主观、太一厢情愿了？

从Y寨返程、小巴士吃力地爬上Q山时，兴致勃勃、正向我强调“我们这里空气好，能见度有十五公里”的管理员先生，忽然沉默了。我立刻明白了原因，那被他指作视线清晰度例证的山谷对面的山头上，正坐着L市近几年名声大噪的S项目。这项目的精髓，简单说，就是在一片方圆数十里、包含着次原始林、夏季异常凉爽的山区的中心地带，摊大饼式地圈地造公寓，卖给远近城市里被酷暑折腾苦了的中产人士。这项目的老板，原是当地的官员，从基层机关的会计做起，最后官至财政分局的局长，其在政商两道的人脉之粗大，可想而知。这样公然破坏生态环境的房产项目，何以能如此神速地推进，就更可想而知。短短六年间，已经建成了可容数万人（规划是十万人）的住宅，其中许多已经卖出，这几年，一到夏天，各式挂着州外车牌的轿车，挤满了附近的大小道路。于是，我们从山谷这一边的Q山上，看到了这样的景象：一片墨绿色林海的中心地带，仿佛被巨刀挖割过一般，东一条西一条地横着大块楼宇和建筑工地，在阳光下反射出惨白的光芒。

来E州之前，我就已经知道这个S项目，说来好笑，是其官网的不打自招，引起了我的注意：“个别记者散布毁林造房的不实信息，给景区声誉造成恶劣影响……（大意）”在M镇，当地人告诉我：“他们只管造房子、卖房子，别的都不管！……”很多兴冲冲买了房子来避暑的房主，叫苦不迭：生活设施不配套，今年甚至连洗澡水都不够用！尽管如此，S项目依然肆无忌惮地继续膨胀，通往M镇的国道两旁的屋墙上，密集地刷着它的房产广告，楼盘的名字一个比一个显赫：“依云国际”“皇家一号”……州内外的各式饭桌上，这样的对话也继续蔓延：“你可以去S那里买房子，那里凉快，空气好，就在森林边上，春天满山杜鹃花！……”“这么好的地方？十五万元一套，不贵呀，我去看看！……”

在E州，类似S项目这样的事情，虽不见得都这么嚣张，一定还有不少。但我理解管理员的沉默，那大片的公寓楼不比别处，它们就在Y寨对面的山上，这对他坚持的“先保护、后开发”的原则，实在是太大的讽刺了！从Q山顶往下走了好一阵，他还是耿耿于怀：“那个山上是不能承受十万人住的！光是生活垃圾，你往哪里放？……”

荒谬显而易见。但是，这样的混合着短视、贪婪和无知的“开发”运动，不正是今日中国最浩大的事情吗？浊浪滔天，E州自不可能是例外的净土，唯其地处偏僻，卷入得迟，那些生机尚存的风土人情，与那些急切愚昧的“开发”力量，冲突就格外触目。

在E州境内的大小城市，举目皆是高楼、百货公司、专卖店、汽车废气、嘈杂刺耳的流行歌曲……与我在上海和其他地方见到的城市景观，从物质外形到精神内涵，都大同小异，一起放肆地凸显主事者的志趣的雷同。凡我经过的E州的镇子，乃至国道和省道路边的规模稍大的村子，也都差不多是一副模样：二层或三层的水泥楼房，沿着公路两边一字排开，几乎一样的楼层高低，一样的屋宇样式，一样的薄得令人担心的侧墙，一样的鲜艳花哨、铺满店招和广告的街面，当然，还有一样的建筑材料与垃圾的胡乱堆放，一样的积满灰尘的空关的门窗……

如果这就是所谓的“城镇化”，要在中西部的广大区域里全面铺开，我这样的外行人，就不免有一连串疑问了：“城镇”究竟是什么意思？密集地造一堆水泥房子，就是城镇了？即便用城镇户口和商品房，将乡民聚集到了城镇，即便这聚集本身，就能生出若干商机和饭碗：房屋装修、餐饮菜场、日用品零售……那作为这一切的前提的大多数乡民的生计，那能让他们从中得钱来买房、装修、维持城镇生活的工作岗位，又在哪里呢？总不会是继续种稻养猪吧？镇上也没地方养猪啊！如果还得去沿海和大城市打工，这一排排横列着水泥楼房的城镇，岂不要变得只有春节时才有人气、平日里鬼城一般？如果多数时候，这些城镇其实和乡村差不多，也是只有少儿、老人和残病人口，各种城市应有的公共设施：学校、医院、银行、邮局、电影院、公交线路……又如何能够开办起来？这十年，在上海近郊的崇明岛，我就目睹了银行、医院、电影院、消防队、加油站……是如何依据“市场经济”的逻辑，从萧条的镇区迅速消失的。如果工作难找，又缺乏这些设施，农民为啥要搬去城镇住？

不知道那些有责任回答的人，是不是真想过这些问题。也许他们顾不上，因为正忙着别的事。E 州首府的两座四星级酒店的大堂里，都醒目地挂着“党政机关公务指定旅馆”的牌子，听我说到其中的一座酒店时，出租车司机内行地说：“知道，是这里最好的酒店！”从 L 市的通衢大道，沿一条横街右转，步行几百米，就是一架大牌楼，上书“× × 宾馆”，穿过牌楼，我大吃一惊，巨大的院子里停满轿车，一座正面宽阔得比市政府还像市政府的五层大楼，气势轩昂地横卧院中。不用说，大厅里也是金碧辉煌，也是挂着“党政机关指定……”的牌子，豪华的电动麻将桌，更是直接就摆在客房里。

不过，那些绛色丝绒面的欧式沙发和靠椅上，多半蒙着一层灰，服务员走来走去，视若无睹。知情者悄悄说：“这些都是临时招来的，春节那一段时间，一个客人都没有，老板把所有员工都遣散了……”走出宾馆的时候，同行者乐了：“哈，没想到，‘× 八条’这么有效，一直影响到这里！”有人就摇头，指着灯火通明的大楼反问道：“可现在呢？”

从某个角度来看，E 州就像一个战场，中国式资本主义的野蛮“发展”，固然是步步进逼，那背靠自然和历史的乡土世界，也还在节节抵抗。在上海那样的地方，胜负已定，资本逻辑、都市扩张和官僚体制的三角同盟，充分显示了消灭乡村、重构天地的能力，剩下的只是剔异补漏、收拾边角了。但 E 州的情形似乎不同：一方面，东南沿海的“发展”尚未走到尽头，资本增值的盛宴还在上菜，吃得肚子滚圆的老饕们，能够分出来长途扩张的精力也就有限；另一方面，唯其已经开始长途扩张，版图越画越大，那些在小范围里还说得过去的“发展”规划，势必随着尺寸的成倍放大，越易暴露出明显的悖谬和不可行。你在黄浦江边密植高楼也就算了，那只是细细一条河，最多就是板结了黄浦江流域的土地，虽然很可惜，那是数千年养成的鱼米之乡啊，毕竟地方不大。可现在，要在清江两岸乃至 E 州内外的所有大小“清江”岸边，甚至这些“清江”周围一切可用的山岭上——想想 S 项目吧，都圈地密植高楼、“发展”“城市经济”，那就太荒唐了！而且，这怎么可能呢？

都市化也罢，工业化也罢，再说大一点儿，现代化，它们都有自己的优长，也可说是体现了人类生活的某些方面的改善。但是，一、“都市化”和“今天这样的都市”，不是一回事，后者只是前者的一种——现在看来相当恶劣的——形式，它绝不能代表那些以后应该创造出来的较好的形式，“工业化”和“现代化”等，也是如此；二、如果以为人人都应该住进今天这样的都市，人类的生计——包括农业，都应该用今天这样的工业化方式来做，人的改善生活标准，就是今天这样的现代化了，那就恕我直言，是太不动脑子了。

无论中国，还是世界，全面的工业化、都市化、现代化，都还只是想象，并未成为现实。少数“发达”地区确实做到了这些，但却是以其他更多的地方没有做到为前提的。如果所有的国家都要做到这些，这是否应该，又是否可能，都是极大的问号。看看最近一个世纪无数学者、知识分子和政经人士的讨论，再看看当今世界从社会到自然系统的各种恶化、危机和灭绝，回答显然是否定的。

也就是说，E 州不应该变成另一个初级版的上海，要是真被搞成了那样，无论对 E 州还是上海，都是灾难。

不过，理性上知道不该做，实际上却大张旗鼓地做，这样的怪事，过去就不少，现在更多了。即如 E 州地面上，尽管前景可疑，大大小小的 S 项目还是蜂拥而起，城建工地还是四处蔓延。作为这事情的另一面，是乡间小农的生计日渐艰难。住在 C 寨山脚下、抽竹竿烟的老汉，如此描述他的收支大概：水稻一年两熟，再种一点儿烤烟，刨去各种非己力的成本，一年得不到两千元，远不够老夫妇两人和第三代的吃用，“主要是靠养猪，一年养两头，一头可卖两千块，这就够了”。现在又有了合作医疗保险，一个人一年交六十元，小病自理，生大病的话，可以报销差不多七成的医疗费。但老汉依然很担心：“我以后养不动猪了，那就麻烦喽！”

显然，如果老汉这样的务农生活继续这么拮据下去，那在上海及多数沿海地区已经结束的一边倒的战况，迟早要在 E 州重演。看看 L 市和 M 镇，你甚至可以说，这样的重演已经开始了。

怎么办？人类尽管常常愚蠢得出乎意料，却不是坐以待毙的物种，只要看清楚一样事情是不可接受的，就一定想得出办法去克服它。

就拿E州来说，凭什么那位老汉的务农生活就该如此拮据？为什么他不能靠出售稻米烤烟就过上富足的生活？如果大多数乡人的务农所得都达到社会的中等收入水平，他们有什么必要背井离乡、去城市吃不干净的食物、呼吸滞浊的空气？千千万万乡民挺直了腰杆，E州又何愁挡不住资本主义式的野蛮“开发”？

E州东北边境的深山里，有一座以水井闻名的D村，村中现存的李家大院，中西合璧，气势之宽宏，结构之讲究，规模之巨大，足令每一个初访者惊讶：“山里怎会有这么考究的大宅子？”仔细想想，也没有什么可大惊小怪的，E州内外的广阔大地上，无数今人以为是穷乡僻壤的地方，正有多少高屋巨堂的局部和旧墟，依然形神俱在、可供踏访？它们并非只是砖石梁栋之物，分明代表着各自所属的安坐于山野的生活世界！是啊，即如这李家大院的历代主人，多有离家远游、出洋留学的经历，但只要家乡不被搞得无法安身，他们在出门追逐异域新潮的同时，也总会带着新气息反身回乡，以新培旧，壮大乡村，很少会如今日千千万万的被迫离乡者那样，卡在城乡之间，身心两面都进退无着。当然了，在过去的时代，能如此在城乡之间自主往返的，多半是乡村的地主和读书人。但这同时不也说明，只要有文化、不受惑，能摆脱C寨老汉式的贫困状况，中国农民完全有能力打破今天这样的阶层隔离，重建城乡的平等互通？

不用说，事情的关键之一，是农产品的价格太低。今天这样的极度贬抑农产品的全球价格系统，是现代的一大病态现象。两百年来，发明了许多东西来为它辩护：各种庸俗的线性“进化”、“革命”和“发展”理论、“恩格尔系数”“经济＝不断增长”的糊涂观念，还有美国式大农场——它其实是一种工业——所推动的畸形的农作物供求关系。但是，无论叫得多响，搞昏了多少人的脑子，它们却不能掩盖一个基本事实：正是在这套价格系统的统辖之下，作为人类第一生存必需品的稻麦薯黍的供给，差不多被逼至除了大规模种植、越来越转基因，就别无选择的绝地。真正安全、有营养又好吃的农作物，竟然快要成了富裕和权势阶级的专享品！

今天，越来越多的人明白了，农产品的价格之所以被压得这么低，主要是因为定价权不在民众手中，更不在农民手中。民以食为天，可那些掌握定价权的人，出于各自不同的目的：赚钱、强国、革命、追求世界霸权，甚至就是因为愚昧，硬把这个“天”搞得比袜子还便宜！正是靠着把农业和农产品死死地踩在脚下，那些在今天看来是越来越弊大于利的“现代”工程：大工业、城市化、军火工业、虚拟经济、知识经济……才得以疯狂扩张，将整个地球的生态系统搞得岌岌可危、人类的未来一片昏暗。

因此，大幅度提升农产品的价格，其实只是回归常理，将被颠倒的世界颠倒回来：既然在今天，所有人造物中，人第一需要的仍然是粮食，它就理当位居于商品价格的第一序列。这也是重新理顺人类社会的内部关系：那些默默维持着人与社会的基本生存条件的艰辛的劳动者，理当在社会公认的价值等级表上，也在社会财富的分配体系中，获得高度的尊重，尸位素餐、却高官厚禄，造出许多新花样——想想那些投机性的“金融创新”吧——伤害经济和社会，却理直气壮地掠走惊人的财富：类似这样的荒唐事，绝不应该继续存在。

不用说，这也是重新认识土地和其他自然物的意义，弄明白人与自然的真实关系，如农地，它不应该仅仅因为变成了“非农地”才得到珍爱，农地本身就是尊贵的，是因为有了它，我们才能继续做人，不用进森林与野猪争食，世上还有什么比这更珍贵呢？同样，空气、水、植物和动物，它们都比人类来得早，无论人类如何灭绝它们，多数也会比人类活得长，它们无求于我们，我们却一天也离不开它们，自人类诞生以来，一直是我们单方面地受惠于它们，但同时，我们却变本加厉，如儿孙忤逆慈母那样，一天比一天更贪婪地伤害它们。置身E州的绿天绿地，想起年轻时为之激动的莎士比亚的名言，“人是万物的灵长”，虽知道那有特定的含义，却还是觉得是一种愚昧。在今天，这样的愚昧正构成我们生活的基本成分之一：绝不能再这么下去了。

事情越说越大，要想都颠倒回来，可能吗？单是提升农产品价格这一项，难度就极大。我从E州回来，伸着脖子对人讲述这个想法，那人立马回我一句：“农产品大涨，城市里的穷人怎么活？”对，如此根本和全局的变革，困难是一定的。但我还是要说，最难的不是怎么做，而是看清楚应该怎么做，只要能看清楚，大家努力，其实是没有做不到的事的。远的不说，光是近代以来，中国的奋斗者就做成了多少看上去绝难做成的大事！从孙中山到陶行知，他们之所以屡屡反过来提倡“知难行易”，根本的道理，也就在这里吧。

E 州当然不只是 E 州，它同时是中国，是世界，或者说，是启发人理解中国和世界的一个清明的角度。唯其如此，我就特别感激 E 州，感激所有让我有这一次 E 州之行的朋友。这真是一块神奇的土地，能让人看到大局，明白事理。

2013 年 11 月上海

◇　作者简介　◇

王晓明，1955 年生于上海。1978 年初春进华东师大中文系读本科；1979 年秋天转读本系的硕士课程，师从许杰和钱谷融教授。1982 年初夏毕业，留校任教，主要从事 20 世纪中国文学研究。2001 年初冬去上海大学尝试文化研究，同时继续在母校任教；2009 年秋天转为客座教授，四年以后，2013 年初夏，才结束在华东师大中文系的教学工作：从读书到教书，在丽娃河畔走了 35 年。目前是上海大学文化研究系和中文系的教授，主要从事都市文化分析和中国现代思想研究。

花溪随笔

胡晓明

小引

丁酉年夏，余再返花溪，于孔学堂驻园研修。十里河滩，处处山岚静秀，溪河碧清，日日宛如画中游矣。稼轩语云，“我见青山多妩媚，料青山见我应如是”，如何不负青山，亦不负我心，研读典籍之暇，游心岚翠之余，唯以随笔文字，聊记种种如次。

一

余晨起练太极，静思默想之间，于草叶树叶，偶有会心。细看周遭种种未名草木，其叶形，或圆或长，或纤或扁，有妍有丑，形状万千，然皆向上、向外、向阳、向天，无一或异。可悟大千世界，种种存在，各美其美，竞态极妍，然皆向外求发展、求资源、求阳光与空气，更求表达、显能、扬己，故争取资源，表现自我，无疑为生命之第一本能。然大自然之中，亦似有一无形之手，将万千形态之草木，各各安排，或低或高，或单或簇，旁见斜曳，妥帖停当，无乱象、败象、争斗相，或圆或纤，或妍或丑，皆能从容而自得，以遂其生机，古人所云“万象森然，冲漠无朕”，朱子所谓“物物各具此理，物物各异其用，然莫非一理之流行也”，细思此事，终不可解也。

二

余于孔学堂，又与中国近代史名家、美国斯坦福大学谢教授，结邻而居。去岁今夏两遇，更得大著相赠，实为幸事。初见谢教授，即有似曾相识之感，颇怪之。晤言方知，余与谢教授，有世交。彼大兄谢某，乃与吾父，于20世纪40年代，为中央大学政治系之同学、同乡。然时局风云激荡，南京末期，一度因政治议题而激争，甚而交恶。吾父投奔延安，成一革命青年；彼乃西山派元老谢持之孙，思想右倾。然谢老终未渡台海而去，辗转留沪，任财政局职员。约二十年前，老父往华师大，一日，忽叹云：“噫！国共今早已和解，吾同乡与同学曩昔之恩怨，亦可一笑而泯乎？”遂念及谢老，提议往高邮路华山路之交之谢家老宅，一探视之。余与老父，踉跄穿行于锅碗瓢盆烟熏墨黑之走道，登亭子间探望，二老相见大喜，互叙往事。彼反右时划为右派，故终身未娶；谢家原有之小洋楼，亦渐入革命军人、公安干事、先进群众等七十二家房客矣。于四川乡音与茉莉花茶香悠悠之间，岁月无情，世事沧桑，余亦无言……此亦初见谢教授，何以似曾相识之故也。然则人事之因缘际会，冥冥中亦有定数耶？

三

孔学堂位于十里河滩之中部，南北两翼，青山如螺、绿树如鬟、溪河如带、无数漫滩、沼泽、水田、花圃与湿地，如美人春衫舒展之长袖。余不可一日不见青山、亦不可一日不见此滩。常于昏旦之间，流连盘桓，于河滩看清波回旋，白鸟翩飞；听深柳莺啼，荷塘蛙语；河中沙洲、小岛、跌水、浮桥、不系之舟、亲水之亭，亦一一如数家珍矣。然此一大湿地，并非如是、自然原生之景观，而乃人力返自然之杰作也。由此乃悟：老子之道法自然，非原始之自然，而实为以人类之自我忏悔、自我反省、自我醒觉，重经人类之力，而归返之“自然”耳。已与原生、野蛮之自然，非同一自然矣。人类由傲慢而谦卑、罪过而自新，即所谓“道法”，即现代性返本更化之路也。

四

偶观扎克伯格于哈佛大学毕业典礼之演讲。一如吾国王阳明先贤所言："人生须立志，立志当高远，只念念要存天理，即是立志。"扎氏之志与天理，即世界公民之理想、共享社群之建造、连接一切之努力、人人皆有存在意义之世界。矫健、俊逸、清新，生命之风姿直上直下，扑面而来，沛然莫之能御。诗可以兴，此即是可兴；诗可以观，此即是可观，诗可以群，此即是大群。余因之而有感焉：真诗乃发挥一己之智慧，体现人类之灵魂，表达时代之精神也。

五

上午与诸生讲"沦肌浃髓"。现代人之语文教育，与现代人之阅读，零碎而浅表，如写字于瓷砖，画符于沙滩，雨过如洗，潮去无痕，全无受用。古典中国之阅读传统，讲求内在涵化，体用而引归身受，如朱子所谓"且将此一段反复思量、涣然冰释、怡然理顺、使自会沦肌浃髓"。因而今日欲求读书生活之真谛，"沦肌浃髓"似不可不讲。要义有三：一曰超感官；二曰超逻辑；三曰尚气，直凑单微，打开活路，文学之人物、情思、意象，矫健、俊逸、清新，以生命之风姿，人格之光彩，觌体相见，莫逆于心。如古人所云"沦肌浃髓，而能养民于和，固亦有不春而温，不寒而栗者"。

然而，过于主观，则不免走火入魔，故有"偶开天眼"的阅读法以救之。

六

今日读钱宾四国史发微，论及人物之隐而不彰。如王船山于清初姓名若晦若失，其书亦隐沦不传，然数百年后于当时之思想，大放光彩、有大贡献云云。读国史当于此等处注意。口占一绝云：“粗识书中造化权，魂消风信百花前。探春诸友如相问，聚散虚空去复还。”

七

花溪之生活，夙兴夜寐，身心通透，节奏较沪上缓甚。如鱼戏于渊，鸟翔林间，可隐亦可显；如花开花落，莺啼虫鸣，无喜亦无嗔。散漫而有秩序，恍为葛天氏之民：日出而作，日入而息，帝力于我何有哉。静观湿地生物之繁多，万类相生之自由，忽有思焉。庄子所谓“相呴以湿，相濡以沫，不如相忘于江湖”，自近代以来，国人渐脱于血统、政统、道统，即宾四先生之所谓“三统”，而相忘于江湖。江湖即无群体、无边界、无限定、无现成、无束缚、无笼罩之状态，然现代人亦因此而寂寞、而空虚，无挂搭，无归属，上不着天，下不着地。因而思返相濡以沫之涸辙耳。然此皆不知“江湖”之真义也。盖庄生玄理，其义甚圆。“江湖”之旨，须与“濠上”之乐对读。“子非鱼，安知我之不知鱼之乐也”，先须每一个体之生命，真有所“安”、真有所“乐”，方有江湖之“忘”矣。而濠上世界，恰如当今之网络世界，万人如海一身藏，分众而共享，可出又可入，相忘又相响，相分又相濡，此一大新江湖，正创造无数“鱼之乐而不自知也”。唐人诗云：“惠施徒自学多方，谩说观鱼理未长。不得庄生濠上旨，江湖何以见相忘。”（陆希声）噫！诗岂小道也哉？

八

昨夜深，妻忽大惊恐，不能寐。问其故，云某网文称，网上可见之信息，仅为百分之四；余百分之九十六之信息，为暗网；暗网乃不可见、不可搜索、不可访问；其信息量远比明网多出数千倍。更充斥各种黑社会、变态性、军火、毒品等非法交易，仅国际交易秘道，即五百余条，无数之亚裔女子，皆沦为性奴而失联云云。妻惊惧，曰：斯世何世也？豆儿如之何也？余以此为谣言，朗朗乾坤、清明宇宙，如此猖狂庞大之魔道肆虐，绝不可信。早餐遇心理学家孙时进博士，亦云此不可信。然此亦为“江湖”之暗面，不可小觑。聊记以补前文之未尽也。（此网文忽消失，暗网或一喻义乎？）

九

馆舍窗前，有巨幅青山，浓翠如染，日日相对，令人百看不厌。

滔滔孟夏，草木葱茏其上，随风摇漾如醉；白云蹀躞山头，尽日苍狗幻化。时有白鹭翩飞，蜻蜓戏叶，鸟跃林间，蝉唱幽处。宋人罗大经氏所谓山静似太古，日长如小年，余亦不知斯世何世也。

半山有草轩，一翼如画。南北接一山间小径，以竹为栏，忽隐忽现。当其显时，轻柔为体，蜿蜒如带；当其没时，绿荫丛簇，神秘存焉。小径似有无穷意思、无端召唤，引余常临窗坐对，寂然无思，而身心两忘，神气独行矣。

径与山，岂非亦隐喻天与人乎？余亦因此而悟：当其显也，轻着人力，顺承自然，当其隐也，混同物我，归于寂寞。老子所谓虚静柔弱者，神明之府也。现代人之不见天地之美与神明之容，唯甚与泰尔。

十

花溪之生活，又现代又古典、又西式又本土。如晨饮咖啡，而午后清茶；练毕太极拳，又聆爵士乐；一手拿手机眼看八方，一手持青瓷澄怀观道。一如王弼所谓“应物而不累于物”。余读汤用彤先生书，彼认魏晋玄学高于汉代元气论。余以为不然。盖玄学主体用一如，用者依真体而起，故体外无用；体者非于用后别为一物，故亦可言用外无体。然太极有太极之体，爵士乐有爵士乐之体，二体非一体也；手机有手机之体，青瓷亦有青瓷之体，二者亦各别为一物。然则古之所谓体用不二，何以不二？何以依体而起用，余亦不得其解也。余因而主张汉代之元气论，更高于魏晋之玄学论，此意非片纸能办，有暇将详论之。

十一

今讲中国艺术与美学之“疏野”。现代人厌倦文明之造作与繁复，返思古代社会之率真与朴野。然疏野一品，非懒散、粗野、鄙野、狂野、疏陋之谓也。要义之一，即由文返野，如陈知柔《休斋诗话》“诗贵有野意”条云：“人之为诗要有野意。盖诗非文不腴，非质不枯，能始腴而终枯，无中边之殊，意味自长，风人以来得野意者，惟渊明耳。”陶诗之野意，乃由高贵与精致之功，九转灵砂而之成。要义之二，疏野之背后，全幅是人生之存在状态，乃非城市、非权贵、非有为、非富贵、非秩序，凡有意之“反”，亦不疏野矣。所谓“倘然适意，岂必有为。若其天放，如是得之”。中国美学之概念，大都背后隐然有人焉。

为迎第四届东盟教育交流周，十里河滩管理方沿河驱赶钓鱼者。钓鱼者乃真疏野，可见今人造园林，皆假疏野。

十二

夏，一人于苹果树下眠，苹果忽坠，击彼头。或有种种回应如次：其一，噫！谁人种果？何以击吾头也！其二，呵呵，果之熟也，得而食矣。其三，果之熟也，吾可售矣。其四，谁家果熟？可告之矣。其五，王维：“雨中山果落，灯下草虫鸣。”其六，英哲牛顿之解读：万有引力。前四项，皆俗谛；后两项，高人也。王维乃诗兴之感发，世界自生自主，有超然物外之思。牛顿乃科学之妙悟，洞察幽微而寄心上帝。读书治学，应立足于高山之巅，脱心志于俗谛之桎梏，游心以远。此乃古今之贤人志士进德修业之大义也。

十三

仲夏之夜，星空璀璨，大地沉平，深树蝉鸣，流萤时飞，余亦有所思也。顾积数十年之努力，余苦心经营，力图建立一整体之诗学，姑名之曰“中国文化诗学”。何谓也？近现代以还，诗学散而为文献、笺疏、诗人、诗史、诗法、诗风及修辞，自守家法，各照隅隙，此其一也。考据、辞章、义理，鸡犬之声相通，而老死而不相往来，此其二也。诗学亦与古典中国思想之传承无关，与今日诗性之实践无关，与个体生命之表达无关，此其三也。故吾之所谓“整体”，所谓“文化诗学”，于诗之外部而论，既扬弃古人，又反思现代；既庄情孔思，又聚焦诗艺。于诗之内部而论，力求地与人合，灵与智合，实与虚合。地与人合，即江南诗学之开展；灵与智合，即意象诗学之建立；实与虚合，即化理论而为现象，以小见大，以实涵虚，由个别见一般，如唐宋诗比较论、二柄诗论、今古典论等。中国文化诗学之整体观，力图由现代道术之裂，上通生生之证息息相关上下相连之诗天地，以回应西学之偏胜与古学之偏枯，此境此义，乃灵魂之冒险，而经师宿儒与新潮论家，多未能梦见也。

十四

西江千户苗寨行四首

（一）千家万户大山藏，米酒鱼汤处处香。莫道桃源无觅处，缘溪行去即仙乡。

（二）人偕天地最珍藏，苗寨妹姝舞袖香。请看满村游女醉，尽着彩裙入梦乡。

（三）小餐山顶美难藏，沐体金风月露香。最是一天喧闹后，盈山星海近帝乡。

（四）真相蚩尤何处藏？虽亡犹有战魂香。分明赢得全球客，千万旅人认故乡。

十五

从西江苗寨往小七孔，途中闻游客爆满，景区关门。遂改往漳江漂流，次日往茂兰自然保护区青龙潭一游，戏而有作。

咬定青山不放松，隧桥相贯势如冲。岂知七孔人人凿，不待庄生遣恨浓。

崩崖倒挂老蟠松，逆折漩波浪暗冲。一自仙人指路后，水明风静远峰浓。

碎玉跳珠起蛰松，欲留还去两冲冲。溪深林密无人处，唯有幽花色自浓。

十六

花溪妙境，花开又花落，无喜亦无悲。唯日日启窗，不禁对山色青青，叹衰颜自我。余问青山，何时方老？青山问余，几时归来？遂作《忆花溪》八首。

窗前百啭尽声声，长忆清晨魂梦轻。
山鸟不知人已去，殷勤唤我碧溪行。

茅台美酒浃欢声，又忆晚风匝地轻。
抛却书篇休更问，几回人世短歌行。

舒花晨雨总无声，三忆练拳骨脉轻。
记得庭边河畔草，身虽暂去气仍行。

河滩十里滑无声，四忆骑游一叶轻。
最喜小儿身似燕，长坡脱手放车行。

五忆佳肴有美声，苗歌劝酒舞腰轻。
归来回味悠悠久，梦里几番又成行。

齐喑万马不闻声，六忆夜谈重若轻。
莫道皆成自了汉，肉身君子与天行。

七忆世交隔壁声，诗书埋首利名轻。
请观世上教书者，几个高高山上行？

夏夜学堂隔市声，携妻牵子语声轻。
繁星天上频青眼，影藻波中踏月行。

2017年8月26日于贵阳孔学堂

◇ 作者简介 ◇

胡晓明，华东师范大学中文系终身教授、博士生导师。校学术委员会委员。华东师范大学江南文学文献研究中心主任、中国现代思想文化研究所副所长、华东师范大学图书馆馆长、文学研究所所长。研究领域为中国诗学、文论及近现代学术。出版《诗与文化心灵》等著作十余部，发表《衣与华夏美学》等论文百余篇。

在韩国租房

韩　蕾

二月底手续基本办好，接下来的新学期要去韩国的高丽大学工作，这事儿基本是板上钉钉了，便让高大中文系的助教同学帮忙去张罗住房。不久接到回复，说，一切搞好，老师您放心来住好了。

过了两天，有朋友提醒：小姑娘办事牢靠吗？房里床具、灶具、生活用品都有吗？还是问一下比较好吧？嗯，有道理。赶紧发了个邮件，嘱小姑娘先行去租好的屋子考察一下。不久，有了回音：老师，只有一张床，啥也没有；只有煤气灶，啥也没有；生活用品，啥也没有……这可真是一问三没有，一穷二白啊！

我真要晕倒了。给朋友诉苦，友人建议，带个鸭绒被过去吧，轻便、保暖。啊？我的眼珠子都要掉出来了。要知道，行李是限重的，鸭绒被再不重，也占空间啊。我，堂堂一知识分子，扛着一被子出国？陈奂生进城吗？不给咱国人丢脸吗？

沮丧至极，给我家保姆抱怨："我还不如你呢，你到我这儿来，啥都不用带。我还得自备干粮，我这是跨国打工、洋插队啊。”阿姨无比同情地看着我，当时，我们眼前同时浮现的是一个空空荡荡的毛坯房。

又去了一封信，还有好点的住房吗？学生答：“有，100 多万元（韩币）一个月，有人负责打扫卫生，一周两次。”我的天，100 多万元，我长这么大……唉，别说我了，就我父母那代人，恐怕还没人住过 100 万元一个月的房子吧？咱苦孩子出身，得，还是将就点吧。默默挑了点轻薄的微型床单、被罩，塞进行李箱，先对付两天吧，不行，等过去熟悉情况后再说。

助教和复旦大学的 Y 君，帮忙把行李送进了房间，然后告辞。剩下我一人打量自己租的这间校内公寓：

房间总共有 30 来平方米，很自然地隔成了两个区间。里边算是工作、休息的区域，外边算是餐厅、厨房。

里边，电视、电话、空调、床头柜、书柜、衣柜、写字台一应俱全。床上摆着席梦思，床上的确是啥东西也没有，但是打开衣柜，里面有枕头、床单、两床毛毯。因为韩国的房间都配有地暖，这么多东西过冬其实是 OK 的了。

外边，是餐桌和整体厨房，冰箱是韩国本土 LG 的，容量也很大。再往里走，是卫生间，因为热水、地暖是一直供应的，哪里都不冷，所以，也没有淋浴房。进了卫生间，可以直接淋浴。

简言之，一切都是开放式的。因此，房间虽然不大，但基本上做到了麻雀虽小、五脏俱全。满足人的基本生活需要，是没有问题的。

然后看细节。一进门，就有一面落地的穿衣镜和脱鞋的地方，头顶是声控灯，人走灯灭、节约能源。房间的移门是两层的，保温很好，最外面一层还有纱门。阳台上摆着一个伸缩晾衣架，既不占空间又比较美观。

我现在住的是高大的外籍教师宿舍。由此，想到了我们华东师大闵行校区的“教师之家”。印象中，围绕着这块牌子的英文译名，我和我的同事不止一次地站在那儿，跟中文系教授、英文系教授，还有两个来自美国的国际友人讨论过，是翻成“Home”好，“House”好，还是“Family”好？答案众说纷纭。对现有的翻译“Teacher's House”也莫衷一是。

但根据我住高大宿舍的感觉，我们闵行只能是“House”了，因为它没有“Home、Family”的感觉，它是按宾馆标间配置的。一个家，最需要的基本设施——烧饭功能的厨房、存储食物功能的冰箱，它是没有的。当然，它的价格也是很贵的。稍微好一点儿的房间，没有200元一个晚上是不可能的。一个月没有六七千元人民币也是拿不下来的。

如果这样比较的话，可以说，在韩国住宿并不算太贵了。

首尔的大学宿舍紧张，一般只提供给家在外地的同学。本市同学要么坐地铁、公交回自己的家，每天往返；要么在学校附近周边租房，这一点跟寸土寸金的香港地区的大学颇有几分相似。很多同学都租住在校园前后左右的民居里。课间，与韩国学生聊起租房问题，听到我夸赞高大的外教宿舍设备齐全，学生小朴并不以为然，非常热情地邀请我去参观她在高大附近租的民房。于是一下课，我便欣然前往。

小朴租的房子，位于一座小楼的二楼。一楼住的是男生，二楼是女生。南北各有两至三间房子，小点的房间住一个人，大点的租给两个人（跟中国的群租类似）。小朴租的是一人一间，大约十平方米。房间里是地铺，没有床（电视里可以看到韩国普通人家大多都睡在地上），被子卷了起来，堆在墙的一侧，晚上睡的时候再打开。写字台、电脑、书柜都有，衣服都挂在墙的一侧。出门告别的时候，看到了房东，是个中年妇女，因为这两天家里有事，不能烧饭给学生吃，就帮他们叫了外卖。

客观地说，从到达学校的直线距离看，她租的房子比我的好：我的宿舍在山上，到学校要十五分钟左右；她的在半山腰，不到十分钟。价钱上，她的比我便宜十几万元韩币。不知道是不是经济危机的缘故，现在韩国的房租里面都包括了水、电、煤气、上网费。有意思的是，现在在韩国租房，基本上都是管饭的，一般是早餐、晚餐，因为房客中餐出去工作或学习，都在外边解决了。这意味着，你只要付了钱，就什么心都不用操了。那天，跟日本朋友聊天时，他告诉我日本的房租要比韩国贵得多。

如果这样算的话，目前经济危机下首尔的房租，其实一点儿也不比上海贵。在韩国留学，有点经济基础的父母，还是可以承受得起的。像韩国高丽大学的法学是全韩国最好的，所以好多中国孩子在这儿读书，还有一个专业是韩语教育，也有不少中国的学生。

除了小朴这种每月交房租的方式，还有一种叫全税形式，也就是说一次性付给房东押金，签订一年或者更久的合同，这样合同期内就不需要每个月都交房租。等合同到期了，房东再把钱返还给你。当然此期间，房东会用这个钱去投资之类。

来自西安的中国留学生L同学，告诉我，她因为预计要在韩国读完整个大学，所以就选择了全税长租。她一次性给房东付了一亿韩币（约六十万元人民币），简直是天文数字啊！有没有？房东跟她一次签两年的合同。等合同满了，可以再续租。等她将来退房后，这笔本钱就全部返还给她。这样，她就等于把这笔钱贷给了房东，自己则用这六十万元人民币的利息租了房子。显然，长租比短租划算得多，当然前提是你要先有一大笔本钱。

据介绍，在韩国租房，一旦签了合同，房东是无权在租期内驱赶房客的，如果因为不可抗拒，如市政建设、房屋维修等，不得不停租，那么房客是有权利把房东告上法庭，获得一大笔赔偿的。

也许是韩国的住房租赁发展得太成熟了点儿，所以租房住的人也有一种“安居”的感觉，而没有国人不买房就结婚生子是在耍流氓的感觉。

Z 老师毕业于中国北京大学，因为丈夫的关系，入了韩国籍，在韩国工作十余年，迄今还是心安理得的“无房一族”。熟稔之后，难捺八卦之心。打探何故，难道积蓄不够？难道韩国老公无经济能力在首尔购个房？

不不不！ Z 君头摇得像个拨浪鼓。所嫁夫君虽非大富大贵，也算得上小康。在济州岛有私产一处，约为上下四层，夫君全家住一层，其余层次用来做生意或出租，收入尚可，Z 君也常在假期去那里休闲放松。

Z 君自己在韩国顶尖大学任教，收入在韩国也属中上，她选择了离学校不远、同时离孩子上学近的民房长租。那套房子，我后来有幸去拜访了下，是一套地铁房，出行便利，边上是首尔有名的风景区。因为房间的供暖，是由政府焚烧垃圾而提供，所以冬天的采暖费也较其他方式便宜些。

Z 君的主要精力在于治学，疏于家务，所以在她看来，房东提供的家具设施已经足够。她租房子时，只是随口说了句，房间的墙纸颜色不好看，等正式搬进来后，便发现房东已把墙纸换成了自己喜欢的图案。

据 Z 君介绍，她到首尔工作，已经换租了不止一套房子。“搬家不麻烦吗？”在魔都被搬家公司坑过几回的我，心有余悸地发问。

“那麻烦啥？把钱付给专业的搬家公司。他们会派人过来，替你打包好所有东西，你该干吗干吗，最后只管去搬好的新家休息就可以了。我的首饰盒、化妆品那些零碎儿，他们拾掇得比我自己弄还整齐。”想想我因为搬家而被顺手牵羊的物件，我只有羡慕的份儿。

最后放上一条新闻《韩国人“欠租大逃亡”境外追赔困扰上海房东》，里面有这样一段描述：

在中原地产李隽的印象中，从去年9月开始，韩国人就开始不断低价抛售古北房产回国，“在古北，至少有10%的韩国人回国，还有一部分韩国人从古北转移到其他生活成本略低些的区域”。

韩国人赵先生就是准备从古北转移至虹桥镇的其中一个，易居臣信的劳峰峰看着赵先生列的租房要求单：家具要新的，电视机、音响、DVD、地暖等配套不能缺，小区环境不能太差，房龄不能太长，月租金四千元以内……当劳峰峰将韩国客户的要求向房东提出后，房东计算了下光装修就要花去1万元，而拥有这样的配套至少月租金四千五百元，最终韩国客户不愿提高租金，劳峰峰的单子也只能泡汤。

如果以前在国内看到这样一条新闻，肯定会觉得这个韩国人的要求有点太高。但现在身处韩国，发现这些要求其实是他们生活的必备。如果在首尔，花四千元人民币租到有这样条件的房子，并不是不可能，当然这条新闻没有讲到房子面积的大小。

◇ 作者简介 ◇

韩蕾，女，2001 年毕业于上海师范大学汉语言文学专业，获文学博士学位。现为华东师范大学中文系教授、硕士研究生导师。2009—2011 年，任韩国高丽大学客座教授。研究领域和兴趣为现代汉语语法、认知语言学等。著有《现代汉语指人名词研究》《轻松告别错别字》等，参编《现代汉语描写语法》《现代汉语》。承担并完成国家社会科学基金项目“现代汉语事件名词研究”、上海市语委“十一五”重点课题“网络语言文字使用动态研究与分析”等。在《语言研究》《汉语学习》《语法研究和探索》《语言研究集刊》《当代修辞学》等专业核心刊物发表论文。

第六辑　世间

《猫啊，猫》序

陈子善

我自己都没有想到会编写这样一部书，编成之后我自己颇为得意也格外看重。虽然，严格来说，这也是我专业之外越界编选的一部书，多少有点“不务正业”的味道。

事情还得从我与猫的因缘说起。

1992年秋，我自华东师大中文系调到校图书馆任职。三年之后，学校“奖励”我一间住房，我得以住进华东师大二村8号。这是一幢20世纪50年代建造的三层建筑，每层两个单元，每单元大小五室。以前是教授一家独住的，现在我住的底层8号之内，竟挤进了四户人家，每户一室。尽管煤卫公用，诸多不便，倒也和睦共处，相安无事。

与我毗邻而居的那户主人是位心理学女教师，已离异，带着双胞胎女儿。她请了一位老保姆照料孩子，以便自己专心致志做学问。但老保姆管不住淘气的双胞胎，灵机一动，不知从哪里捉来一只黑白相间的小虎斑猫陪伴双胞胎，免得她们小学放学后野到外面去惹是生非。

于是，这只“阿咪”也就成了我的小邻居。“阿咪”是雌猫，刚来时只有几个月大，怯生生的，躲在邻居家不敢出来。但没过多久，只要见到我家开门，它就欣欣然登堂入室，到我面前“喵喵喵”地讨食吃。原来双胞胎少不更事，把“阿咪”纯粹当作玩具，经常想抱就抱，想扔就扔，“阿咪”不堪忍受，想“弃暗投明”了。我当然不会夺人所爱，何况是与革命的下一代去计较？但看“阿咪”有点可怜，只要它进门，总让它饱餐一顿再走。日子一久，“阿咪”待在我屋里的时间越来越长，我仿佛变成了它的新主人。

对猫这种与人亲近度仅次于狗的小动物，我本无所谓喜欢不喜欢，不像我的作家朋友小宝先生，只要一提起猫就明显露出讨厌的神态，也不像鲁迅先生在他那篇名文《狗·猫·鼠》中所表示的，一听到猫深夜叫春就忍不住拿起竹竿去攻击，鲁迅“仇猫”是出了名的。梁实秋是鲁迅的论敌，他早年写过一篇《猫》，观点却与鲁迅惊人的一致（可惜限于篇幅，此文未选入本书）。但梁实秋晚年爱猫也是出了名的。从恨到爱，梁实秋对猫态度的一百八十度大转弯，真是十分有趣。

我青年时代养过狗，不过那是在江西农村的一次惨痛经历，不说也罢。记忆中较为深刻的与猫的瓜葛总共也只有两次，一次是20世纪70年代末在北京拜访夏衍，他家那只一点儿不怕生人的大黄猫颇使我惊讶；另一次是20世纪90年代初约请上海版画家林世荣先生为冰心制作猫形象藏书票，她老人家很高兴。现在“阿咪”不期然地出现，使我不知不觉真的爱上了养猫。很快地，为“阿咪”准备食物，逗“阿咪”玩耍，与“阿咪”在屋前的小花园里嬉闹，成为我在家读书写作和欣赏古典音乐之外的第三件大事。不仅如此，妻子和儿子也和我一样成了“爱猫族”之一员，一家三口与猫亲密接触，其乐融融。

“阿咪”越长越漂亮了，追求者不少，也真会生。它不懂得计划生育，一年要生二三胎，每胎少则一只，多则三四只，俨然成了一个猫丁兴旺的大家族，但它的主人不愿实际上也不可能把小猫留下来，大都送了人。只有一只雄猫“花花”与它母亲一样，也成了我家的座上宾，我在它身上所花去的时间，绝不比“阿咪”少。“阿咪”最后一胎所生的四只小猫里，有一只“玛丽”最活泼可爱，虽然名叫“玛丽”（这是双胞胎给它起的洋名），其实也是只雄猫。到了1998年夏，蒙校方开恩，我终于从华东师大二村8号的一室拼住迁往同一小区另一幢楼四层的二室户独住。征得原主人同意，就把年纪最小的“玛丽”带上了楼。

与此同时，原主人也有乔迁之喜，这样“阿咪”家族不得不风流云散。老母亲“阿咪”被送给老保姆乡下的远亲，据说要去完成扑灭乡下老屋鼠灾的重任。而“花花”早已长大，实在无法带上四楼，我只能把它抱到楼上让它美美吃上一顿后放回师大二村小区里让它自由游荡。原以为还有机会与它重逢叙旧，万没想到“花花”竟一去不返，音信杳然了。后来我才悟出“花花”一定以为我们厌烦它了，它伤心之余，索性远走高飞，亡命天涯。直到今天，我仍对“花花”深怀歉意。

“玛丽”与我们朝夕相处整整四年，带给我们无数的欢乐。“玛丽”贪玩，曾两次落出窗外，一次它反应敏捷，从空中翻滚飞入二层楼开着窗户的邻居家，着实把他们吓了一大跳。第二次更狼狈，掉到了底层，吓得躲在草木丛中，饥寒交迫，两天之后才被我们找回，幸好都是有惊无险。“玛丽”长得一表猫才，双眼炯炯，毛色锃亮，与我的合影拿出去，同事文友人见人爱。

2002 年 3 月初，春寒料峭时，“玛丽”感冒转成肺炎，偏偏“屋漏又逢连夜雨”，遇上了一个医术蹩脚得不能再蹩脚的庸医，我们一家三口只能眼睁睁地看着“玛丽”在猫狗医院的急救台上咽了气。时春雷骤响，大雨滂沱，我在哀痛之余，由衷感谢上苍也赶来为“玛丽”送行。

现在我又养着一只新的虎斑猫“皮皮”，两岁了，颇有静若处子，动若脱兔的优雅风度，同样善解人意，讨人喜欢。这不，我在撰写这篇小序时，“皮皮”就蹲在写字桌边上专注地看着我“爬格子”，好像它也识字，也知道我正在写它们似的。人们往往批评猫“媚态”可掬，甚至以为“狗是忠臣，猫是奸臣”，其实是极大的误解。海明威不是早就说过“猫的忠诚真是感人肺腑”吗？猫无非个性强，主意多，独来独往，不像狗那样黏人，也不像狗那样难侍候。不消说，狗与人的亲密关系非同一般，义犬救主的佳话中外皆有，确实令人深受感动，但我还是喜爱猫。

与猫共同生活的时间一长，我爱屋及乌，对古今中外文艺作品中的猫也留意起来。以猫为题材的国画、油画、版画、雕塑、藏书票、邮票、明信片、年历、摄影集等，都在我的收集之列，当然，以猫为题材的中外文学作品，我更是锐意穷搜。我的收藏癖和考据癖在猫文猫画的搜求上居然也大大发挥了作用，这是我始料未及的。日积月累，已经蔚为大观了。我发现一部绚丽多姿的西方美术史，从达·芬奇到马奈、到雷诺阿、到高更、到毕加索、到史丹林、到吉亚柯梅蒂、到吉姆·戴维斯，多少精美的猫画深深吸引人的眼球；我发现一部丰富多彩的西方文学史，从《圣经》到拉封丹、到拜伦、到爱伦·坡、到卡洛尔、到波特莱尔、到左拉、到里尔克、到吉卜林、到卡夫卡、到叶芝、到多丽丝·莱辛，多少动人的猫文猫诗，令我这样的“爱猫族”爱不释手。而根据 T. S. 艾略特诗作改编的音乐剧《猫》，更是风靡全球，久演不衰。猫成了西方文艺作品中出现得最多的动物，实在耐人寻味。

当我把搜寻的目光投向东方时，我又发现猫文猫画在一衣带水的日本也颇为发达，而在我的祖国更是古已有之，单是一部《猫苑》（清黄汉著）就多么引人入胜。特别进入 20 世纪之后，中国作家、画家不让西方同人专美于前，他们所做的猫文、所绘的猫画，同样为数众多，同样给读者留下了多种多样或喜或悲的猫的形象。从冰心到丰子恺，从周瘦鹃到郑逸梅，从梁实秋到季羡林，从吴藕汀到戈革，从王蒙到陈祖芬，从席慕蓉到朱天心，从蔡澜到西西，海峡两岸不同历史时期不同思想倾向不同创作风格的作家，竟不约而同地成了“爱猫族”之一员，都那样乐于观察猫、描写猫、议论猫，那样乐于把猫与人世间可歌可泣的前尘遗事，迫切重大的当代话题联系起来抒发和书写，这真是一个值得深思的文化现象。我不但从中进一步认识了猫的聪颖可爱，同时也促使我进一步思考人与猫的关系。

我的编选癖因此也再次发作。为什么不把这些情文并茂的猫文汇集起来，让更多的爱猫的朋友欣赏研究呢？其结果就是这部历时四载方始编竣的《猫啊，猫》。当然，应该补充一句，在我之前，已有有心人做过这项有意义的工作，那就是陈星先生编选的《文人与猫》（1991 年 1 月，北岳文艺出版社初版）。我与他的区别仅在于，他自己并不养猫，而我现在天天与猫打交道。海峡彼岸出版过王大空，心岱先生编选的《宠物与我》（1984 年 2 月，九歌出版社初版），其中也有相当篇幅的猫文。我不过在他们的基础上继续前进罢了。

《猫啊，猫》只收录中国作家猫文中的散文，20 世纪中国文学史上以猫为题材的其他体裁的优秀作品，如朱湘的长诗《猫诰》、老舍的《猫城记》、钱锺书的《猫》、何家槐的《猫》等长短篇小说，以及冯雪峰、严文井等位的寓言等，都只能割爱了。把这些中国作家琳琅满目的猫文集中起来考察，不但可以读到一部另类的 20 世纪中国散文史，而且可以窥见一点儿时代的眉目。在我看来，《猫啊，猫》也许可从一个特定的侧面反映 20 世纪中国社会的巨大变迁，人与猫关系的不断变化，不正是折射当代人思想的进步，观念的开放？从单纯把猫当成人生活的助手，到视猫为家庭中平等的一员（我就始终反对把猫狗视为“宠物”），从提倡人应对猫实施“猫道”，再到把人猫关系上升到地球上并不只是人居住的哲理高度，其间确有人的认识不断深化，人不断自我反省的脉络可寻。不是当今大都市中日益严重的流浪猫、流浪狗现象已引起越来越多的动物保护和环境保护人士的关注吗？从这个意义上讲，这部《猫啊，猫》就不仅仅是一本消遣的书、休闲的书，它或许可以引发多方面多层次的文化思考，这也正是我“不务正业”，费心费力编选这部猫文荟萃本所殷切期待的。

据最新的法国考古报告，在塞浦路斯的古墓葬中发现了陪葬猫的完整遗骨。证明人猫情深已长达一万年。猫是温柔的，安详恬静的，是美妙的艺术品，猫同时也是神秘的，独立的，是难以捉摸的。猫对人若即若离，是因为它们并不想表现无私和顺从，猫只希望人明白，它们之所以与人一起生活是它们自己的选择。养猫，于我而言，既是一个审美过程，也是一个教育过程。我体会，如果你能与猫亲密共处，也许你就懂得了爱，懂得了理解，懂得了尊重，懂得了同情，懂得了宽容，“也许通过猫我们能够找到人类最圣洁的一面”（萨丽斯蒂•麦特隆语）。

谨向所有《猫啊，猫》的作者致谢，我以能把这么多爱猫的文坛大家名家引为同道而深感荣幸。

2004 年 4 月 12 日急就于沪西梅川书舍

◇ 作者简介 ◇

陈子善，1948 年生，上海市人。1976 年在上海师大（现华东师大）中文系培训班毕业，留校执教至今。担任中文系教授、中国现代文学资料与研究中心主任、《现代中文学刊》执行主编。长期从事中国现代文学史和文学史料研究，著有《文人事》《张爱玲丛考》《签名本丛考》《从鲁迅到张爱玲》等，编有郁达夫、梁实秋、台静农、张爱玲等现代重要作家文集和研究资料集多种。

无乡记

叶开

多年前，我带着太太和女儿“衣锦还乡”。

女儿那时四五岁，很兴奋，我给她讲了那么多神奇故事的地方，终于可以亲眼看见，亲临其境了。

为此，我忐忑不安。我深知，故事老家已面目全非，不复存在了。

我常给女儿讲的故事中，有五棵枝叶婆娑的番石榴树的老家，有我搭了树屋，有我倒挂在上面的大榕树——那么大，那么大，我张开双臂也比画不过来。小时候的我们像猴子一样，顺着大榕树的气根往上爬，一直爬到大榕树的顶梢。

大榕树枝条松脆，我们猴孩全都知道。你挪到小树枝上时，两只手要张开，分别抓住其他树枝，分散身体重量。两脚也尽量要分别踏在不同的树枝上。如果是台湾相思，树枝纤维坚韧，不容易折。就是折了，也能连在一起。

爬树讲究技巧，也要注意安全，不是随便就往上爬的。

乡村猴孩大都是树木分类专家。

我们眼中的树一分为二：果树和非果树，脆树和韧树，可爬树和不可爬树，有毒树和没毒树。对待万事万物，我们化繁为简，主要分为“能吃的”和“不能吃的”。

这是饥饿年代的主要记忆。

从上海返回我老家、中国大陆最南端的雷州半岛廉江县（今廉江市），过程比较复杂。过去乘火车不用说了，头一天先搭乘湛江到南宁的火车，第二天一早再搭乘南宁至上海的直快火车，共耗时三天三夜。后来可以搭乘飞机了，在上海直飞湛江航线开通之前，我们得先飞到广州白云机场，弟弟开车来接，再从广州开车回老家。

广湛公路路况不佳，六个多小时的车程。因是专车接送，算很幸福了。

我弟弟和一个伙伴轮换开车，四岁女儿在车上睡得很香。

我则看着公路外的景色，像风景明信片一样掠过。

那时我刚学会开车不久，为了安全起见不开长途车。

弟弟已经长大，事业有成。他在广州念书，毕业后在广州工作，从组装电脑自己扛着去挨家挨户倒卖，到那时竟成了一个计算机通信类公司的创始人，有二十几个员工，公司在天河一个大楼里，占了大半个楼面，很多电脑屏幕济济一堂，让天生热爱电脑和游戏的女儿很兴奋。

弟弟的公司主要做安防、监控，如果有家族背景，或者投一下什么类高层靠山，现在恐怕会做成一家相当规模的大公司了。

我在老家的河唇公社河唇中学念高中时，弟弟在河唇初级中学念初中。

那时高中有宿舍，弟弟的初中却没有地方住宿。每天晚上九点自修结束，他要一个人独自穿过河唇镇街道，越过河唇火车站六排铁轨，沿着一条漆黑弯曲的泥渣小道来河唇中学，和我挤一个宿舍床铺。

通常，我一到九点一刻，就出去到学校前的村口等他，担心他会害怕，或会碰到坏人。我的高中宿舍床铺也是单人床，很简陋。我和弟弟挤在一起睡。两个中学生虽然瘦小，但不到一米宽床铺，挤得满满的，几乎无法翻身了。冬天冷时，还常常惊醒，要给他掖一下被子。

那时还叫公社，后来改叫镇。河唇中学是住宿制度，每班一幢排屋，一边教室一边宿舍，宿舍和教室一样大小，挤满了床铺，住了三十多个同学，外加我弟弟。

我家乡是亚热带天气，冬天不太冷。但我们也没有厚垫子，通常是竹篾上铺着席子，春夏秋冬四季都睡在席子上。夏天的汗水，把席子浸染得油光光的，带甜腻的体香气。

在这样春去秋来，冬去夏来的不断轮替中，席子久经熏染，现出古董般的色泽。

我和弟弟就这样挤着过了一年多，到后来他转学到县城的中学才结束。

我考上大学后，过了很多年，我弟弟也上了广州的一所中专学校。他考试成绩一般，读的学校一般。但他天生心灵手巧，动手能力超强。在县城中学念书时，就热爱维修电器，几乎无师自通地成了街坊邻居闻名的修理能手，闲暇时给街坊邻里们修理电视机、收音机。他还爱琢磨，自己找各种元器件，自己动手组装音箱。外形虽粗糙，但音质上佳。

我在华东师范大学读书，后门出去是曹杨新村，枣阳路上还有长风电子元器件厂等。我走过也就走过，不太在意。我弟弟高中前没出过远门，却竟然对“长风厂”的电子产品了如指掌，常常托我留心一下什么元器件。

而我虽然常常路过，不过是和几个死党结伴去找小酒馆。

弟弟在广州念书的最后阶段，父亲做生意失败，经历了惨痛的家道中落。我刚毕业，工资紧巴，只能资助他一点儿生活费。弟弟还小，但善于社交，靠与同学借钱交学费，这样读完了，毕业了。实在很不容易。

弟弟和同学、死党一起创业开公司，正逢着一个新时代的来临，拼攒电脑去“叫卖”，竟然顺着时代的路径，一时很顺利。

我后来每次想到，本来都要我到村口去接的弟弟，竟然要一个人在广州打拼就感到心痛。

但每个人都在成长，有些代价是必经之路。

我原地踏步工作十几年，靠领微薄的工资养家糊口，每年到头就所剩无几。什么“回家回家”之类的歌一唱起来就心慌。谁不想回家呢？但是，那点可怜的工资，完全不够在上海的开销，一家三口来回三四万元，机票住宿带些礼物等，再回到上海就变成赤贫了。

而我弟弟已经成了一个小富豪，而且有了几辆车。

广湛公路，在20世纪80年代末期上大学时，给我的感觉很凶险。不像在祖国，而像在万恶的东南亚；不像回家，而像是回乡打游击。

我大学毕业工作不久时回家，曾被挂着茂名市车牌的长途车“卖猪仔”。那时，一出广州站，往往是两眼迷惘，不知所往。长途车从眼前呼啸而过，售票员的手如同孙悟空，撒谎完全不用思考。问是去湛江的吗，直接回答是，一点儿停顿、迟疑、磕巴都没有，可见已经是老手，很可能是九百年前水浒梁山孙二娘转世。说是直接开到湛江的，在茂名市郊区就把我们弄下来了。另有一辆中巴接驳得很顺畅，说去湛江的，但要另外收钱。就这样，如同一根甘蔗被切成了几段吃，我们的一个旅程，也被切成了几段，被吃了好几次车费钱。这还不算，还要侮辱你，让你被称为“卖猪仔”。

我和另外两个“猪仔”，一男一女，只好又花钱，搭乘中巴到湛江汽车总站，折腾到晚上才到湛江。然后从湛江汽车总站，还要换乘中巴回廉江县城。

那次记忆深刻，给我感觉真是筋疲力尽。而且，入夜进入廉江县城，我竟迷路了。

那时候，我跟在河唇读书的中学同学失去联系，在县城很陌生。走在县城的路上，觉得自己是外乡人。很多围上来的摩托车揽客者，都拿我当“北佬”看，怎么都觉得是准备痛宰我这个“外乡人”。

一个人走在自己的家乡，仿佛走在了外乡的路上。

我家乡的情况比较复杂，一言难尽。

我出生于雷州半岛河唇公社。当我上中学时，我家已经搬到了县城。我父亲那时因时顺势，赶上了改革开放南货北运的大潮，在廉江县火车站门前空地上，搭起了一个竹木结构的两层小楼，开始了北运香蕉、菠萝、荔枝等家乡特产水果的生意。

父亲是个诚实人，做生意时已四十多岁，固守各种道德，总是轻信，常常被骗。因此，生意做得越来越糟糕。到我弟弟上大学时，家已经败落了。

父亲又和哥哥合伙去承包山村鱼塘，建火砖厂。因不善经营，又且轻信，以及老家人际关系的刁钻、古滑、邪恶，他们又失败了。而且每次失败，都欠下更多的债务。我哥哥也丢了银行的工作。

我们家，自我初中时从坡脊搬到县城，就在不断地败落中。

我记忆中健壮、英武、自信、有趣、妙语连珠的父亲也成了一个沉默而抱怨的人。有一段时间，我很想暴发大财，一举挽救父亲和哥哥于水火之中。但我又迷恋于文学，终因文学累我，而并未得遂所愿地成为有钱人。

我几乎没有在廉江县城好好生活过，那并不是我记忆中的家乡。

我记忆中的老家，还是我在那里长到十五岁的坡脊小镇。在那个火车中途站形成的圩市里，只有十几户人家。我们家有一间泥砖瓦屋，一个院子，四围是五棵枝叶婆娑的番石榴树。我后来几乎所有的记忆，都被这五棵番石榴树的枝叶遮挡了。

上了河唇初级中学，每周末骑自行车，我要从河唇镇爬坡上到鹤地水库管理局的大坝泥路上。推车上三次坡，到水库大坝，再到制高点、有郭沫若题字的“青年亭”那里，然后顺着水库大坝，一路向北。

鹤地水库的大坝，路面是黄泥沙土，一下雨，就会被手扶拖拉机辗出深深的车辙，自行车常常陷入黄泥水潭而动弹不得。

不过，这也难不倒我们这些走惯烂路的孩子。

水库西面往下俯瞰，是蜿蜒的黎湛铁路。再过去，是连绵起伏的丘陵。东面，是碧波浩渺的水面。望着那浩大的水，以及偶尔驶过的船，我常常会陷入遐思。

水库边还有一溜的电线杆，电线上会站满了一排排的鸟。那些鸟看着人，表情很冷漠。

我看着鸟，却很热情，很想把它们打下来，烤鸟。

这一路上，有各种机会，让我们停下来。比如，骄阳似火时，我们会连人带车一起翻过大坝围墙。车斜靠在土坡上，自己赤条条地扎入水库里，如一条鱼。

从大坝继续向北，就到了一带丘陵地带。沿着山间小路，骑车向下冲锋，几乎瞬间就能穿过第一个村庄，然后第二个村庄，再冲上一座砖桥，就进入了我的记忆中，进入我的故事中，进入我的梦乡中——那五棵枝叶婆娑的番石榴树，正等着我再去上树，再去摘果子。

女儿三四岁时，很爱听我讲这些故事。

我记忆中，常常浮现一个倒挂在树上的小男孩形象。那个倒挂在树上的小男孩，可能是我，也可能是我的小伙伴。实际上，不仅我一个人倒挂在树上，我和我的小伙伴们，常常是一串串地挂在树上，高高低低，大大小小，胖胖瘦瘦，如各种瓜果，有长好的，也有长歪的，如同挂满了枝头的杧果。

我写过一篇《倒挂在树上的童年》，说我的童年倒挂在树上，像丝瓜一样长大。

树是大榕树，长在坡脊镇畜牧场院子中。

畜牧场在我们家到龙平小学的中途，放学时，我们要到这里上树。

一排小孩子，倒挂在大榕树上。书包倒吊在腰间，水壶挂在书包上。然后我还拿着一本语文书倒着看。这不是爱学习，而是无聊。也可能是为了吸引女生。

童年时代家乡闭塞，物质贫乏，日常生活却丰富多彩。那种丰富，是因为相对自由，不是现在这种物质丰富。是因为有散漫的时间，可以满足自己好奇探索而形成的独特感受。

这次返乡，发现一切都变了。

那条被拆掉很久的铁路路基上，铺设了柏油路面，成了一条通衢，直通广西。我记忆中，无比漫长、弯弯曲曲的小路，骑车从县城到河唇镇再到坡脊，要三个小时。弟弟开车居然二十几分钟就到了。我一点儿心理准备都没有。不对，是开过了。从柏油大道上，我们直驶父亲的家族发源地九岭村，那是我们这一支的核心地。

回到那个更老的老家，海拔在水库之上，可以把水库看成鱼塘。很多我父亲母亲还熟悉的族人，彼此鸡犬相闻，热情招呼。但我一个都不认识。我背上的女儿，更是陌生，她和我太太连语言都听不懂，仿佛进入了一个生番世界。我的本地客家话，也无法流利说出了。

满地鸡鸭在阳光下漫步，遍野香蕉树在村旁延伸，我带着女儿和太太去与香蕉树拍照，跟波罗蜜树拍照。

吃了正宗的雷州半岛走地鸡，回到坡脊，寻找我故事中的老屋。

我知道老家已经破败了，但没有想到会如此突兀。

我背着女儿，顺着那条曾经繁盛热闹的黄泥街道，寻找我曾经熟悉的房屋。但是，这里的居民大多搬走了。坚守在这里的大伯，也全家搬到旧铁路的北面。

到了我的老家位置，我发现那样的景物，那些房舍，全都陌生了。

我们的老屋，被匆匆搬往县城的父亲卖给了别人。我记忆中的老屋已经住进了新居民。

新主人听说是我们，很久之前的主人，让我们进去访旧。

我努力寻找那个听父亲讲故事的小院子，但也完全陌生了。

我后来才明白，五棵枝叶婆娑的番石榴树不见了。它遮蔽了院子，连小雨都落不下来的茂密枝叶消失了，记忆中的天空遮着的番石榴果实，也飘走了。

主人听我说起，就告诉我们那几棵番石榴树砍掉了，现在新种下了几棵小树，歪歪斜斜的。不过，番石榴结果很早，像这种只有小茶杯粗细、两三年的树，就能开花结果了。我记忆中的番石榴树，却是巨大的老树，一年能结实一千七百多斤。

我女儿在我背上，迷惘地说："爸爸，爸爸，你的老家怎么这么丑？"

那时，我就明白，已经无法重返故乡了。

记忆中的家乡，已经不存在了。

只存在于，我的记忆中。

2016 年 1 月 19 日　星期二

◇ 作者简介 ◇

叶开，真名廖增湖，1969 年生于广东省廉江县（今廉江市），毕业于华东师范大学中文系，中国现当代文学博士，《收获》杂志副编审，小说家、编辑家、语文教育家，两次获茅盾文学奖责任编辑奖。出版《口干舌燥》《我的八叔传》《三人行》等五部长篇小说。专著《莫言评传》《莫言的文学共和国》是研究莫言的奠基性作品。《对抗语文》《语文是什么》等语文教育专著在教育界引发强烈反响，独立编写出版的《这才是中国最好的语文书》系列深受读者欢迎。

早 春

许 佳

过去的半个月属于白玉兰。整树白花在一夜间齐齐开放，就算最粗心大意的人也要忍不住驻足仰望。你可能忽略柳条上的新芽，可能看不上乱糟糟的迎春花，但是这么硕大、洁白的花，几百朵一同盛开，怎么也不能视若无睹啊。

对大多数城里人来说，春天就是从白玉兰开花的那一天开始的。

河岸边栽着几棵高大的白玉兰。它们正好位于小道一个弯势的尽头，被路边其他树木遮挡着，在远处看不见。必得兜过那个弯，几乎走到树下，它们才一跃进入视线。这么一解释，你也许可以理解半个月前，我顺着小道转出去，一眼看到满树白花时的惊喜心情。

其实，早几天我就注意到了它们的花苞——洁白中带一抹抹茶色，包裹得那样紧，蛮不像这么快就会开。不只白玉兰如此，春天整个就来得这样处心积虑。天空还是惨白的，风还直钻进骨髓，垂柳却已经长出了嫩芽。眼睛看不见，耳朵里听见鸟叫声却一天比一天热闹。一开头，一切都这样小心地进行，拿寒风和阴雨做掩饰，尽量不惹人注意。只等挑定一个合适的日子，天空澄净透明，白玉兰就绽开了。它是春天发来的一个信号：一切准备就绪，大合奏就要开场。

接着来了几场春雨。入夜就下，天明即收。几场雨下来，最早开放的那株白玉兰很快开过了头。像有一双调皮的手，硬是把花瓣一片片往外掰开，大白瓷勺般的花瓣终于纷纷落地。不过，还有晚开的那些，正噙着花苞，有秩序地等候，一树接一树，一起进入它们这支主题曲的高潮部分。

与此同时，红叶李已经开始奏出它们的序曲——刚进入开头的若干个小节。它们的枝条带着暗红色，细小的叶片透出暗红色，花萼也是暗红色，这里那里，粉白色的小花星星点点地开放。它们这支曲子没那么震动人心，但是乐团的演奏者数量众多。等着吧，你还来不及反应过来，它们就满世界地开了。在小区里，在公园里，在街边，白花红叶，从头到脚都小巧玲珑的，就是它们。

每下过一场雨，气温就攀升一点儿。不知不觉到了这一天：温润而清新的空气，开始催促人们脱下冬衣。可能只有从小在江南一带长大的人，才能准确接收到这种空气所传达的信号：喏，春天果真到了！

在紫荆树银灰色的树干上，还遗留着大串大串去年结成的、形似豆荚的果实——它们早已彻底风干。这时候，一种紫红色的，极小又极密的花苞紧贴树干爆了出来，两三天光景，就爬得遍布上下，一直爬到梢头。它们跟枝干贴得这么紧，一点儿空隙不留，仿佛就是从树皮底下绽出来的新鲜血肉。细看之下，你会发现它们像一枚枚紫红色的小松果。不久以后，这些“松果”就会变成小绒球般的花朵，把银灰色枝条浑身盖住，裹得密不透风。

在白玉兰树的一侧，有一株梨花盛开了。它这么热闹，这么娇嫩，这么新鲜，俨然想代表整个春天——多的不用，一树梨花就足够了，它自己也像是有这个意思。蜜蜂可能还没全部动员起来，但已经有一两只飞来。说不定这是它们最自在的时节，就像一个独自散步的人，不用搭讪，没有争抢，整株树、一切花、全部春天都归它自己消受。

垂柳总是繁花的铺陈，像一盘精美糕点底下垫的细纸，吃的人很可能根本没看见它，但是垫了和没垫，偏偏差得又很远。近处的花开出一片云霞，如果缺了远处的烟柳，凭空要失却多少柔情蜜意。其实，趁着大家都在开花，垂柳也开出花来了——就像极其细小的麦穗，参差夹杂在柳叶之间。一定要看到这些花穗，你才会明白，早春时节垂柳那一种嫩绿中透出的鹅黄是来自哪里。

在我散步的这条路上，隔着河，能看到对岸居民小区的一棵垂柳。本来就斜倚岸边而生，树干又长得低斜，柳条就跨过护栏往下长，越垂越低，几乎拂到了水面，像一个人坐在岸边，看着河水清凉，忍不住伸手下去，却总是只差着这么一点点，怎么也够不到水。我常常隔岸看它几眼，估计要等到春去夏来，也许它才能得偿所愿。

迎春、连翘、黄素馨都在接连开放。矮矮的灌木，枝条上满满开着小黄花——这些朴素的花朵，只能算春光的几处闲笔。大自然有没使完的力气，或者在这里那里看到一点儿空隙，为不浪费，就把它们各处添上，求个热闹。迎春和连翘都是先开花，再长叶，黄素馨却是在绿叶中开出花朵。迎春花有六瓣，喇叭形，金钟花只四瓣，像一把没合严的小黄伞。黄素馨的花比它们都大一圈，花瓣还往往生出双层，像个小圆盘似的绽开。

到了这个周末，白玉兰的曲子就差不多奏完了，紫玉兰又紧紧地跟上。河边和公园里的人比平日要多，玩具摊也凑着热闹摆开。一大家人，祖孙三代，挤坐在桥栏上，正对着我熟悉的那几棵白玉兰树出神。温度出人意料得高，阳光蒸起地上前些天攒下的湿气，靠近地面飘着一层热雾，使人仿佛走进了澡堂，懒得讲话，眼睛也有点睁不开。树上的大白花落光了，游客们的眼光总是看向别处。

环顾四周，很容易发现桃花和海棠接下来随时都会开放。樱花正在边开边落。茶花一向是有点像什么人故意用别针把它们的大红花朵安到绿叶丛中去的，这两天也都安装停当，开门迎客了。

我还天天记挂着白玉兰，一有空就要去看看它们。花落了，我感到惋惜，但也有限。接下来的一段时间，我的所过之处，每天都会发生变化，我觉得这里的任何一点儿变化都是大事，一高兴，为落花可惜的心情就被冲走了。反正那几棵白玉兰是我的朋友。每次经过树下，我还是像见到老朋友那样，想起它们的许多好处。我总认为，春天就是由它们起头的。

◇ 作者简介 ◇

许佳，1980 年生于上海。1998 年出版《我爱阳光》，被收入“布老虎”丛书。曾供职于《东方早报》《外滩画报》。现从事少儿中文阅读和写作教育。主要作品有：《我爱阳光》《最有意义的生活》《我的魔法时刻》《青春雨》等。

加 工 资

——教育困局最简单粗暴的解法

徐默凡

最近，教师涨工资了。

根据国务院办公厅转发的人力资源和社会保障部、财政部《关于调整事业单位工作人员基本工资标准的实施方案》（国办发〔2016〕62 号）及上海市人力资源社会保障局、市财政局《关于调整本市事业单位工作人员基本工资标准的实施办法（送审稿）》的规定，中小学教师的岗位工资和薪级工资标准提高 10%。

这么烦琐的一系列规定，最后落到实处是 10%。说好的大幅提高教师待遇呢？说好的让教师待遇向公务员看齐呢？

我觉得，现在已经到了教育改革的关键节点，最简单粗暴的办法就是给教师加工资、加工资、加工资，大幅加工资。比如，在上海，让一般中小学教师起薪达到三十万元每年，好教师四十万元，更好的五十万元。

论证如下：

教育的关键在教师

这点几乎无须论证，任何一个烂学校、烂课程、烂班级，只要有好老师，都可以起死回生，化腐朽为神奇。

当代哲人语录：武器是战争的重要因素，但不是决定因素，决定因素是人不是物。

教育困局中教师素质是最佳突破口

中国教育面临诸多的矛盾，计划生育加上望子成龙的社会性焦虑，社会阶层的固化和流动不畅，优质教育资源的贫乏和不平衡，唯分数是从的考试文化……没有哪一个是能在短期内解决的。但是我们又实在等不得，再等就是毁一代人，然后就会毁掉一代之文化。

在这诸多矛盾中，有一个最佳突破口就是教师素质。窃以为，提高教师素质的根本解决办法不是教师培训，也不是加强考核，或者发扬职业精神，而是加工资。

并不是说加了工资教师就脱胎换骨了，而是加了工资就会增加人才流动。加工资前是：

“我不行你上啊！”“你们教师为人师表，应该……（此处省略一万字）”

加工资后是：

“我不行你上啊！”“我上就我上！”

用国家计划来一次性提高教师收入，然后用市场经济这个“无形的手”来高效率地调配人员，使社会上最优秀的人才积聚到教育领域，是可以在短时间内改变教育的基本面貌的。窃以为，这也正是体现了社会主义市场经济的精髓。

举个简单点的例子，如果学而思的优秀讲师都到你儿子所在的菜场小学来执教了，你还要去上补习班吗？

有人会说，哪有那么多优秀教师？你放心，只要工资到位，“无形的手”自然会把各行各业的优秀人才以及最顶尖的应届毕业生拉拢过来。复旦大学会恨不得立马把自己改名为“复旦师范大学”，教师资格证会成为假证市场上最紧俏的商品。

当代哲人语录：我们先定它一个小目标，让教师的年薪拿到30万元，如果30万元不能解决问题，那就40万元。

中国教育不缺钱

中国教育真的不缺钱！每年教师培训烧掉多少钱？每年搞什么教学研究项目烧掉多少钱？每年拆了造，造了拆，烧掉多少钱？

你随便找个圈内人来问问就知道了。

这些钱就是不能直接发给教师，我不知道这是什么浑蛋逻辑。

当代哲人语录：钱就是个 ×××，我们不差钱。

国家有能力快速贯彻实施

之前和一些朋友说起一夜之间把教师工资翻番，大家都觉得操作起来太难，面临的实际困难太多，恐怕会造成社会混乱。

我觉得不会。

这就是我们社会主义社会的优势啊！

一月之间，把拖欠多年的党费收起来了。三年之内，就要在全国统一语文、历史教材。拿出这个劲头来，一年之内让教师工资翻番，何难之有啊？

当代哲人语录：能用钱解决的问题，根本不是问题。

以上所说是指中小学，大学的问题还要复杂，光靠加工资解决不了大学教育的危机，另论了。

又及，老师们先不要忙着点赞、转发，一旦教师的年薪到了三十万元，你们中的很多人都要转岗让贤，不想转岗的也得比现在付出更多倍的努力。

周瑜打黄盖，一个愿打一个愿挨。累死一代拿高薪的精英教师，为祖国开创一个美好的教育未来。

◇　作者简介　◇

徐默凡，1973 年生。华东师范大学中文系现代汉语教研室副教授，汉语言文字学博士，主要研究方向为语用学、修辞学、语文教学。开设有“语言学概论”“语言探秘”“语用学”“语言学与语文教学”等课程，出版过专著《现代汉语工具范畴的认知研究》，并编写过《语言与思维》《走向成功的交际》《周末读点口才学》《汉语语用学趣说》《网言网语不求人》等普及著作。

我们的九月

——在华东师范大学中文系2016级新生开学典礼上的致辞

黄 平

各位新同学：

新学期好！

感谢主持人的介绍，但声明一下我没有资格代表我的同事们，系里前辈名家云集，我只能代表我自己，一个十七年前考上大学的老大学生，和大家交流几句。老实说我现在很紧张，上台之前，我回忆了一下读书时候听过的那些演讲，发现记得最清楚的就是开学典礼上的。开学第一天，我们总会觉得今天很不一样。我们会在今天感到新鲜、好奇、激动，就像校园里迎风怒放的马鞭草。毕竟，我们通过艰苦的高考，经历了漫长的跋涉，相遇在华东师大中文系。这所中文系无论是在丽娃河畔还是在樱桃河畔，在我心中都是最好的中文系；而且，未来的男朋友或女朋友或许也在今天报到了，去隔壁交大报到也不坏，联谊会上也能遇到。连我觉得不好吃的食堂，也是中国第九大菜系食堂菜的代表，有麻辣小龙虾，还有玉米炒葡萄！

就像这一段的好天气，每年 9 月的第一周都是迷人的。大学第一天，对于我们个人，是一个历史性的时刻。不知道大家是否了解，我们今天之所以成为大学生，和 111 年前的 9 月一个历史事件有关。1905 年 9 月 2 日，袁世凯和其他一些大臣向慈禧上奏折，要求废除科举制度，持续了一千多年的科举，从此宣告结束。取而代之的是新学堂，现代教育体制慢慢成型。

说到 9 月，咱们说说 9 月 1 日。我是中国现当代文学的教师，对这一天更感兴趣。一百年前的 1916 年 9 月 1 日，陈独秀将《青年杂志》更名为《新青年》在上海出版。陈独秀在第一期的《新青年》上发表了一篇同题文章。陈独秀在文章里说，新青年和旧青年有什么区别呢？旧青年，陈独秀说生理上的特点是“美其貌，弱其质”；心理上的特点，陈独秀说旧青年骨髓里都有四个大字“做官发财”“做官以张其威，发财以逞其欲”。好，大家记住什么是旧青年了吧，外表看上去像“小鲜肉”，天天琢磨做官发财。什么是新青年，陈独秀说第一要明白人生的归宿，承担人生的责任，过有意义的生活；第二要明白人生的幸福，幸福和金钱不是一回事。

说完新青年咱们说说国家大事，还是 9 月 1 日这一天，1939 年 9 月 1 日，德国在凌晨袭击波兰，第二次世界大战全面爆发。从此以后“元首很忙”，整个世界天翻地覆。我们今天的世界秩序，基本上还是“第二次世界大战”奠定的，如前一段南海归属问题，朝鲜半岛核试验问题，都是“第二次世界大战”遗留下来的问题。

仅仅 9 月第一周，通过列举的这几件事可以发现，在 20 世纪发生过这么多影响到我们生活的大事。大家也许会觉得这种“大历史”和我们无关，今天的时代是“小时代”，只需要追寻那小小的、确定的幸福就可以了。我又要提到郭敬明了，作为当代文学的学者，我在本行业有一个戏谑性的头衔：郭敬明首席研究专家。我们这个 9 月的最后一天，郭敬明的电影《爵迹》就要上映。从《小时代》到《爵迹》，从作为幻城的上海到玄幻文学《爵迹》，郭敬明的核心产品是“幻觉”，他让你觉得这个世界上自己最重要，过好自己的生活就可以，其他人与你无关。

必须声明，我不是在嘲笑这种人生观，成功学主导下的个人奋斗，房子车子，妻子孩子，这些是人的基本权利，并不应该被嘲笑。但我们应该警醒的是，房子是你自己住的，但房价是社会问题；爱情是你自己追求的，但婚姻是社会问题。我们生活在一个历史性的社会结构里，很多问题已经无法依赖个人所能解决。如果大家不理解这一点，挑一个周末逛逛几家房地产中介，或者逛逛人民公园的相亲角，就都明白了。多说一句，我一直推荐大一新生去相亲角见见世面，见识一下明码标价的人生。

大学第一天，本来应该带着大家做一个好梦。但是，我们所有的幻想，最终都要破灭。然而我们并非一无所有，也并非无可作为。我们需要真正面对的，不是充满幻想的大学第一天，而是“大学的第二天”——真正的大学和真实的生活。大一新同学的年龄，是“90后”的尾巴吧。“90后”这一代表面上很轻松，其实不容易，当然大家也不用委屈，每一代青年都有各自的艰难。什么是真实的生活？真实的生活就是破却各种各样的幻觉，粉碎各种各样的瞒与骗，从真实的个人体验出发，睁眼看世界。什么是真正的大学？大学不是廉价的劳动力培训基地，大学不负责给各位找一个好工作，那是职业技术学院干的事。大学要直面时代的挑战，但其解决之道，是回溯人类的文明经典。大学里最重要的不是课堂，最重要的是图书馆，课堂只是通往图书馆的桥梁。多读经典，比如，大学四年读完一百部经典著作，这才可以说真正读过大学。

我们的 9 月，也许 2016 年 9 月 6 日仅仅是普通的一天，在历史上不起半点波澜；但是这一天对于在座的每位同学，都是重新开始。我们不是仅仅活在此时此刻，我们应该活在每时每刻，历史上的 9 月，未来的 9 月，都和我们的 9 月有关。海子有一首诗我非常喜欢，就叫《九月》，海子在诗里说：“目击众神死亡的草原上野花一片，远在远方的风比远方更远。”我希望大家在毕业的那一天，经历了大学四年充实的阅读，都能感受到这样阔大的 9 月，从容地站在社会的入口：远方的风吹来，如命运的召唤，在诸神的黄昏中，你矗立在荒野上，像一个文明的巨人。

谢谢大家！

◇ 作者简介 ◇

黄平，1981 年生于辽宁，华东师范大学中文系教授，以当代文学为研究方向。著有《反讽者说：当代文学的边缘作家与反讽传统》（上海文艺出版社，2017）等。

图书在版编目（CIP）数据

师大忆旧 / 黄平主编 . -- 南京 : 江苏凤凰文艺出
版社 , 2022.1
（文学院书系）
ISBN 978-7-5594-5214-6

Ⅰ . ①师… Ⅱ . ①黄… Ⅲ . ①散文集 – 中国 – 当代
Ⅳ . ① I267

中国版本图书馆 CIP 数据核字 (2020) 第 180928 号

师大忆旧

黄　平　主编

出 版 人　张在健
责任编辑　张　倩
特约编辑　王美元
装帧设计　WONDERLAND Book design 仙境 QQ:344581934
出版发行　江苏凤凰文艺出版社
　　　　　南京市中央路 165 号，邮编：210009
网　　址　http://www.jswenyi.com
印　　刷　三河市双升印务有限公司
开　　本　880 毫米 ×1230 毫米　1/32
印　　张　11.5
字　　数　220 千字
版　　次　2022 年 1 月第 1 版
印　　次　2022 年 1 月第 1 次印刷
书　　号　ISBN 978-7-5594-5214-6
定　　价　79.00 元